童话与水

文运与国运的交融

孙禹 著

图书在版编目 (CIP) 数据

童话与水：文运与国运的交融 / 孙禹著. ——
北京：研究出版社，2021.9
ISBN 978-7-5199-1072-3

Ⅰ.①童… Ⅱ.①孙… Ⅲ.①散文集 – 中国 – 当代
Ⅳ.① I267

中国版本图书馆 CIP 数据核字 (2021) 第 197769 号

出 品 人：赵卜慧
图书策划：张高里
责任编辑：张　琨

童话与水：文运与国运的交融

作　　者：	孙　禹 著
出版发行：	研究出版社
地　　址：	北京市东城区灯市口大街 100-2 华腾灯市口商务楼五层　100006
电　　话：	010-64217619　64217612（发行中心）
经　　销：	新华书店
印　　刷：	河北赛文印刷有限公司
版　　本：	2021 年 10 月第 1 版　2021 年 10 月第 1 次印刷
开　　本：	889 毫米 × 1194 毫米　1/32
印　　张：	12.375
字　　数：	240 千字
书　　号：	ISBN 978-7-5199-1072-3
定　　价：	88.00 元

版权所有，侵权必究
凡购买本社图书，如有印制质量问题，我社负责调换。

序

◇瞿弦和

20多年前,他以一部中国经典歌剧《原野》的男主角"仇虎",轰动中国歌剧界。后来这部歌剧走向世界,他亦被《华盛顿邮报》及《纽约时报》等誉为"世界级的歌唱家"。他就是国家一级演员、国际瓦格纳声乐大赛金奖获得者孙禹。

时任中国煤矿文工团团长的我,格外喜爱艺术人才,将这位旅欧旅美近20年的游子,作为声乐专家引进。孙禹进团后热情为矿工歌唱,他洪钟大吕、激情似火、声情并茂,深受广大矿工的喜爱,也让我深感欣慰。他把职业歌唱家认真敬业的品质带到了团里,以至自己的母亲撒手人寰之际,他仍在下矿的演出中,竟没能送母亲最后一程。得知此事,我不禁潸然泪下。

起初,作为歌唱家的孙禹,他的文学才能我并不知道。当他一本接一本地将他的散文集、长篇小说等放在我手中时,我惊讶了。他是何时炼就此等的文学成就?当他告诉我,他加入了中国作家协会时,我才意识到,他这种华丽的跨界并非偶然。冰冻三尺,非一日之寒!他出身于文学世家,父亲是作家,母亲是小说编辑。但这一切,似乎都不太重要。重要的是他自小酷爱文学,多少年来笔耕不辍,才有了今天的收获!而一个习文从艺者,如果不酷爱心中的艺术,不仅走不了多远,更吃不了苦中之苦,又谈何"梅花香自苦寒来"?用孙禹的话说就是:"艺术家不下地狱,是进不了天堂的!"所以,孙禹悟道很早,当是幸运的。孙禹曾说:"歌唱是我的妻子,文学是我的情人!"于是,他又是幸福的!

回到祖国的孙禹,已经不仅是一位歌唱家了,他的跨界和复合型的艺术成就,已到了歌唱、朗诵、小说创作、散文抒写、歌剧编剧、戏剧导演、艺术评论、诗歌写作等全方位如臂使掌的境界了!远的不说,从他近来的长篇小说《逃离伊甸园》到《熬鹰部落》,从他自编自导的"江南越韵"大型歌剧《秋瑾》在江南的轰动,直到即将隆重推出的两本文学新著《东方芭蕾—花鼓灯》和《童话与水》,更叫我惊为奇才,叹为观止。我真不知道,是一种怎样的力量和意志,能让他不忘初心,砥砺前行,让自己的生命硕果累累，不虚此行？后来，我终于在他的座右铭中，找到了答案：天才在于勤奋！

毫无疑问，孙禹人在海外数十载，饱浸欧风美雨，经历过无数艰难困苦，决不向命运低头的生死疲劳，拼尽过数不清的洪荒之力，所以才有了今天浩荡的文字、丰富的想象力、独具一格的艺术感觉、波澜壮阔的戏剧张力、既大开大合又情感细腻的美学表达！正应了孔子的那句话，"子在川上曰：逝者如斯夫，不舍昼夜！"至此，我作为孙禹的老朋友不能不为他喝彩，为他自豪。因为他身上，有一种永不熄灭的贝多芬精神：永远扼住命运的喉咙！

我真诚地向读者推荐，应该读一读孙禹散文新著《童话与水》：其中的首篇《童话与水》，有他的宿命和厚重的人生；《大象无形》，有他对我这个老艺术工作者真挚的心语；《我的农民清轩叔》，有他对故土和对根的难以割舍；《长哭当歌》中，有他对恩师不尽的思念；《大家闺秀》中，更有他对母亲刻骨铭心的思念；《大先生》《妈妈桑》《喀什，我丢失了什么？》中，均饱含着对人性大美的颂扬和对炎黄子孙及华夏各民族的纵情讴歌。

童话与水，水如人生！鸡有时飞得比鹰高，但它永远飞不到鹰的高度！因为，文学不仅是一个民族的秘辛，更是一个民族的史诗!

热烈祝贺孙禹的文学新作问世,衷心希望孙禹百尺竿头,更进一步。艺无止境!"正能量"的同义词,就是热爱祖国!

目录 CONTENTS

1. 童话与水　　　　　　　001
2. 我的农民清轩叔　　　　032
3. 大先生　　　　　　　　083
4. 温故乡愁　　　　　　　103
5. 被公审的大儿童　　　　143
6. 比利时记忆　　　　　　161
7. 大象无形　　　　　　　172
8. 妈妈桑　　　　　　　　218
9. 燃烧的重量　　　　　　251
10. 大家闺秀　　　　　　　264
11. 纵马青海湖　　　　　　280

CONTENTS 目录

12. 为神父的祈祷　　　　　　298

13. 怀念吴树声叔叔　　　　　319

14. 永远活着的微笑　　　　　333

15. 长哭当歌　　　　　　　　338

16. 悲情吴侬皆成歌　　　　　345

17. 致敬鉴湖女侠　　　　　　354

18. 人就活一回　　　　　　　358

19. 哭李强　　　　　　　　　379

后　记　　　　　　　　　　　383

童话与水

20世纪,某个"兵戈之象"的夏日里,我在母亲的腹中,被热得数度昏死过去!朦胧之中,常梦见凉爽宜人的蔚蓝之水,这使我在未出世前,便仇恨夏季。也许是酷热,是梦境,也许是混沌未开,对于水,我充满了渴望与好奇,向往与神秘,热爱与希冀。因为,我的命名与经历,人生的浮沉与崛起,对人间童话的美好向往,都是从水开始。

母亲产我于上海一家英国人开的医院。我出生时哭声嘹亮,惊得医生护士面面相觑,疑惑这个十余斤重的婴儿,体内带着一件与生俱来的响器。他们压根儿不曾想到,这个身怀响器的婴儿,后来竟然称为一位游历世界歌剧舞台的低中音歌者。

我来到人间的哭喊,一半是对酷暑的控诉,一半是对温柔水乡的渴望。初做父亲的爹,屁颠屁颠地奔进上海长宁区派出所去给我报户口,仿佛一有闪失,他的大头儿子便会被东海龙王收了去。户籍警问他,你的儿子叫什么?父亲一下呆住,剩下的事情,就是再次一路狂跑,重又回到妇产医院……当我父亲气喘吁吁地站在我母亲的病床前时,我的命名便在他的挥汗如雨中,更没有经过我的同意,便被草率地一锤定音了。从此,大禹治水的"禹"字,不仅成了我生命的永恒符号,而且永远使我无法出人头地。于是,我命中注定,将要去治水。可我命运中的"洪水猛兽",和无尽的人生水患究竟是什么?直到今天,我依旧在执着地拷问自己……

多少年后,母亲驾鹤西去。我和父亲,一对光棍,小老头和老老头,在酒后的一次灵魂对话中,对面无父子:"当年,你忽悠我妈放弃大上海的生活和户口,去河南三门峡,母亲就没有半句怨言?"父亲语无伦次,慢慢道来:"那时候的人单纯……她是资产阶级小姐出身……渴望改造……"父亲说完之后,显得无比遗憾,那是一种永远失去了补偿机会的遗憾。是呵,母亲是简单,简单到父亲说什么她都信。是呵,母亲为了改造世界观,与当时在华东文化部的工作头衔、红木家具、打蜡地板、周末的舞会连同柴可夫斯基的《天鹅湖》、上海"红房子"的鱼子酱和罗宋汤,彻底做了个了断。这就怪不得,在后来的日子里,父亲对母亲那无微不至的照顾和呵护,显得那么的具体,原来他是在偿还……

随着西去列车的一声长长的汽笛,斩断了卧铺车厢里我这个终将要去治水的婴儿,那些还来不及展开的上海梦幻。节奏明快的车轮沸腾,撩动着悬挂在走廊上,我那洗了又洗、晒了又晒的尿布"万国旗"。过了长江是平川、绿地、黄河和沙塬。直到今天,我都无法揣摩和想象,在我们全家初抵三门峡水库的那天,父亲还剩下多少豪迈?母亲还有多少梁山伯与祝英台似的甘之如饴、小布尔乔亚的文学浪漫?而我这个仍在襁褓中的"大禹",除了尿布和臊气冲天,又有什么能耐制住我那"混沌"之中的"洪水泛滥"。

高峡出平湖时,我的"治水"就是尿炕。建设工地上,父亲的激扬文字生生化作了他那"团委书记"在工地上体力透支的劳作。母亲的文字编辑和为不时前来工地视察的中央大员的速记,使她在"大跃进"的红旗下,彻底地满足着与工人打成一片的踏实感。大坝合龙时,父亲写下他日后再也不曾有过的锦绣文章《三门峡的灯光》《高空婚礼》等。而母亲却因和保姆不睦,被告入狱,审问、检查、牢饭、蛇虫老鼠,让原本就胆小的母亲,痛感"改造世界观",稍有不慎,便会前功尽弃。而我,这个别无选择的命运使臣"治水禹王",却在母亲的怀抱中,一边吸着乳汁,一边聆听着三门峡拍岸的水声,无端地将自身的"水龙头",喷洒得遍地水患……

物质的大坝即将竣工,精神和信仰的大坝终将筑就。母亲虽遇不公,但仍旧无怨无悔。"改造"这个悬在头上的达摩克利斯魔剑,将她从那时起,便锁定在一个忍辱负重的怪圈中,一生动弹不得。父亲终日仿佛浸泡在狂热的桑拿浴里,舒服得一不小心就唱翻身道情。而我这个咿呀学语的雌黄大禹,最大的治水成就,便是在澡盆里,仿佛一条孬鱼,将身边方圆之间的江河湖海搅它个地覆天翻……多少年后,每每聆听父母亲对那时三门峡建设火热生活的描述,仍觉得荡气回肠。混凝土、搅拌机、红旗招展、人声鼎沸、口号震天、劳模辈出,英雄的事迹直上九重天。

那时的工地上呵,除了激情豪迈、锣鼓喧天,还有同志加兄弟的"达瓦里西",还有"斯巴希巴"的温情问候，更有手风琴中的"喀秋莎"与精确的图纸、先进的设备和技术，以及比"伏特加"烈酒更浓的中苏友谊。就在"大跃进"的热情燃烧进入沸点，三年自然灾害的人祸天灾悄然而至，兄弟之间又突然翻脸。撤回专家、收回图纸、运回设备、限期还债，使尚未竣工发电的三门峡水库，多少英雄豪杰用勤劳汗水浇灌的水利枢纽，在瞬间休克和冬眠。

多少年后，每当家中有当年老水利的朋友登门造访，我这个徒有"禹王治水"之名，绝无实际作为的彪形大汉，唯有在一旁闲坐、聆听。父亲以一个农民作家的文学才华，巧舌如簧。于是，我的眼前便闪过一组组刻骨铭心的画面：在工地与住地的短程火车上，父亲身着风衣，瘦骨嶙峋，双手紧紧地搂住一只铝制饭盒，用体温捂着盒中的那份一口便能吞进的红烧肉，意志坚定地目视前方。前方有什么？有他那三月不知肉味的妻子，以及他那命中注定要根治水患的儿子——大禹。在回首那段水利生活经历和三年自然灾害时，父亲的叙述是那般的凝重和庄严，少了许多文学上的空灵和飘逸，多了许多悲壮和淳朴。那时的父亲，将一只浑圆的、大小尺寸足以达标去偿还老大哥外债的苹果，带着自己的体温，放进我手中，注视我躲进他那挂着的风衣之后，才慢慢移走视线。我在风衣中，狠啃猛吞，连同果核彻底食净，重又复出。多少年后，在我的记忆中，父亲对这个情节，仍旧千百遍地复述，不厌其烦。而母亲由于有了"压迫"劳动人民而锒铛入狱的"污点"，继而在工作上更是兢兢业业、胆小谨慎。已是两个孩子的母亲，除了哺育后代，常要深夜掌灯、校对文稿、整理报告、精确速记、形成正文。某一日，正在开会，母亲由于营养不良，在众目睽睽之下当场晕倒。领导出于关怀，出于同情，特批一箱特供苏联专家的牛奶，旨在让母亲滋补，但每天只许取奶一瓶。母亲每天往返十几公里取奶，把牛奶留给孩子，而自己一口不喝的坚忍神态和全身浮肿的病容，让我每每重温此事，都会热泪盈眶。

公元1967年10月1日，母亲在三门峡工程局医院产下次子。那个后来唱红大江南北的歌星孙国庆，日后终将成为电视名嘴的超大婴儿，不仅让母亲的肚子上又挨上一刀，而且在中华人民共和国成立十周年举国同庆的日子里，一出娘胎，便以歌当哭，震惊四座。父亲再次屁颠屁颠冲进医院的病房，这次他决定不再犯未及给大儿子取名，便去报户口的低级错误，并在欢天喜地中，早已胸有成竹。当抱着婴儿的护士见到他的一瞬间，劈头一句："你家的小国庆生出来了。"于是，父亲便在啼笑皆非之间，确定了孙家二小的这个飞来的绝妙命名。

中华民族似乎比世界上任何一个民族更在乎给孩子命名。而孩子的名字，隐喻着长辈的学识、经历、阶级、家族以及迷信和祈福等多种潜意识因素。一个小护士，在那个特殊的日子里，不经意的善意的命名，似乎奠定了孙家二小此后的辉煌人生。而我，一个在父亲情急之下的指定，便在冥冥之中，了却了我一生别无他恋，唯有对水一往情深的宿命。难道不是吗？孙家二小的名字带有人气节气，举国同庆呵，岂有不呼风唤雨、祥云环绕、逢凶化吉之象。而我，一个"禹"字，不禁注定要治水为本，终身苦役！然而，孙国庆的出世却生不逢时，三年自然灾害，让他出落得头大身小，活脱脱一个斯皮尔伯格好莱坞大片中的外星人：ET。在他童年的印象里，最美的饱食就是用水将面粉煮沸，河南人口中的——甜汤。

三门峡大坝虽饱经忧患，最终还是开闸泄洪，发电供能了。在人们苦涩的欢庆中，在中国水利工作者咬紧牙关的尊严里，我的父辈们创造了我们这一辈人将永远仰望的奇迹。

就在那时，母亲的姊妹从上海来信，中心意思是："三年自然灾害是结棍（厉害），阿拉上海，大米还是有的喫哦。"这时的母亲深刻地沉默了。再回上海已是天方夜谭，户口都走了，便被那座生她养她的城市从根本上抛弃了。然而，大米，这个被江浙人视为"生之根本"，完全与你是否虔诚地改造世界观、是否出身剥削阶级没有关系。它是风俗，它是习惯，它是童年，它是思念。北方人不吃大米，照样能活它个地覆天翻，南方人没了大米，终生都会抱憾……

父亲在再次选择定居之地的时候，竟多了些实际，少了些豪情。安徽省文联作协的一纸调令，将他定格在安徽有江南、大米比河南多的基点上。至于有没有"火热的生活"，能不能做一个"有出息"的作家，都比不上让妻儿能吃上大米更重要了。欠了人家的东西要还，欠了妻子的，一辈子都会良心不安。

临离开河南三门峡水库时，几岁的我，英雄主义综合征发作，竟在通往大坝的公路上，莫名其妙站在路中间，双手大张，拦截了几十辆装载数吨重的翻斗卡车，在混沌之间，既没有任何胜利者的快感，又根本不存在什么恐惧和死无葬身之地的危险感。尽管我那时的"壮举"，至今仍被父亲提及，但对此完全没了印象的我，竟百思不得其解。那时，我为什么会那么干？现在看来，我自小身上就蛰伏着一种大禹精神强迫症，否则，童年的那次拦截行为，将无从解释。

南去的列车又是一声汽笛破晓，我们全家的迁居，再次被送上尚未可知的人生旅途。硬卧的车厢里，那一条条略带尿臊味，悬挂着的"万国旗"，不再是我两年前的"治水"招幡。在车过黄河大桥的时候，滚滚的黄浪神秘而充满了诡异，使我有一种模糊、浑浊的失落与伤感。这时，在母亲怀抱中的弟弟突然醒来，不哭不叫，仿佛一个成人，坚定地大声说道：我要喝黄河的水……孙家二小斩钉截铁的豪言壮语，让车厢里的人无不惊叹，那时，大凡有过水利工作、大坝体验的人，终生都不会忘记，那黄河第一坝三门峡水库的精神标签就是：圣人出，黄河清！

多少年过去，父母已是古稀之年。三门峡工程局第N代领导，邀请我们全家重返大坝水库参加庆典。孙国庆当着数万观众，一曲带着黄土味的《篱笆墙的影子》，唱得万众欢呼、鱼跃水颤。我因赴美演出歌剧，错过此事，终生抱憾。事后，我问母亲：当年你在三门峡工地上，生活艰难，很不习惯，现在想来，是否后悔离开上海？母亲沉吟片刻，平静答道：开始不好，后来就惯了……少顷，母亲双眸发亮，情绪振奋：假如国庆不生在三门峡，他的歌声绝不会像今天！

定居安徽合肥后，虽是江南，又有自古以来闻名遐迩的芜湖米市，但那时的日子，冬天没有暖气，离开炭炉不久，手足都会长出冻疮，先疼后痒龟裂后，伤口便像婴儿的小嘴，流着鲜血冲你微笑。而每年夏天，酷暑难耐，无处躲藏，我往往在下午时分，精光身子泡在一只大木盆里戏水，发泄着愤怒。老天爷见天潆热得太不像话，便天降暴雨洗涤人间。于是，整个庐州府便成为大泽汪洋、一派水城。接下来就是淮河告急，长江告急，洪峰叠至，抗洪抢险如火如荼。今天，生活在摩登大都市，缺钱、无房、无车之人，难以与如花似玉的大姑娘喜结连理。那时的男子，不管是否残疾，只要有一百斤全国通用粮票，就能娶回个黄花大闺女。看来，人的生存价值取向，大多时候，不是尊严，而是民以食为天。

多少年过去，淮河的事是否已办好了，我不得而知。只知道父亲和母亲定居在省城合肥之后，一个是省文联的专业作家，一个是《安徽文学》的小说编辑。那时，大跃进、大办钢铁依旧在江淮大地上如日中天，父亲常常撇下妻子与两个未成年的儿子，快马加鞭地驰骋在火热的生活中。一会儿是响洪甸水库，一会儿是界首农村，一瞬间又是佛子岭、梅山水利大坝，激情满怀，欲罢不能，似乎要将家里窝藏着的少年治水大禹的全部天职，一股脑地办完。当父亲终于写出了轰动一时的散文《梅山渔火》后，我才知道，立志水利文学创作的父亲，那是在体验生活呵。

回首当年，我这个定居于合肥的少年大禹，徒有其名。但我对水的向往和迷恋，却与日递增、丝毫未减。六七岁时，第一次去省体委游泳池初试，竟冲着深水区，一头扎入。那时情景，至今依稀记得，蔚蓝的池水里，水泡浮扬，各种胳膊和大腿，纷繁复杂，脑袋、眼睛和鼓胀的腮帮，络绎不绝。就在我狂喝池水、窒息难耐之时，父亲的一位同事，一个猛子扎入水中，将我这个徒有治水虚名，入水只能呛水的大禹，一把捞起。从那以后，我对于水和蔚蓝色的大海、湖泽，除了眷恋和向往，另一种全新的感受不禁油然而生，那就是无法预知的恐惧和空灵无边的神秘。然，人不轻狂枉少年，省体委的深水池并未将我变成一个溺死鬼，却教会了我游水。我的那个年纪，调皮捣蛋。只要是在想象力所能及的范围内，我们都将坏事做到了极致。偷鸡、摸狗、装神、弄鬼，夜袭邻里、打架斗殴，骑着自行车，满大街追得鸡飞狗跳，直到中学初三，所学的英语还只有一句：我是你爷爷的爷爷……时常将文联大院的守门大爷、和尚出身的陈老爹，用"鬼吹灯""僵尸叔叔"搅得夜半三更，迷糊着眼，光着个腚破门狂吼、破口大骂。

对酷暑的仇恨，被夏日的煎熬，也加深了我对水泊、湖泽的那种挥之不去的依赖。于是，离省文联大院几公里之遥的包河，便成了我的福地。因为那有黑脸包公的衣冠冢、包公祠，有夏日里开不败的粉色莲花，有直升机似的虎皮蜻蜓，有浑浊泛绿的水泊，有泛着白肚被热昏的鲤鱼。沿岸边的泥洞里蛰伏盘绕着歹毒的水蛇、憨厚的黄鳝和狡猾的螃蟹，还有一架早已锈迹斑斑，不知哪个朝代就戳在那里的十米跳台。于是，游泳和戏水，便成了我最具有才华和想象力的"狂野"。狗刨式学会了，我就敢去掏蛇；蛙泳学会了，我就敢潜水捉鱼挖藕；自由式掌握了，我就敢仿效《水浒传》中的浪里白条，按住比我水性好平时欺负我的大个儿，憋他个呛水抽筋、深水求饶。十米跳台上，我一边小便失禁，一边哆嗦，还是完成了第一次的闭眼瞎跳。潜水几十米的比赛，弄得满嘴青苔水草，眼红如炬。岸边泥洞里捉鳝，被水蛇闪电般地咬住中指，鲜血和污水并流。当这一切都不再刺激的时候，我们中间不知是谁，家住军区，偷来雷管炸药，在一个"锄禾日当午"的光天化日之下，将数根暗黄色的"竹节"拉开导火索，成就感十足地扔进池塘。轰轰隆隆的礼炮声中，浪花狂舞之间，无数银白色的大小鱼类，连同荷叶水草、污泥浊水、河虾老鳖，欢天喜地跃上空中，天女散花般地又洒落水里，眼花缭乱叫我终生难忘……放眼望去，漂在河面上一派银色的鱼尸中，夹杂着各种水生植物和动物的躯体，洋洋洒洒，蔚为壮观。然而，接下来的事情便是，鱼的飨宴我不曾享用，派出所的班房倒是躺了两个星期，梦里全是对鱼的大快朵颐。这就是我自出生以来，从少年进入青年时期，并享用"大禹"名号之后，最为豪迈和辉煌的"治水"成就。

"文革"后期，父母最后一次下乡改造。经过一番缜密的思考，他们最终决定送我们兄弟回河北巨鹿老家度日。一是那里有我叔婶看管，二是作为农民的后代，也算是去完成一次并不刻意的"寻根"。在后来的日子里，父母被安徽淮北农民改造得如何，我不得而知。但巨鹿县孙河镇老家的孙氏宗族以及祖祖辈辈，在那片被盐碱、干旱、蝗虫、地震灾情，蹂躏了千百年的土地上，传宗接代、香火秉传的生命历程及恶劣的生存环境，多少年后，竟让我写出一篇踌躇满志的万言散文《我的农民清轩叔》，并使我从根本上破解了，父亲为何以"大禹"为我命名的"悬念"。

据《尚书》记载：巨鹿始于五帝唐尧之世，是五千年前唐尧禅位于虞舜的地方，它因地处广阔的大陆泽而得名。可见，五千年前，我祖先的发祥地，竟是一个水泽汪洋、鱼肥草美、鸟语花香的丰润故里。但不知为甚，到了今天，却因地脉的嬗变，气候的游移，逐渐地被一个

"旱"字，牢牢地圈禁在大地沙化、十年九荒的饥渴之中。尽管我那孙氏宗族嫡亲中，一代又一代人远途打井汲水，历尽千辛万苦，愚公移山似的义无反顾，但在那时，我眼前的盐碱沙地，一经风吹，仍旧固执地将尘土撒进锅里碗里、灶台炕上。无疑，寻水与打井，成了孙河镇男人们一生中约定俗成的使命。于是，我便在迟到了十年的长篇散文《我的农民清轩叔》中，记叙了他们命运的悲壮与抗争。

二十多个春夏秋冬逝去，那时我已在美国深造声乐多年，有一次在华盛顿的一位朋友家聚会，不料竟与《老井》的作者偶遇。关于乞水，他的故事简直让我振聋发聩。于是，我的眼前幻化出一组组任何一个当今世界的大导演根本无法想象和组织的电影画面：陕北黄土高原某地，一队扶老携幼、外出百里打水的队伍，在烈日炎炎之下，担挑肩背着各种盛水的器皿，步履蹒跚、挥汗如雨，渴得嘴唇开裂，却舍不得轻易喝上一口肩上的浑水……这支队伍走着走着，他们的身后，便扬起一道升向天空的"黑烟"。过往的马帮、商旅定睛细看时，这才发现，那一道纪律严谨、浓重如墨的"黑烟"，竟是一队鸟类组成，为了抢喝一口人们肩背上的凉水，它们不惜长途尾随不辍、累死途中，以命相抵。可见，对于生物，大多时候,干渴比饥饿更要性命。在巨鹿孙河镇老家的那段"人怎么可以那么活着"的日子里,由于"水",让我对父亲强加于我的"禹"字,似乎有了不少"顿悟"。但是,真正让我彻底释然的却是前年重回老家,从一位县广电局长手中"文取武夺"得到的一本发黄的《巨鹿县志》,读后方才得以参透。翻开这本洋洋万言、厚重古朴的县志,卷首大事记跃入眼帘:

夏:约公元前21世纪至公元前17世纪初,大禹治水,疏通河道至了大陆……

嘉靖三十二年(公元1553年)大水、饥馑、人相食……

康熙四十四年(公元1705年)大旱六个月,方始下雨……

嘉庆十七年(公元1812年)连岁荒旱,野多饿殍……

光绪四年(公元1878年)3月,日赤无光,18日雨电,28日黑风昼晦如夜。是年冬12月13日,未刻地震,逾数复刻复震,后微震……

共和国的1966年3月8日,5时30分发生的6.7级邢台巨鹿大地震,震倒房屋1184059间,砸死1543人,重伤3974人,轻伤8572人。3月26日,国务院副总理李先念代表党中央、国务院来县慰问灾民。4月1日下午4点30分,周恩来总理乘直升机到地震重灾区何寨看望灾民。10月5日，地区钻井公司来县，先后打深井7眼。1967年10月5日，全县5150名民工，参加治理北里河工程，于次年5月中旬，两期工程完成土方976954立方米……

一部《巨鹿县志》，简约而凝重地记载了我祖祖辈辈，在那片多灾多难、世事沧桑的土地上的生存正史。沉重得让我难以喘息，纷繁纵深得使我虚脱失重。但是，父亲呵，您还是不能用那么沉重的"禹"字为我命名，大禹是谁呵，是神，是拯救苍生的救星。而我是谁呵，一个有血有肉，七情六欲并存的普通男人。独自活着都已是生死疲劳了，何谈天降大任、治水救命？

"文革"结束，改革开放的福祉，让我们兄弟迈进中国最高音乐学府的大门。父母的欢悦和慰藉，证明着他们含辛茹苦，缔造我们的全部理由和先见之明。在孙家二小终日陶然迷醉的大提琴旋律中，我在声乐牢狱里煎熬，试唱练耳犹如酷刑，备受折磨；只有阅览室里每期的文学杂志，才能像安徒生童话中的美人鱼一样，让我心旷神怡。因为那时，声乐和歌剧并不是我的最爱，而文学和戏剧才是我的艺术女神。大学临近毕业时，我们组织了一个艺术实践小分队去湖北演出，在葛洲坝上，竟生平第一次看到洪峰裹挟万物的震撼场面。

那难忘的1983年的夏季,又是一个"兵戈之象"的炎炎酷日里,当洪水猛兽般的第一次洪峰,从宜昌市三峡出口,南津关上游约三公里处,裹挟着无数人尸、兽体与各种物质,冲着那个将泥沙沉积,将长江分为大江、二江和三江的葛洲坝,如一头脱缰的野牛,一路疯狂撞击而来的时候,我们正和父亲于坝上体验生活写作,坐在院里有几棵橘树的住处品茶闲坐。瞬间,警报四处响起,我们顿时被惊得全体呆在原地。父亲手忙脚乱,起身奔出院门,复又返回,放声对我们大声喝道:"大家都待在这里,一个也不许出去。"说完,影子一闪便没了踪迹。那时的我,虽对洪峰水灾毫无概念,但毕竟深知水火无情的道理。直到深夜,我们吃喝拉撒依旧,除了忧心,一切故我,但仍不见父亲回转。焦急之余,数度从床上爬起,走出院门,每逢从抢险前线回来的人,不分男女长幼,劈头就问我的父亲在哪里?只见所有的人都蓬头垢面,泥浆满身,脸上似有笑意。但他们竟无一例外地答非所问:放心吧,没事的!葛洲坝是长江第一坝,结实着呢。

凌晨时分,我在睡眼蒙眬之中,看见父亲脚蹬胶靴,浑身污垢,泥人一般悄然进屋,拧开台灯。少须,从卫生间传来的洗浴之声中,竟断断续续地飘来了我极熟悉的

《翻身道情》。数日过去，若干次洪峰过后，大坝上险情趋缓，分洪的效果和功能，令国人和外国人皆叹为观止。于是，我们被父亲和工程局团委的领导，带上横跨大江、二江和三江，共长2200米的葛洲坝坝顶巡视。当依旧湍急的滚滚江流，从西陵峡为首的三峡江口一路涌来，进入我的眼帘之后，那般的"天门中断楚江开""不尽长江滚滚来"的壮观和霸气，使我呆傻词穷。身边的团委书记那朗朗的介绍声，震得我耳鼓刺痛："葛洲坝水利枢纽工程，是我国万里长江上建设的第一个大坝，是长江三峡水利枢纽的重要组成部分，在世界上也是屈指可数的巨大水利枢纽工程之一。水利枢纽的设计水平和施工技术，都体现了我国当今水电建设的最新成就，是我国水电建设史上的里程碑……"

在我们的演出小分队即将离开葛洲坝的前日，父亲的长篇散文《当惊世界殊》在《长江日报》上全文刊出，竟占了文艺副刊的整整一个版面。当我在从宜昌驶往芜湖的长江轮渡上，回首大坝，不禁感慨万千。我万万不曾料到，猛兽般的洪荒之灾，竟有这般无敌的暴虐和威力，竟会让人永生难忘，谈水色变。也许，水利和大坝，就是这个洪水猛兽的索绳和克星。

大学毕业不久，我便被出国的大潮席卷而去。二十年间的西方游历中，虽感受过世界各地的江河湖海，我却无暇重温与水的缘分。因为西方世界的水患与梦幻，都有那些蓝眼睛、高鼻梁的"洋大禹"们管着，与我这个兵马俑似的"华夏大禹"无关。我只要治理好声乐和歌剧世界里的疾流险滩，便已是极大的伟岸和成就了。

洞中方三日，世上已千年。近二十年异域的文化流浪，从西洋歌剧取经之后，当我再次重返故土时，早已物是人非，一切都要刮目相看了。我在首次成都之行的经历中，竟意外地邂逅了名满天下的都江堰。

在几十年未见的师兄、旧日的军旅男高音钟胖子的陪伴下，我们驱车从始发地驶往成都平原西部的岷江之畔。原本的终极目的，并不是冲着都江堰水利工程，也不是专去祭拜当年的秦蜀郡太守李冰父子，而是去参观钟胖子在那文物古迹众多、两岸风景如画的都江堰山坡上承包的墓地、开辟的陵园。钟胖子在中央音乐学院进修的时候，与我师承一个教授，那时他的男高音圆润、脆亮，除了腔调中带有浓重的"川江号子"味、巴山蜀水的辣，在音色音质的天赋上，只要继续努力，最终也不会输给意大利热那亚的世界高音之王帕瓦罗蒂。但他在后来的日子里，却罢唱经商，不知怎的，他想到了都江堰附近的风水宝地——文物古迹众多的伏龙观、离堆公园、灵谷寺、二王庙周边的寸土寸金，于是承包墓地……但是，当我们抵达都江堰时，钟胖子却意外地没有直接带我去看他的事业，竟仿佛一个老到的导游，将车直抵水利史上之今古奇观——都江堰，详尽介绍着其来龙去脉。他那一口感染力极强的"川普"，让我忍俊不禁、如痴如醉：都江堰水利工程，由创建时的鱼嘴分水堤、飞沙堰溢洪道、宝瓶口进水口三大主体工程和百丈堤、人字堤等附属工程构成，科学地解决了江水的自动分流、自动排沙、控制水流量等问题，两千多年来，一直发挥着防洪灌溉作用。

钟胖子此时的风采和神态，俨然一个不折不扣的水利专家：都江堰水利工程充分利用当地西北地势高，东南地势低的地理条件，依靠江河出山口处特殊的地形、水脉、水势因势利导，无坝引水、自流灌溉，并使堤防、分水、泄洪、排沙、控流等作用相互依存、共为体系，确保了防洪、灌溉、水运和社会用水等综合效益的充分发挥。钟胖子对李冰父子这举世罕见的水利神来之笔，如数家珍、侃侃而谈，让站在一旁的我佩服得五体投地。而此时，钟胖子的叙述之声亦更加慷慨与传神：两千多年前，当都江堰建成之后，成都平原再无水患，沃野千里。那座屹立在江心的鱼嘴分水坝，把汹涌的岷江分隔成内外两江。外江排洪，内江引水灌溉，从此，水旱从人、不知饥馑、时无荒年、谓之"天府"。钟胖子似有神助的表述，使我沸腾地畅想和不尽地感怀，仿佛插上了歌声的翅膀，撩得我胸中波涛汹涌，激浪滔天。

遥想公元前256年，战国时期的秦国蜀郡太守李冰父子，是何等的天赋与奇思妙想，率众打通玉垒山，引水东去，开凿宝瓶口，修筑江中分水堰，雕塑水中三人石像，测定水位，以竹签拢石截流，钻凿离堆，埋石马于江中缔造淘滩标志等等，不仅开创了中国科学水利之先河，而且在人类历史的长河逝去了2500年的今天，仍让世人醍醐灌顶、匪夷所思……几个小时过去，钟胖子全然不顾口干舌燥，又是一路山道，带我走进二王庙时，玫瑰色的夕阳已将都江堰的古迹、山脉、村野、炊烟，连同树丛和草滩，目光所及的一切都"层林尽染"。面对李冰父子那高大和神采奕奕的石雕像时，我不由得在一个蒲团上双膝弯曲，长跪不起。为了这一对2500年前的大禹，为他们那"无坝引水"的巧夺天工，为中国古代史、世界文明史中的水利天才，为《华阳国志》中所记载的"水旱从人，不知饥馑，时无荒年，天下谓之天府也"，为了直至今天，都让人叹为观止、现代人类水利科学都无法企及、盖世无双的"生态工程"，为李冰父子福泽一方、功在千秋的丰功伟绩九叩三拜。又是数年过去，更让人不可思议的是，举国震惊的四川汶川大地震过后，我在绵阳获悉，离震中极近的都江堰水利枢纽，竟吉星高照，安然无恙。我在惊诧不已之际，不得不叹服，这世上果然有神灵！这个神灵，就是那对千百年来，让后人景仰和香火祭祀世代不绝的李冰父子！

不管我未出娘胎便认定与水有缘，还是我人到中年仍被自己命名暗喻着终生"治水"的使命。尽管我几十载的人生旅程，足履所及，亲历体验了华夏故土那无数的江河湖海、汪洋大泽：黄河、淮河、长江、澜沧江、三门峡、葛洲坝、都江堰、响洪甸、小丰满、镜泊湖、苍山洱海与青海湖，抑或是故乡当年刘邦与项羽问鼎中原、破签沉舟的垓下之战，都不及后来我遭逢的长江三峡大坝和峡谷一线天巫山的云雨，更使我痴迷，让我至今疑惑，我所感受和目击到的一切，到底有多少是真实的，又有多少是梦幻的？

三年前，经一位朋友推荐，应重庆市委宣传部的邀请，赴约参加"重庆建市十周年大庆"开幕式的艺术策划，我终于等到了一次"众里寻他千百度"、亲历三峡大坝的机会。从北京飞往重庆领命的时候，在飞机上，我竟有些惶恐，因为刚刚海归不久的我，对三峡大坝，对重庆这个旧时的"陪都"，今日的移民大城、共和国的直辖市从根本上知之甚少。就在我下榻的宾馆里，市委宣传部的一位领导看望我时，我还仍是对时下重庆市那个盛大的政府行为"为赋新词强说愁"呐，更谈不上有什么别开生面的创意。几天住下来，重庆市容的摩登和高楼林立，以及人流如织、风尚的时髦和美食叫我大开眼界。尤其是入夜后嘉陵江两岸，更是一座不夜之城，珠光宝气，透着一种直逼香港的霸气。然而，这一切都又能奈我何呢？一个应有着民族个性和审美趣味的中国大都市，一味地复制、攀比西方列强几百年来营造的不夜城之光怪陆离，到头来只能伤了自己的元气。而我，这个在西方大都市里见惯了纸醉金迷的炎黄子孙庆幸自己近二十年过去，仍旧能守住自己的生命价值观。就在我抵达宜昌航空港的子夜，我仍旧徘徊在惶恐的犹豫里。是日中午，一辆从巫山县旅游局派来接我的桑塔纳小车，搭乘着我，踏上了至今都让我魂牵梦绕的三峡旅程。一路上，陪同我的一位旅游干部对我说，小车只能送我们到三峡大坝附近的码头，后面的路只能乘船一路水行了。今天想来，他那车上的一句一路水行的话，对我后来的大小三峡之旅，是一种何等的"罄竹难书"呵！

当我的身心和双脚，终于得以迈出梦境，踏踏实实地踩在三峡大坝总长3035米的钢筋混凝土之上时，一瞬间便被视野中的一切深深地吸引住。但放眼这个一路横跨两岸的悬崖绝壁，拦腰截断江流，横立在西陵峡中段，整个工程包括一座混凝土重力大坝，泄水闸，一座堤后式水电站，一座永久性通船闸和一架升船机，并由大坝、水电站厂房和通航建筑物三大部分组成的大坝全貌，感受着这个饱受争议，总工程历时18年之久，长达600公里，最宽处达2000米，库水面积达10000平方公里的峡谷形的水库，我似乎没有预料中的激动难抑和浮想联翩。我甚至觉得，眼前这个世界上最大的水利枢纽工程，完工之后年发电量可达1000亿千瓦的庞然大物，在"两岸猿声啼不住，轻舟已过万重山"的万仞峭崖之间，颇显孤独。这个位于长江上游与中游的交界处，地理位置得天独厚的水利枢纽，虽可以解"荆江"洪荒之险，确保江汉平原、洞庭平原之粮库和棉山、渔海、鱼米之乡之沃野千里。上可以渠化三斗坪至重庆的河段，下可以增加葛洲坝以下长江中游航道枯水季节的流量，充分地改善重庆至武汉之间的通航条件，极大刺激长江上中游航运的发展。但在我的眼里，并不是想象中的车水马龙、锣鼓喧天、人流如织、彩旗纷扬。虽然，在长江三峡中建造大坝，早在1919年孙中山先生的《建国方略之二——实业计划》中，就已有具体设想。1932年，国民政府建委会首次派出一支上游水力发电勘察队，经两个月的勘探测量，形成方案。1944年，美国垦务局总工程师萨凡奇又漂洋过海，几到三峡实地勘查后，提出"萨凡奇计划"而备受政府青睐，蜚声一时。1950年国务院长江水利委员会正式在武汉成立。1955年初，在中共中央国务院的直接领导下，专家、学者、地方各方大员，反复论证、实地勘察，多次科研、试验后，终于在1992年4月3日七届全国人大五次会议形成《关于兴建长江三峡工程的决议》，一锤定音，从而结束了从领袖到平民，从专家到工人，从学者到农民，从外国人到中国人之间，剪不断、理还乱，究竟"该不该"在长江三峡上造大坝，那持续了一个世纪的不休争论。

下午的斜阳，照耀在我脸上，温柔地轻吻着我的双眼，想着三峡工程600公里的淹没区，以及被淹没在高达185米库区蓄水之下大量的文物古迹：涪陵白鹤梁、忠县石宝寨、丁房双阙、云阳张飞庙、丰都鬼城、奉节白帝城等，不由得百感交集。三峡大坝呵，你还不该沉默和显得寂寞吗？除了那古刹、栈道、墓群、龙脊石刻、大昌古镇，还有那些已被列为世界濒危动物，国家一级保护动物，我国特有珍稀水生哺乳动物白鳍豚、中华鲟等，它们的生存也受到不同程度的伤害，不由令国人扼腕叹息。至于那些生于斯、长于斯的名贵植物、珍奇药材，如荷叶铁线藤、川明参、疏花水柏枝等，本来就数量极少，种源有限，分布狭窄，虽有的并不受淹没的影响，但公路的修建，开山炸石的泥土流失、地质损坏，各种与工程有关的建设设施，都让这些草本植物难逃厄运。而大坝建成后面临的移民安置、国防安全等问题，更需妥善解决。然，老百姓说得好：没有舍，哪有得？在造福苍生，根治水患，功在千秋，国家的利益高于一切的抉择面前，三峡大坝毕竟是几代领导集体、无数专家学者、能工巧匠们集体的智慧，科学的论证，实践的真知，务实利民的国策。她毕竟是为了工程规模、科学技术的综合利用效益，集发电、防洪和航运为一体，而且对建设长江经济带，加快我国经济发展步伐，提高我国的综合国力，实现跨世纪经济发展的战略方针，做出了难以估量的贡献。三峡大坝呵，你难道还不应该为自己的伟岸而感到自豪吗？当我重新审视眼前这个宏伟壮观，一百多年以来，让全世界为之瞩目，叹为观止，让每一个国人都深感自豪的银灰色庞然大物时，我觉得自己在一瞬间显得对水利知识，是那般的苍白与无知。

自三峡大坝附近的港口登船之后，便顺水而下，开始了我人生中首次的长江大小三峡的梦幻之旅。当即，我就被两岸那令人叹为观止的景色，牢牢地钉在了轮船的甲板上，难以自拔。这个有着1500万年的历史，7000多年的文明积淀,奔腾流泻600多公里,东起湖北宜昌市南津关,西至重庆奉节白帝城,由峡谷和宽谷相间排列,庙南、香溪、大宁河三大宽谷间隔而成的西陵峡、巫峡、瞿塘峡之华夏瑰宝,让世代的文人、墨客、豪杰、枭雄、伟人、竖子呼唤了1600多年的三峡绝景,顿然让我感到空前的词穷、无奈与空泛。望着两岸鬼斧神工、刀刻斧凿、峻峭耸立的山谷险峰,脚下那碧绿如黛、滩多水急的西陵峡,我深感匪夷所思。它们以幽深秀丽、乱石崩云、逶迤翻腾、劈凿峡洞、悬棺嵌崖而著称,而缔造"曾经沧海难为水,除却巫山不是云"的巫山峡、神女峰,更是令人自始至终置身于梦幻之中……而瞿塘峡的水段,江流直至水雾缭绕的夔门关,在赤甲、白盐两山那海拔千米的遥相呼应下,在船笛的长鸣中,托举着两岸那栈道的曲直,紧束着滔滔江水,汹涌咆哮地穿过夔门南岸的梅溪河大桥,一路欢呼着去拥抱坐落于白帝山顶之上的那座西汉年间的白帝庙古城……

伟哉壮哉的长江三峡,早已被秦汉的使臣、唐宋诗人、历代的文人墨客描绘得无以复加,语不惊人死不休地绝顶精彩了。令我等凡人鼠辈、不肖子孙只能哀声嗟叹,仰望膜拜、俯首称臣。西陵峡口,唐代诗仙李白一曲"朝辞白帝彩云间,千里江陵一日还,两岸猿声啼不住,轻舟已过万重山"的绝唱,让古今中外的文人,还有谁能唱出如此空灵简约的山水灵性、气贯长虹的地域典藏、五千多年文明历史的厚重底蕴?

俱往矣,巫山峡的峰顶,那依旧多情的鲜活的神女,不仅牢牢地守住了当年与楚怀王的梦中约定,更是见惯了滚滚长江东逝水的风韵与绝情。竟让我这个半吊子文人,一边吟唱着唐代诗人元稹的千古绝句"曾经沧海难为水,除却巫山不是云。取次花丛懒回顾,半缘修道半缘君",一边还浑然不知云雨和巫山,除了是男欢女爱的图腾,竟还是江峰和地域的谓称。还有那个写下《茅屋为秋风所破歌》,一辈子穷困潦倒的诗圣杜甫,一番豪饮之后,寥寥几行对瞿塘峡的诗句,便吓退了今天用摩登时髦的高科技电子网络产品,武装到牙齿的浩荡墨客文人大军。"瞿塘峡口曲江头,万里风烟接素秋。花萼夹城通御气,芙蓉小苑入边愁。珠帘绣柱围黄鹄,锦缆牙樯起白鸥。回首可怜歌舞地,秦中自古帝王州。"自唐宋元明清,从三皇五帝到如今,华夏的历史长河中,每一个朝代的覆灭和崛起、演进与蜕变,都必然地涌现过后人难以超越的人文高峰。但为何只有在唐宋两代的世事沧桑中,才能派生出那般历朝历代都只能让人高山仰止的诗词与文化巅峰?即便是唐宋时期的政治、民生、文化、商贸与秩序,再怎样繁荣与昌盛，又怎能与今天现代化的科技、信息、教育与交通等比拟。那么，究竟为何，我们会发现今日的人文觉悟、道德修行、美丑准绳、价值取向存在某些错位，令人深陷迷茫。倘若国家传统与人格品质，一个民族千百年来积淀和蕴藏的文明传统和人文精华，在科技进步和社会发展的过程中，未能得到应有的珍视与传承，那么这个民族的精神大坝、道德的库存、人文的典藏、传统的血脉精华到底还能守住多少？留住几何？

从三峡大坝一路水行，终于完成了在三峡我那多年渴望的梦幻旅行。回到重庆的旅馆，孤灯下，铺开稿纸疾笔书写"策划书"的文字时，灵感泉涌，才思敏捷，似有神助。那一路沿江直下的地名：秭归、牛肝马肺峡、兵书宝剑峡、官渡口、天坑地缝、八卦图、石宝寨、丰都鬼城、白鹤梁、奉节白帝城……不仅让我惊叹不已，更让我叹为观止。不知是巴山蜀水的人杰地灵造就了先人们为自己世代相传的根须之地在命名上的自然天成呢？还是那一个栩栩如生、形象具体而鲜活的江畔小镇，从古至今就早有了的约定俗成？

几日之后，大作功成。在市委宣传部召集的评估会上，我的策划书竟让所有领导、专家、学者兴奋不已，掌声雷动。但终因观念超前、造价不菲而胎死腹中。

重庆飞往北京的飞机上，我怀着一种难以名状的心情再次从窗口向身下的巴山蜀水投去了最后的一瞥。瞬间，我的胸中涌荡起一派交响乐般的汪洋大潮。我仿佛看见，那个在滴翠峡江水一线天的悬崖绝壁上，那间兀立孤独的庙宇楼阁小屋里，晨钟暮鼓、青灯黄卷，面壁苦读八年，一鸣惊人，状元及第的巫山县乡绅之子。我还看得真切，那个以我名字化身的"大禹"，又在一段激流险滩上蜕变成一只力拔山河气盖世的狗熊，劈山开道，滚石成堤。我还看到，在一个叫北川涂县的地方，一位妩媚、贤惠的狐仙，与蓬头垢面、双目如炬的大禹，天地跪拜之后，产下一子，名曰启……我还看到，浸泡在江水深处的大昌古城、温家大院，那纯朴的祖遗厚德，那数百年世代昌隆，还有那位于三峡西口，蜀主刘备托孤于诸葛亮，李白诗中的"白帝城"，更有那阴曹地府、昭然若揭、开膛破肚、五马分尸惩恶扬善的奉节鬼城……

飞机再次升空，我的灵魂便扶摇直上，变作了那个十月怀胎的大禹之妻，狐仙幻变而成的顽石之后，轰然炸开，横空出世的"启"。我的肉体幻化成大禹肩上的襁褓，随父行色匆匆，蓬头垢面，趾甲断裂，一路治水，义无反顾。今又是一个"兵戈之象"、炎热酷烈的夏日，当我写完这篇名曰《童话与水》的万言散文时,我竟再次几乎被流火似的溽热、殚精竭虑的疲惫、蚊虫的叮咬,折磨得数度昏死过去。就在我的"文字产儿"刚刚脱离母体分娩的一瞬间,我仿佛一下子顿悟了父亲为我命名"禹"字的禅意。"大禹",就是芸芸众生对神话的千古绝唱与寄托,而现实中的大禹,必欲先治好命运中的大水之后,方能成就疏通和澄清尘世中的浊水污泥。而今天,人们愈发渴望童话,正是因为童话里的世界纯粹和干净。而万物苍生,倘若一旦离开了水的滋养,顷刻之间,就会命之不存,福之焉附?

子在川上曰:逝者如斯夫,不舍昼夜……
人生如水,水如人生……

我的农民清轩叔

（一）

我的叔叔是一个农民，而且农民得地道。他既不像时髦的新派农民，会发电脑"易妹儿"，脚踩进口轿车油门，满世界不着家门去谈生意做买卖；也不像一辈子足不出村的旧式农民，忠厚保守，自私胆小，逆来顺受。清轩叔是那种曾经走州过府、能说会道、聪明过人的农民。一辈子面朝黄土背朝天的日子，使他的晚年变得木讷和迟钝。我大约有二十多年不曾见过他。听我父亲说：他依旧头顶白羊肚毛巾，时常叼着个旱烟袋。家里有电灯不常用，有椅子不常坐，高兴的时候就蹲在了上面。

至今，他还是用很重的孙河镇土话和人打招呼问安。见到邻里他说："你揍嘛来？"（你来干什么？）见到乡党他说："逮不逮？"（好不好？）他中年丧妻，孩子远行。我竟不知他是否续弦。冀南平原的黄土和风沙，经年累月的辛勤劳作，在他脸上和额头上留下刀刻斧凿般的皱纹。早年的粗劣饮食，使他依旧时常打着浓烈的地瓜干和高粱面窝头的饱嗝。那种冀南平原上标准的农民式饱嗝，在我的记忆中，一如昨日一般新鲜。从照片上看比我父亲年幼不少的清轩叔，像是我父亲的长兄。一身合体却不合身份的藏卡基布干部制服，竟让一顶白羊肚毛巾，又将他拽回既永远盼着彻底翻身，又逆来顺受的典型农民气质中。

早年，我父亲也是农民。单从名字而言，我父亲的"清月"似乎比叔叔的"清轩"，更农民得彻底。当我父亲告别面朝黄土背朝天的命运，跟上了"咱们的队伍"，清轩叔就是做梦也想不到他俩的境遇在后来几十年的传宗接代中竟有了天壤之别。我父亲跟着邓小平的队伍走，他怀揣一部《康熙字典》。清轩叔恪守千古遗训："父母在不远游"，手里拿着个开荒的镢头。行军的路上，我父亲和尚念经般背诵生字，清轩叔双手牵牢我奶奶的衣襟，在孙河镇的黄土路口，带着希望向广袤的原野深处远望。我父亲打着腰鼓，扭着秧歌随陈毅的部队走进十里洋场——

上海。清轩叔躺在土炕上，在梦中吟唱："麻屋子，红帐子，里面躺着个白胖子。"父亲在外滩的街头买了根香蕉，不剥皮上口就咬。清轩叔的娘问："快过年了，你最想吃什么？"清轩叔坚定地说："罗生（花生）！"我父亲唱着《喀秋莎》娶了我那"阿娥，把阿拉的衣裳打一打"的母亲，清轩叔却亲手将刚从花轿里向外金莲轻挪的新娘子那猩红的盖头掀起来。父亲听着俄罗斯大歌剧《伊凡·苏萨宁》，打完了响亮的呼噜后，又捧着他的《康熙字典》走进了北京城的"中央文学讲习所"（即今天的鲁迅文学院）。清轩叔努力了半天，还是闹不清是巨鹿县城大，还是邢台地区大？当我的父亲为了把水写得传神，将我那资本家小姐的母亲"骗"去河南前，庄严宣告"三门峡水库里有整个上海都吃不完的鲜鱼"时，清轩叔在油灯下，伟大无比地当选为河头村生产队长。两个农民儿子的命运，便这样清晰地被人生的路划分开去。他们准确的定位是：一个是城市户口，享受商品粮待遇，身份：国家干部，头衔：作家。而另一个，就节省了很多方块文字：贫农。然而，我那童心不泯的老父亲呵，真的因为有了作品和头衔，便从"农民"这个在我血脉中世代相传的字眼儿中脱胎换骨了吗？于是他在欣赏儿子演唱西洋歌剧的唱片时，拼命将音量放到极限。我说："爸，没文化的人才把声音放得那么大！"我父亲就以惊世骇俗的幽默说："声音小了，我怕吃亏。"面对父亲绝顶的幽默，我分不清到底这是农民与生俱来的幽默呢，还是曾经可以背熟《康熙字典》的父亲，他那知识分子式的大智若愚？

清轩叔守着存在了几十年的黄土小院，依旧经常蹲在门槛上，双手捧着大海碗，稀里哗啦地吞咽着豆制的杂面时，父亲就高高地坐在了美国首都华盛顿大学东方语言系的讲台上。不管父亲是否情愿，当看到自己在录像带中的尊容和情态时，就豁达又不失调侃地说："尽管我西装革履，正襟危坐。但怎么看，还是个农民。"这时的清轩叔，信也不来，就搭上火车去人走屋空的合肥城千里寻哥。投亲不遇，叫他蹲在我家的门前好一顿地哭泣。我那农民透顶的清轩叔呵，让他对故乡和家园的苦恋，自断了他对大千世界的苦恋和向往。父亲了断了对故土和家园的依恋，使他获得了更广阔的生命空间，以及无与伦比的精神家园。从我记事起，我总觉得父亲让自己的心灵最恬静和最美好的静养，便是对故土那最深切的思念。于是，我从孩提时代，便悄悄地营造起一个错把孙河镇当景德镇，误把巨鹿当苏州的"世外桃源"。

当父亲领着两个幼小的儿子和流过泪的妻子，离开三门峡水库那尘土飞扬的工地时，母亲就不再哭泣了，在驶向安徽合肥的普快车厢里，弟弟带着父亲作家般的浪漫情怀，用咿呀学语的音调高喊："我要喝黄河的水。"当时的他，当然不知三门峡的鲤鱼，因水深且浑，久而久之眼睛退化多半都是盲鱼。母亲带着那种跟定丈夫走遍天涯海角的坚定神态，沉默不语。父亲望着一切尽在不言中的母亲，就有了中国农民式的内疚和不安。这种不安和内疚让父亲在后来的岁月中，即使为母亲付出一切也心甘情愿。

仿佛和命运有约，在我十岁出头的时候，父母又要远行，这次父亲面对远行，显然没有以往的豪情万丈和美好的憧憬。去安徽淮北农村，那个曾经饿殍遍野、赤地千里的盐碱地上，接受贫下中农再教育的现实，使他决定了我和弟弟与清轩叔家有了永生难忘的接触。更想不到的是，在孙河镇的经历，竟影响了我的一生。

（二）

清轩叔在一个掌灯时分，独自出现在我的眼前。粗布黑衣的自制棉袄棉裤，像是厚重的铁甲箍住全身。白羊肚毛巾扣在头上，使我多少次都想上前试一试他能否真正戴牢。母亲一次次为这个乡下来的小叔子盛满大米干饭。父亲和他这个全家唯一剩下的兄弟，一杯又一杯地干着古井贡酒。多少次的叮咛，在贡酒的芬芳中无言地溢散开去。清轩叔那标志着我们孙家传人的大鼻子上，开始红光弥漫。那双孙家独有的犀利而有神的小眼睛，放射出任重而道远的深奥。他冲着面前已经是准知识分子的哥哥嫂嫂说："城里的饭揍是好吃！"母亲歉意地说："弗要太客气。菜弗多，饭要吃饱。"清轩叔就点着头说："中！"父亲用和清轩叔酷似的笑容，深切地注视着他这个"兄妹五人，排行最小，满门忠烈，唯一生存"的胞弟，似乎说什么也是多余。刹那间，我就傻傻地呆住了。这兄弟俩之间、竟然可以长得如此相像！相像得形同孪生……

出门的时辰已到。清轩叔将我母亲交他的盘缠，尽数一张张地卷进他那根本不辨颜色的棉布腰带中。清轩叔吸完最后一烟袋锅子旱烟（用我父亲给他的香烟拧碎后，将烟丝放进小烟袋锅里）后，在千层底的布鞋下磕尽烟灰，气出丹田地说："哥嫂，大小、二小跟着我，你们放心！"

站台上灰暗的路灯，在渐渐晃动的车厢行驶中逐次后移。我从父母挥动的手势中，读懂了他们的满心坦然的信任。黑夜里，我们抵达了德州车站，在迷瞪和困顿的眼睛中，地上和椅中满是横躺竖倒、半醒半睡的人群。多少年后，无论我在电影里和人流聚集处，重温这种人多如蚁的场面,就又看见了那个人满为患的德州车站。清轩叔似乎毫无睡意。让我和弟弟枕着他的腿在椅子上睡,不一会儿,我却没了枕头。正在四处寻望,一股扑鼻的香味便传了过来。清轩叔手捧两只焦黄诱人的德州扒鸡,乐颠颠地走来。我推醒弟弟,于是我们便狼吞虎咽。清轩叔不吃,他专注地望着我们忙乱,只见他口水下咽时,粗大的喉结上下挪动。清轩叔将另一只鸡用好几层报纸小心裹好后,就告诉我们:"德州扒鸡也叫'叫花鸡',叫花子偷了人家的鸡去了腑脏,就用湿泥包了扔在炕里的柴火里烧。等再出去悠半个时辰回来,那鸡就得咧……"清轩叔那有滋有味的叙述,硬叫我觉得口腹中的扒鸡,远不比他话中的好吃,这时,清轩叔自己就笑了:"我小的时候,你爹也带我干过这些,现在他在纸上写字,就不能写这些咧。当然,那是人饿急了才干的事……世上嘛最好吃?就是个饿。"我说:"清轩叔,你怎么不吃?你不饿吗?"清轩叔就用眼睛向候车室窗外的黑夜里远看:"农民只有回到自己家里才真饥……"我因受不了室里的呛闷,在人们吞云吐雾的烟雾里呕吐起来。清轩叔用那只攥惯了镢头的大手,拉牢了我走出门去,一任我狂吐不已。他用那双长满硬茧的大手,不知深浅地拍在我的背上,叫我吐泻得畅快淋漓:"吐吧,吐了就中咧。只是可惜了那扒鸡。"从那时我便记牢了,中国人吸烟吸得多么了不起。

从巨鹿县城到孙河镇，便不再有任何机动交通工具。我到今天都记不起是怎样抵达那个黄土小院，抑或是一架牛车，将我们一路摇晃着到达目的地。听说在城里当干部的清月的两个儿子来了，乡亲们便纷纷来看热闹。那时的农村不比今天有交通工具和电视，人们过着封闭的日子，冷不丁从遥远的城里，来了俩孙姓后代，孙河镇便预支了过节的气氛。大姑娘、小媳妇、老汉及小脚老太，顿时就将清轩叔家的独门小院塞满，在卧房里那半屋大的土炕上，坐满了盘腿和蹲坐的。炕头上那盏至今在我记忆里依旧鲜明的豆油灯，仿佛也像是受了热烈气氛的影响，竟燃烧得毕剥作响。年轻的婶子，一边猛拉风箱，一边不断往灶膛里添柴，火焰上的那口足够一个班士兵吃饭的大锅里，就有喧闹的声音。灶膛里的火光，将婶子脸上的雀斑照得清清楚楚，使她犹如酒后微醉的双颊绯红。清轩叔忙着从布包里，向外拿出城里的糖果和糕点招待乡亲。街坊四邻也将城里难得一见的大红枣和花生，小山似的堆在炕上。我见着一个拄着拐杖的龙钟老太就喊"奶奶"！于是人们连同清轩叔、婶子以及他们的大小子怀品、二小就喘着气大笑。笑声中我就知道了，这龙钟老太竟和我同辈。假如她老人家轻易一应，孙河镇上的辈分便将大乱。

　　位与我父亲年仿的青壮年凑近我，仔细端详。他声若洪钟般地说："这大小，活脱脱的一个清月。"我抬头仰望这个大汉，就想起了电影《小兵张嘎》中的武工队员罗金保。这时，清轩叔就让我管他叫爷。我死活不情愿，这让众人更加快活。一位身材婀娜，且有一张鹅蛋脸盘的俊媳妇，襟怀敞开，手里搂着个正在吮吸母亲奶头的婴儿，直着走近我，她腾出手来在我头上抚摸着说："这城里的孩子，长得揍（就）是细嫩。"我躲开她的手，低眉敛眼面对众人，多次对人们在称呼上的错乱，竟叫我不知所措。婶子走了过来说："你爹得管她叫八婶，你就得叫她八奶奶。"我一时惊住，双眼直瞪着她口齿，就僵住不会动作。众人就联合起来，合唱般地畅笑。人们的身形，在油灯的投影下，将土墙印上错落有致的森林画面。注视着这个清一色的庞大孙氏群落，我仿佛置身在充满暖色、用血肉筑成的城堡。多少年后，那时眼前的真实，竟在向我隐喻着一个何等神秘的群体意识？一个何等不可思议的生命凝聚力？是什么将这个和我有着血脉之缘的、巨大的孙姓宗族，一代又一代画地为牢？似乎永远无法挣脱地禁锢在孙河镇，这个方圆不足一公里的狭长村落里……

在农民们的欢声笑语中，弟弟早已没了声响，歪睡在炕头的一角，那时的弟弟羞涩、胆小、话少。我乘人们的兴趣已不再聚集于我，便抽空溜进院里。漆黑的土墙四合院，被那高悬的满月照得通明，银色的月光占据了未被遮拦的整个空间。清新的空气渗入我所有的呼吸器官，叫我的全部身心，浸泡于一种赏心悦目的欢愉之中。我虽在城里已活过数不清的日子，却从未有过今夜的明澈和宁静。怀品不知怎的尾巴一样就跟在我的身后，在他划亮的火柴中，我嗅着并不十分排斥的腥臊，随他浏览着羊栏、猪圈里的其他"家庭成员"。那胡子老长却显得年轻的山羊，用半睡而温和的目光凝着我呆看。猪舍中，那头通体黝黑，全身浑圆的半大肥猪，憨态可掬地哼着一曲枯索而不成调的小曲。我走近一个齐胸高的水缸前，抬手就将盖子掀开，一股新鲜清爽的气味便升腾起来。我将手伸进盐水里，触摸到了满满一大缸的腌萝卜。将肥满圆长的萝卜提在手中，凑近眼前细看，那表皮上放射出的白光，就把清冷、高贵的月光比得萎靡了下去。我指着腌萝卜的巨缸问怀品："这缸萝卜够吃一年的吧？"怀品并不回答我的问题，他指着缸纠正说："这不叫缸，叫瓮！"我望着一脸毋庸置疑的堂弟重复着说："瓮……瓮……瓮中捉鳖！"怀品这时脸上权威的庄严性便垮了下去："你学嘛来？"我不无显摆地说："莎士比亚的……"怀品没等到我说完，似乎彻底懂了，他打断我的话肯定地说："城里的萝卜。"于是，我就终生难忘地傻待在那里。

(三)

屋里的妇女都已散尽,只剩了一批我分不清谁是谁的老人。那一张张核桃壳似的脸庞,在我看来如出一辙。我想,他们便是孙河镇的见证和历史。细细听去,他们嘴里的名字,就叫我不得不肃然起敬了:"清轩,你爹跟上八路是哪年?"清轩叔愣了一下,双眼迷瞪地说:"俺哥知道得仔细。""谁的队伍?"这次清轩叔没了犹豫:"彭德怀。""国英要是活到现在该是多大的官?"众人思索,怕是说错地在心里琢磨,老汉见没人应答,便自言自语:"一准比俺们县的县长大吧?"清轩叔坚定而彻底地说:"大!听俺哥说,那会儿就是团长了。"老汉们带着对历史不容置疑的权威性继续说:"国英是百团大战时负了重伤,叫小鬼子绑在一棵大树上开了膛,又让狼狗给咬死的。"另一老汉用更具史料的考据性说:"不对,国英是叫村里的地主告了密,领着日本人抓进县城。先是辣椒水,后是老虎凳。国英硬着呢,就是不招。他是被活活折磨死的。"老汉们对我爷爷的悲壮显然崇敬备至。于是,在我刚到孙河镇不出三天,一天夜里,我由怀品领着,带着满腔的刻骨仇恨,就用几块足以砸死一头小猪的石砖,投进那个也是孙姓的地主家卧房里。老汉们回忆着往事唏嘘长叹，但又都说不准我爷爷牺牲的具体细节和详尽的地点。多少年来，我爷爷这个人我从未见过，但仿佛一直活在我梦中的英雄好汉，以他民族的气节和英灵，在孙河镇塑起一座标志着这里地杰人灵的无形丰碑。让他的子孙们永远无法漠视，显示了我们孙氏宗族在这一方土地中的举足轻重。我记得父亲曾为祖父壮烈牺牲的具体时间和地点，独自北上寻查。回来后，他竟是久久地沉默不语。父亲北上用心查考，不仅仅是为了自己作品中人物细节的翔实，更重要的目的是让他的子孙永远不忘自己对烈士骨血的确认。在我后来阅读过的大量西方文学作品中，常常疑惑：是贵族的精神及传统的特质，城堡庄园和爵位财产，才使他们的后代具有一种君临一切的傲骨，还是他们确实面对民族的危亡，曾每每出手不凡，力挽狂澜？但我深知，在整个中华民族演进的历史进程中，诞生于黄土地，泯灭于黄土地上的无数农民英雄，才真正是我们这个炎黄种族坚实的脊梁和厚重的尊严。

父亲以农民天才的想象力和作家的口才，在一日三餐的桌前，在我行将入梦之际，将我爷爷的悲情和壮烈，描绘得既平凡又感天动地，叫我生出多少荒诞的想象力和悔恨不能追随爷爷左右的生不逢时。于是，在我学美术伊始，我便梦想有朝一日，用油画去刻画我那位骑着高头大马,被卫士簇拥着一身戎装的爷爷,披花带锦,在乡亲们的欢呼声中抱拳作揖,用刚缴获的东洋鬼子的战利品,犒劳自己的士兵,款待远亲近邻。甚至在今天,每当我在西洋的歌剧舞台上,依旧梦痴梦想,应该有一部让我用强劲戏剧性的嗓音,伴着海啸般的交响乐和合唱,去宣泄我对爷爷视死如归的绝唱。

这时油灯下的清轩叔,在众人对我祖先灿烂而崇敬无比的追忆中,印堂发亮,双目炯炯有神。这个农民英雄的后裔,一如我父亲一样,便有了气度不凡、神韵尊贵的光辉瞬间。他全身如老僧入定,双眼迷痴,神魂远游,恍若隔世。

人群散尽,清轩叔这才取出用报纸厚裹着的德州扒鸡,招呼全家受用。弟弟在睡梦中得到一个鸡腿,几乎半闭着眼便疾快地食净。婶子、怀品、二小用手捏住食物吃得万般细心谨慎。那种对稀有食品的珍惜,让我觉得大有一种对"最后的晚餐"的依依不舍。清轩叔吃完他的一份,用嘴嘬净十指上存留的卤汁,双目仍是盯牢手指回味无穷。似乎努力在创造时间,延留扒鸡入胃时的整个过程。此刻,我口中的鸡肉似乎已失去它应有的滋味。眼前的情景远比德州扒鸡更有品尝的价值和内蕴。我将手中那块没有食净的鸡胸脯,递给我初见时便敞胸裸怀、沉默寡言的二小后，顿时就明白了"农民只有回到自己家里才真饥"这句话的全部意义。

（四）

在孙河镇待了不足一个月，我便厌倦了一日三餐的高粱面窝头和盐水大萝卜。吃一个鸡蛋便是奢侈，往窝头的圆坑里撒点盐，再点上麻油，算是犒劳了肠胃，牛羊猪肉更是重大节日里的稀罕物。每逢日子过得有些说头，婶子便从上房里用小筐盛出些绿豆和黄豆，去村中央那大坑旁的石碾上碎成细粉，回到家中揉面切条。婶子在灶里填满枯干的高粱秫秸，点上火便风箱轻拉，火苗燎起。于是，那口足以让一个人洗浴的大锅里，便有了豆油和葱花的香味。婶子那令人眼花缭乱的操作，如同一个苦练不辍的民族舞蹈演员，四肢舒展，身姿飘逸，步履轻盈，如同点豆。转眼间食物熟了，我便端了个孙河镇成人们才配得上的海碗，用不知何时练就的清轩叔的本事，蹲在大院的门槛上，面对一大碗漂红走绿的汤面，和着热气腾腾、稀里哗啦的伴奏，将头埋将下去。在孙河镇的农民们用几个鸡蛋从集市上换回半斤灯油的日子里，面对两个终日在城里顿顿大米白面的半大孩子，清轩叔这个"屋里的"，在伙食上也恐怕只能做到用"杂面"来替换红薯面和高粱窝头的饮食变化吧！我常常望着圈里的猪羊，想着城里菜市场上出售的鲜肉，城里人根本不将吃肉当成什么稀罕。不到农村，怎么知道农民把大块食肉看成飨宴，称"杀鸡宰羊庆丰收"。那么何为"丰收"？在孙河镇这个严重缺水，土地贫瘠的方圆千里的土地上，无疑如同黑夜里的星星一样难得一见。清轩叔领着村里的青壮年，去很远的地方打井取水。那种起五更睡半夜的辛劳，也许是为了珍惜着村中央那个维系着全村人就近取水的"大坑"。我曾仔细观察和品味过，村里的人们关于就近取水，有着不显而易见的"铁律"。尽管"坑"里的水已浑浊得不堪食用，但前去取水的人多是老弱病残。"大坑"里的水之所以金贵，一是可以就近取水，二是到了夏季，它就变成了村里孩子视为"游泳池"的极乐世界。据说"大坑"里不仅是天降大雨的自然盆钵，同时还有孙河镇农民不常见的活鱼。我至今仍替孙河镇人深深遗憾。活鱼——这个对城里人，尤其是对上海人多么诱惑的字眼儿，在孙河镇农民的眼中却是一种"偏食"。清轩叔有一回经不住我一再详问，就淡漠地告诉我："农民不喜欢吃鱼。"于是，在我目睹了孙河镇吃鱼的方式后，我就明白了我那远亲近邻们，从不拒绝他们想象中的任何美食，却始终不钟情鱼的独特滋味。

孙河镇人的食鱼方式,叫天下人叹为观止。他们只懂得将鱼剖腹剔脏,却不刮鳞取腮。将腥味浓烈的鱼满满一锅,放上大蒜和盐后,便那么囫囵煮熟食之。大有蛮荒之人茹毛饮血的原始遗韵。相形之下,城里人对鱼的重视和烹调变化多端,手段之妙,作料之丰匪夷所思。冀南平原农民吃鱼仅是一种填满肚子的过程,而城里人却把吃鱼当成一种"有朋自远方来,不亦乐乎"的宴请。这就是所谓的"无鱼不成宴"。一个多么不公正的现实就摆在了我的眼前,城里人在享用完现代文明的科技发达给人们带来的种种实惠后,将食鱼叫作"尝鲜"。而我那农民的兄弟姐妹们,在遍尝刀耕火镰原始的劳作后,将食鱼视为"饱饭"。

多少年后,每当我忆起村中央那个冬枯夏盈的"大坑"时,我仍旧常常这样发问:这种谁也没有强加给谁的不公正,究竟是人类生存不同空间的环境造成的呢,还是来自人性本体对公平生存状态的麻木和排斥?面对命运,农民们深刻地叹息着:要是我生在城里……面对挫折和现实,城里人无奈地嗟叹:要是我到了国外……当然,人们并不仅仅是仰天长叹。于是城里便出现了"打工妹"的群体。于是西方国度便有了"洋插队"的部落。那些尚未走出一方水土的人,艳羡着昨天还是自己同类的人们财大气粗、颐指气使的同时，面对城里人这样的"气魄"和大把花钱的潇洒，他们可曾想到这样一个亘古不变的生命命题：付出和收获，永远都是等价的吗？当那些"打工妹"支付血汗，有些又连同出卖了肉体和灵魂，面对她们的困守于土地上的父老们，她们敢说：我替你们翻了身，因为我有钱了！当那些在异国他乡，受尽了自己都分不清的屈辱后，却仍旧在国人面前显示优越的"洋插队"，你们敢说：我才是见过世面的人？虽然，世纪的变迁和人类的发展，毕竟将生命的实在意义和真谛搅了个眼花缭乱。但农民出卖了土地便不再是农民，女子抛弃了爱情和人格便如同娼妓，知识分子失落了良知便是精神乞丐，而法官忘却了正义便是助纣为虐。面对今天的纷繁世界，人性在寻找着自身准确定位和返璞归真的机会中，竟是那样的"说不清，理还乱"……

缺水的现实和用水的频繁，使我这个除清轩叔外便是整个家庭中最强的劳力，不管以往是否有过同样的经历，都得担起双桶，步行远途去村外深井里挑水。孙河镇冬季的寒风，在一望无际的原野上肆虐狂发。它在用"呜呜"的单调音阶，述说黄土地上的沧桑时，又像一把把锋利的刀片刮割着我的脸颊。深井的水甜，不时地啃噬我一个十多岁孩子的肉肩，更不曾让重担有丝毫的减免。那一路水洒、跟跄学步似的窘态,曾让村里的同族同情和忍俊不禁。每一天,我将家中堂屋里那只永远难以充实的巨缸注满,便瘫坐在炕上,一边恨恨地揉搓着肿痛的双肩,一边仇视着从井台到缸前这段叫我气喘腿颤的距离。它在我感觉中的遥远和艰难,似乎是在攀登一座根本无法翻越的高山。

(五)

缺水的不易和用水的节俭,又让清轩叔一家人仅用一盆水,常常是洗完食物再洗脸,净了脸面净脚面。在我常常执着的注视下,那盆已经浑浊的水,最终的句号不是画在院里,而是完成在羊栏和猪圈。夜复一夜,当我学着清轩叔的家人,光着身子钻入被窝时,那四处皆寒的炕席和油光锃亮的冰冻被面,激得我每每发出几声杀猪似的厉喊。入夜,炕上,从叔叔、婶子、怀品、二小和弟弟一字排开的鼾声,使我彻底理解了什么才是真正意义上的"起五更,睡半夜"。当苍天在孙河镇的晚上约莫六七点的冬季里,猛地收走太阳的光芒时,城里的恋人们为躲避余下的阳光,已躲进人迹罕至的树丛花前耳鬓厮磨。而乡下的农民们,为了省油,黑暗中便睡在赖以恢复元气的大炕上了。在"五更"和"半夜"同样漆黑的土屋里,清轩叔被时隐时现的狗吠和喊声弄醒。他像一个从梦中惊醒的孩子,嘴里叽里咕噜着没人听懂的"兽语"厌烦不堪,于是由远至近的吆喝声更加连绵不断:"清轩,五更了,出村打井去咧……"清轩叔在他那大幅度自我较劲儿的翻身中,滚屁连连。从肠胃里发出的,混杂着高粱面窝头味和胃酸的嗝,叫我终生难忘地释放出来。在这种拿破仑加农炮轰响的动静中,我们用躯体焐暖的炕沿上,那盏油灯便被婶子点亮了。

每每我在那稍顿的睡意中思索:清轩叔和他的打井队伍,为什么偏要在这个人们最贪睡的时辰,愤然起身,在清晨的寒风里,去完成一种常人根本不屑去奉行的使命?在这样的时刻,人的生命中,还有什么比睡觉更为贵重,还有什么比中国农民的天条"老婆孩子热炕头"更加诱人呢?孙河镇的农民白日喋喋不休地谈论打井,可是他们终年累月,超乎常人想象的坚毅和勤奋,又能使多少失却科学准绳约束的人工深井中,流出那金贵的甘露呢?闻声即起的清轩叔,用他嘹响的滚屁和酸臭的饱嗝,一次又一次佐证着他那从来未间断过的"打井意识",但我却很少听他形容过井水喷涌着的真正喜悦。那或远或近,断然剥夺了孙河镇人基本生存享受和渴望的人工土井,怎么会那么重要？那时，我暗忖：也许是生产队长，连同烈士后代这个双料头衔，才不得不迫使清轩叔面对如此煎熬，去恪守一个无告的坚忍和默认吧？后来，当我在德国巴伐利亚州的一个南部小城里，身陷全城供水系统故障，三天断水的窘迫和无助中，就刻骨铭心地体验到了：什么才是人类生命之源。水不仅是缺水的中原农民的命脉，更是他们的福祉和希望。于是，资料片中成千上万农民长跪不起，虔诚祈雨的场面让我震惊。我父亲穷极一生，用方块字殚精竭虑、呕心沥血对水的痴迷和膜拜，便叫我醍醐灌顶、茅塞顿开。电影《老井》中，那方圆百里的农民为水群起，拼死械斗，横尸遍野，惨不忍睹的悲情场面，让我浑身微颤……

（六）

跟着怀品和二小身后，我和弟弟开始了在广袤的田野中拾掇柴火。那种看似原始和单一的劳作，却在怀品和二小面对小山似的树梢枯枝，那种妙不可言的神奇捆绑动作中，平添了几分灵性。他们的举手投足中，显示了这两个不折不扣的农民儿子，面对着他们别无选择的黄土地，心甘情愿的坦然。在这辽远的平原上，冬天狠狠地教训着我们这两个曾养尊处优的城里孩子。为了抗击严寒，我和弟弟极不情愿地穿上了缅裆裤，戴上了白羊肚头巾。这才发现，用去年秋天收获的新棉花自制成的衬裤，远比城里人的毛衣毛裤舒适保暖。当我和弟弟扎好布腰带，装束全整后，怀品和二小就乐颠了，他俩围着我们就不住地转着圈子笑："这咋？我们就硬是一样了啊。"我那时，真是好狠地想着清轩叔家里应有一面穿衣镜。我到底要仔细看看，我们俩穿上了准农民的服装，便真的和这两个准农民的儿子，立马就"伯仲之间"了吗？

穿上了孙河镇世代相传的农民服装，我性格中那种农民式的原始野性便露了出来。在一个艳阳天的晌午，我顺着婶子往屋顶上晒辣椒和苞谷的梯子便爬了上去。在我将整个孙河镇尽收眼底地瞭望后，就悠悠地觉得是一个不折不扣的"敌后武工队"队员了。我像一只灵活敏捷的公猴，从自家屋顶跳到邻家的屋顶上，以手中扫帚当机枪，掌里的红薯当手榴弹，开始向臆想中的鬼子汉奸狂射滥炸。弟弟站在屋下捧着二小般棉袄大敞的肚皮，在灿烂的阳光下笑得鼻涕眼泪一路飞扬。怀品爬了半截梯子，惊恐地张大了嘴就傻在了那里。假想中的敌人，在我这完全是"精神妄想狂"的打击中，身首分家，鬼哭狼嚎。我眼前《地道战》《三进山城》等影片的镜头叠升，竟根本听不见婶子和四邻们的惊呼。在我终于踩漏了一家房顶的泥层时，我被人们的怒吼和眼中一派黑黢黢、赶庙会一般塞满胡同的人群惊住。我诚惶诚恐地从梯子上一溜烟地滚爬下来，婶子对我怒目而视。她还不及对我呵斥的时候，头上的阳光便被一片阴影遮去，一个足比我高半头的孩子，气愤得青面獠牙。他手里攥住一块泥砖，冲我愤然吼叫："你这城里的王八犊子，踩漏了我家的房顶，我和你拼了！"他高扬双臂，仿佛一只展翅欲飞的苍鹰凌空向我扑来。直到现在我都闹不清楚，我是怎样如狡兔轻闪，单腿轻舒，一下就将他绊了个头撞南墙。在孙河镇农民的土墙上，用头拱了个坑的这个农民的孩子，甩了甩脸上的黄土，吐了一口带血的黏痰，摇摇晃晃爬起身来，斯文地拍净了身上的尘土，优雅地抹去了脸上的血迹，表情冷静地上下打量着我这个"城里的王八犊子"。围观的乡亲们放松了警惕，望着他那城里读书人似乎才有的洒脱和雅量，我竟一时不知所措。我在无意中铸成大错的心虚中，依旧保持着被再次受到攻击的警觉。我预感这种愤怒至极的报复行为，并不因为暂时的受挫，就这么快让我战斗终止。果然，在人们和我都猝不及防的时刻，一块半大的泥砖，带着绝对的把握和精细的谋划，准确无误地击中我的正脸。刹那间，我眼里的太阳犹如一面巨锣，发出一声强响，化作五彩缤纷的碎片，大地和远天的浩渺空间，似有焰火的金蛇在狂舞,狂放散漫。人群共鸣了一下,就将那孩子群狼扑羊似的拧牢,我啐出那溢满口中的腥甜,猛虎下山一般蹿到他跟前,非常考究而颇有节奏感地一拳拳重击在他的脸上。

多少年后,我回想起自己一生中仅有的几次与对手搏战,无论胜负,都远不能叫我重击这个农民儿子后,有一种深刻的悔恨和无法言传的内疚。我踩漏了人家的屋顶,本应自罚,却打掉了人家两颗门牙。孙河镇那么多的街坊四邻,面对我这个失掉理性的城里孩子,连同我婶子,没有一个及时拧住我的大打出手。而那么多和这孩子同呼吸共命运的,农民才配有的硬茧大手,却不约而同地拧住了这个农民子弟的复仇之腕。婶子的动怒,使她的五官极度夸张。她高扬了左手,半天却不曾劈将下来。那孩子的寡母,冷静而执着地走近发愣的儿子,用那双纳过无数鞋底的手,冲着儿子脸上舒展而疾快地猛扇……孙河镇的长辈们在事后裁决这两个大打出手的孩子时,显示了他们绝对的偏袒。他们说那孩:"咋那么野性,手黑。"而对我却说:"瞧不出清月孩子咋那'二杆子',摔坏了咋办?"而婶子拿着鸡蛋上人家家里,领着我去赔罪时,那孩子的寡母依旧对我慈眉善眼。两个女人在厢房里的对话,叫我永生难忘和抱愧。

"她婶，真对不住咧。"

"啥事也没有，都是孩子家的，闹着好玩。"

"是俺清月哥的大小子，踩漏了你家的屋了。"

"屋子漏了补上就中咧。那孩子可是不能打。"

"打又咋咧？"

"就凭他是咱清月兄弟的孩子！"

这时，我就明白了，婶子那时高举着的手硬是落不下来。我的泪水就涌了上来。是我那烈士爷爷的幽魂，让我独享了孙河镇人对我的宽容呢，还是我那少小离家、识文断字的父亲真的让人敬重得如此这般？以往，我只知道农民的另一个名字便是：狭隘和从不吃亏。今天，这个生于斯，长于斯，每一家都和我远近沾亲的农民群体，竟有着一个并不轻易抒发，但远比许多城里人要博大的胸怀。多少年后，我父母都已近古稀之年，重回我父亲老家时，那个曾被打掉过门牙，怕已做了爷爷的"孩子"，冲着我母亲微笑着，指着他那个几乎无牙的口腔说："大娘呵，除了其他都是自个儿老掉的，这门口的两颗牙，硬是叫你儿子那年揍掉后，就是再没有发达……我要向你那在外国的儿子索赔咧……"

从乡下回到城里，母亲忘却了许多在孙河镇的经历，唯有"索赔"之事不忘。在她终于等到了我从国外回北京演出时,第一句话便说:"还记得你小额辰光(小时候),在老家把人家的门牙打脱了哇?人家要寻侬(你)索赔哦。"我顿时深感汗颜。是呵,难道我不应该认真地赔偿些什么吗?那不仅仅是要去赔偿老家一位被打掉牙后就再也"没有发达"的乡亲,更重要的赔偿应是,去那个让我"梦里寻它千百度"的老家,了结我那种欲去不能,欲罢不能的苦思苦念。

(七)

在孙河镇第二个月,我和弟弟的身上不仅长出虱子,又患了水土不服症。在村边上那个土屋、土桌土凳的村办小学校里,我读着"锄禾日当午,粒粒皆辛苦"的课文,脸上便肿烫得如一只煮过火了的硕大红薯。全身上下那暗赤的痒块,让我们抓挠不止。在我和弟弟将全身抓抠得体无完肤时,那极有黏力的脓和血,便将身体贴牢在棉布的衣层上,暂时蛰伏了下来。但这相对的解脱,又让我们在夜晚睡觉时,付出更大的痛不堪受。一脱去棉裤,通体的疤结就像个瓶盖被硬扯狠撕下来。从新鲜的创口里向外溢出的脓血,放射出滋润的光泽。婶子不知从谁家借来了紫药水,将我们的裸体涂满后,就活脱脱酷似两只"紫钱豹"。说来也怪，一般不生病的我，水土不服竟然叫我高烧不退。我躺在大炕上，浑身上下仿佛浸在滚烫的沸水中……父亲的长兄向我走来，用那双孙家独有的小眼睛，紧紧注视着我沉默不语。我说："大伯，我来孙河镇都有两个月了，你咋不来看我？"大伯仍是不说话。用那只标志着孙家传人的大鼻子凑前嗅着我的全身。当他确定了什么似的眯缝着眼睛，满意地微笑了。我又说："听我爸说您当过公社书记，为乡亲们做过不少好事。后来得了一种治不好的病，就出远门去了……"这时，大伯的眼眶就潮了。我想凑近前去抓住他的手，他却倏地飘飘悠悠地出了门外……

两个面貌酷似父亲的青年妇女来到炕前。她们因长期营养不良而显得瘦弱、憔悴。但神态中却流露着巾帼的英气。她们为我掖好被褥，又用一条湿毛巾搭上我的额头。这时我就说："我认得你们，你们是我的姑姑。"两个女人就笑了。那满是菜色的脸上，逐渐呈现出青春的红晕。我又说："好像听我爸说过，你们也是党员。"姑姑们的神态便肃穆起来。一阵强风从屋外吹来，两个姑姑的发髻就松动开去。一如我父亲特有的发质：黝黑，浓密略有些卷曲。风中，她们那乌黑油亮的长发，宛若一匹黑亮的织锦绸缎，从她们的头顶上瀑布一样倾泻而下……她们用女人独有的那种温存而富有怜爱的手，抚摸着我全身的疮疤。这个时间里，我就嗅到一种让我心旷神怡的薄荷香味……一位满头白发、慈眉善眼的老太太，飘然挪进了大门口。她表情温和平静地翩翩走近我的枕头，将两个带着体温的熟鸡蛋塞在我的枕下，就走到门口的那口我既痛恨又亲切的水缸前，用那只滋润过几代人的巨大铜瓢，盛满清水"咕咚咚"地喝将起来。我冲着她使劲儿地说："奶奶，我认得您。这么多年了，您饿了还是靠喝水充饥呵！我知道您是为了省下粮食给孩子们。瞧您喝水的样子，我爸爸在他的《我们一家人》中，哭着就写了这一笔。多少年了，我就是忘不掉呵……"我奶奶没有和我说话，她喝完了水便头也不回悄悄地走了。水缸里的那只每逢我奶奶饥饿时，总是寄予无限希望的大铜瓢，静静地躺在水面上缓慢轻摇。它仿佛在向我叙说着更多关于孙家和她自己的故事……

（八）

忽然，在茂密和辽阔深红的高粱地里，我看见一个身高六尺的汉子，领着百八十人的杂色队伍，伸着头猫着腰，手持各种土造武器和看家护院用的大刀梭镖，正悄悄地行进在尘土飞扬的土路上，一队摩托开道，骑着高头大马的鬼子关东军小队靠近。从他那个挺立而硕大的鼻子上，我认定了那就是我爷爷。在冀南平原那个秋高气爽，本应迎接大丰收的高粱地里，我爷爷这个远近大名鼎鼎的乡村国语教师，带着冀南平原农民嘴里特有的大蒜味，将手中的驳壳枪高高一举，黄钟大吕般的一声吆喝："打！"于是，鬼子兵的洋马和摩托车，就在农民们拉响的地雷爆炸中腾空而起。农民武装用手中的土造手榴弹和"老套筒"子，向乱了队形的关东军狂炸猛扫，将那些军服和作战姿态一样严谨的鬼子兵，不时从马背上掀翻下来。他们像被各种火器的子弹割倒的一大片红高粱躺在地上，死的和活着的一样纹丝不动。但这支被我爷爷组织起来的清一色的农民武装，用粗糙的火药和原始的狩猎武器，根本构不成对这个虽不足三十人之众，却训练有素的职业军人队伍以致命的打击。受伤和半死的日本鬼子，一个个卧倒在地，号叫着"八格牙鲁"，就朝向他们潮水般涌来的农民队伍，细腻而准确地射击。

被射中的农民，一个个像沉重的粮食口袋，"扑"地一下实打实地倒地，就再也不动弹一下。但这支拥有狗娃、二栓、大柱、木犊和黑蛋们组成的队伍，却前赴后继，势如破竹。天上，那个白热化了的，在土腥和血腥混杂的秋天的太阳,将浩瀚涌动不止的红高粱,烤炙得血气冲天,热浪滚滚。于是,没有倒下的农民好汉们就用收拾庄稼和看家护院的轧刀、梭镖、长矛、大刀片子和鬼子进行殊死肉搏。鬼子兵都从枪膛里退出子弹,以"步兵条例"的典范动作和拼刺技巧,用三八大盖上的刺刀,动作极为考究和娴熟地扎进了狗娃、二栓和木犊们那装满红薯和高粱米的肠胃。而黑蛋和大柱们,又以中华武术的博大和精湛,用风驰电掣般的速度,神出鬼没地将日本人的脑袋,切西瓜似的砍落。我爷爷被四个鬼子兵围住厮杀,他用他爷爷的爷爷,从内蒙古呼伦贝尔大草原深处,传薪接火般递到他手上的那口鬼头大刀,呼风唤雨般向鬼子头上眼花缭乱地砍去。他不时被脚下的尸体绊倒,又一次次地蹿将起来,怒目圆睁,喊声震天。我爷爷被血浴全身,杀性狂起,神勇无比。当他将一个长得像娘儿们似的鬼子军官,那寒光逼人的指挥刀,奋力拔出腹间的同时,顺手就取了这个总跟他过不去的军官的首级……

躺在离战场不远的我,亲目所睹这场叫大地变色,日月无光,惨绝人寰的浴血大拼杀,不禁在炕席上屁滚尿流,心惊胆战……爷爷坐在黄土地上,瞅着龇牙咧嘴横躺竖卧的尸体,用一把沙土捂住伤口,闭目养神。过了一会儿,当他数遍了战死的人数,确定了鬼子全军覆没,自己的兄弟生还无几之后，竟"哇"的一声口吐鲜血，晕死过去……我大叫着"爷爷、爷爷"便从炕上跃起时，我爷爷已经全身素净，带着一脸黄土味的儒雅之气，坐在了我的面前。这时，我爷爷那浆洗得纤尘不染的，阴丹士林布的长袍子的胸襟处，竟挂着一支刚缴获鬼子官的黑色派克钢笔。在我诚惶诚恐，五体投地向他老人家跪拜下去的一瞬间，我听到血海似的高粱地里，极其神秘遥远的深处，传来一个若实若虚，若隐若现的吟诗声："子在川上曰：逝者如斯夫……"于是，那朦朦胧胧的天边，便有孩童的琅琅读书声的回应："国破山河在，城春草木深。"这时，我爷爷就带着一种道风仙骨般的气韵，徐缓地直上九天……

当一只长满粗茧的重手，落在我滚烫的额头上时，我便从迷乱的噩梦中脱离。清轩叔用忧患的眼光和婶子说："这孩子烧得狠着呐，在梦里还杀呀砍地没个消停。"我却幸福而气虚无力地说："爷爷奶奶和大伯姑姑们都来看过我了。"于是，屋里便静得出奇。过了一会儿，清轩叔问我："你最想吃嘛？"面对无论城里乡下，人生了病才能独享的一种特殊的关怀和照顾，我连一个短暂的思索过程都没有便说："饼干！"又过了一会儿，那种具有孙河镇特色的饼干被清轩叔买了回来。那是一种用黄表纸包装，比城里的饼干厚重两三倍，块头大了不少的干面块。它颜色暗黄,质地坚硬。当我用曾被多少人羡慕过的洁白牙齿,狠劲儿咬着孙河镇最有想象力的糕饼师傅的杰作时,弟弟和怀品、二小却早已被婶子支出门外。饼干带着重重的碱味和我不习惯的异甜,根本没有我想象中的滋味。但这种只有病人才有资格独享的特权,使我感受到了一种被人呵护的优越感。多少年后,我每次生病,面对眼前那么多我厌食的精美糕点,我总是对孙河镇那种粗糙和古朴的饼干,情有独钟,万分怀念。

(九)

在孙河镇已度过数月。那终日重复而枯索的日子,加上三餐几乎不变的窝头和腌萝卜,已经将刚来时的新鲜感彻底斩断。身上的疹块虽不再肆虐,但棉裤中的虱子时常仍咬得我们浑身奇痒难耐。我们学着怀品和二小,将血满肚圆的虱子捉牢,用指甲"叭"的一声挤炸,那殷红的血就溢在大拇指上。背上的痒处,我们便抓挠不着,就学着孙河镇的农民,在锅灶旁,对着凸凹不平的棱角,上下蹲着立起地磨蹭。在孙河镇阴霾的日子里,就让我想起城里的阳光灿烂。村里一日三餐的粗劣和重复,就迫使我在想象中去完成,对庐州府那独具风味的小笼包子、炖老母鸡的品尝。夜里，清轩叔家那铺在我印象中，从不生火取暖的"火炕"上，依旧嘹响着单调和沉着的鼾声。清轩叔和他的家人们，对这个日出而作，日落而卧的火炕，无比的信任和坦荡。他们对于这种循环往复的单调生活，用沉沉的昏睡，证明着绝无丝毫的非分之想。那种不属于自己的东西，想也是白想的亘古定律，让他们吃得下睡得香。

  夜里，我将手摸索着那只土陶烧制的"尿鳖子"，就想起城里家中那个白瓷耀眼的痰盂。白天，我从水缸里用铜瓢汲水喝的时候，就想起文联大院中央，那个用手轻轻一拧便清水喷涌的水龙头。我曾用一根铁丝，悄悄捅开上房婶子藏着稀罕物的铁锁，去偷食为过年而准备的白面馒头和糖心花卷时，就特别想念家中那只巨大的砂锅和诱人的碗橱。多少个夜里，我从梦中惊醒，暗自神伤。我想我的父母，一定是把我们彻底忘记了。原先并不觉得城里的生活有什么特别滋味，在孙河镇这几个月的苦涩经历中，城里的一切都变得珍贵和可望而不可即。难道在我将来的日子里，就真的要和电灯电话、楼上楼下、大米白面、剧院影片、公园和泳池彻底告别了吗？我将永远躺在这个孙河镇里家家同样的大土炕上，等待着一个清冷的早晨，从村头的狗吠和人喊中，打着清轩叔一样的饱嗝，厌倦和万难地套上袄裤，跟上打井的人们，去度过那一天饱经风沙犹如苦役一般的劳作吗？在我看来，冀南平原农民的任劳任怨，逆来顺受，是他们早已习惯了人类生存的这种最原始的状态。一个人在生命的历程中，对于他们从未亲历过的事物，是绝不可能有太多非分之想的。对于那些"走州过府"见过"大世面"的人，农民们的羡慕、好奇抑或是向往，只是停留在可望而不可即的虚妄之上。而我，这一生下来便有了对都市生活具体而深刻的记忆的城里孩子，在公元20世纪70年代初，这个名叫孙河镇的冬夜中，辗转反侧，难以成寐。弄不清到底是对爹娘的思念更甚，还是对都市优越生活渴望得更切？……但不管怎样，在孙河镇夜半的狗吠声中，在这冀南平原万物肃杀的大地上，春天和谁都不曾打个招呼，就这样悄悄地来临了。当我和怀品在遍野的黄土地上，一锄头一锄头刨翻土地时，那些经过冬眠，我曾记牢，现在却都已彻底遗忘了名字的棕色小虫，便生动无比地活泛在我们的眼前了。

（十）

当婶子将"快要过年了"这句话传进我的耳朵里时，在一个并不特别的下午，很多庄户人家便开始用碾子磨轧存了一冬的麦子。这时，清轩叔宣读国书似的冲我说:"明天,我带你去县城烫澡。"一年难得洗一回澡的农民,将洗澡当作一件举足轻重的仪式。而对于我,洗澡并不比去县城看热闹更为重要。清轩叔用家里那架经过加宽加固的自行车,他们称之为的"排子车",驮着我身轻似燕般驶出家门的时候,我回头看见已经完全如农民后代一般的弟弟,一脸的羡慕和无奈,正用背在门框上蹭着痒痒。

　　清轩叔用力蹬着车,竟气定神闲,喘息均匀。坐在车后座上的我欢乐得光想唱歌。初春的田野上,极目天舒,除了辽远和广阔以及近实远虚的村落,闲游的牛阵和羊群,便没有什么让人心旷神怡的奇异景观。几个月中,足不出孙河镇的我,却被一种莫名的神秘感驱使着,心里满是激动。放眼望着我的祖先在这片用汗水和心血缔造悲歌和收获的一马平川上,我浮想联翩。这片贫瘠而神奇的黄土地,以它的慷慨和吝啬,养育了多少不屈不挠的农民群落。它时而冷峻如苍凉的死地,时而多情地捧出色彩缤纷的累累硕果。它在狂风暴雨后又让自己复归于残忍的龟裂,它在榨干汲尽了农民的精血后,又无私地奉献出金灿灿的粮食。守卫和驾驭这块桀骜不驯的黄土地我的祖辈们,付出了多少代人的生命,以及刀耕火镰原始般的劳作。是一种怎样的神秘昭示和无法挣脱的、对宿命的默认,就让它主宰了这个高于一切生命之上的人的灵性?黄土地的敦厚和古朴,并不证明它从不会突然爆发雷霆般的脾性。我永生都不能忘记,当地平线上远远地蹿起一撮灰色的烟柱,整个旷野便隐约着巨大的低吼。这时,在地里拾柴火的怀品,像一只机警的兔子,竖起耳朵,双目直视远方。当那远天的烟柱溶化开来,用一种充斥整个空间的烟阵,向我们缓缓移来时,怀品睁大了惊骇的眼睛向完全呆痴的我大声疾呼:"快趴下,沙尘暴来了。"我学着怀品,将双手扯牢头上的白羊肚头巾,面朝黄土趴了下去。于是,那遮天蔽日的沙土尘埃和着鬼哭狼嚎般的狂风,犹如"黄河之水天上来"的滔滔洪峰,将四周的一切吞进它那黑洞洞的巨口。我在狂风劲吹,飞沙走石,漆黑如磐的大地的悸抖中,经历了这一生罕见的恐怖⋯⋯

进了城里,清轩叔从头上扯下白羊肚头巾,将车靠在一个招牌"甜泉池"的店家墙上后,就擦着满头的大汗,牛似的大喘。我的双腿早已被一路春寒冻木。我看着清轩叔红彤彤的脸,双手一使劲儿,就像一袋在车后没捆好的苞谷,重重地摔在地上。我惊诧,那双腿仿佛是借给了别人,竟毫无痛感。从那时,我便从心里饱受了如同上了假肢的残疾人那种刻骨铭心的悲凉感。

"甜泉池"里除了人味并无甜味。人们光着身子泡在水雾缭绕中彼此招呼，仍不忘礼数。清轩叔躺在睡榻上和他这个城里的侄子全都赤身裸体。这时我想，在这个极有我们民族特色的公共大澡堂里，无论是谁，要想彻底痛快，恐怕都得剥去标志身份贵贱、等级差异的外衣和尊严。彼此赤裸又视而不见的人们，在这个特定的时空里，泡在同一个绝对可以将一头小猪烫熟去毛的大澡池里，去彻底地享受着平等。清轩叔在下池洗浴时，竟隆重地喝了人家四壶茶。在他频频小跑着去解手的动作中，我看见他少有的快乐无比。下池洗浴后，我和清轩叔就有了些不平等。在热水浸泡后，我趴在池沿上，清轩叔就用推碾子一般的力气给我搓澡。我痛得有些不堪忍受，就嚷着反对搓澡。他却笑得在脸上一时找不着眼睛说："傻小子，洗澡不搓澡，还是没脱皮咧。"我根本受不了澡堂的人味和酸臭的水馊，便裹了条大毛巾去寻那睡榻，身上红彤彤肉像是被水烫熟卤透。让清轩叔用力搓过的背和屁股以及大腿，竟像他说的那样"没脱皮"般的仍有一种再生的快感。我躺在睡榻上，浑身像是沐浴在阳春三月的日光下，舒服得不知如何是好。这时清轩叔，已经欢天喜地进入浴池，又洗了好几个来回。往返之间，又顺便喝了人家好几壶新茶。我望着已顾不上我的清轩叔就说："我爸爸说，这烫澡洗多了伤元气。"清轩叔小眼扑闪，略带狡黠地说："怀品、二小、国庆都没来，我就替他们多洗几个。"我又一次被这种农民式的幽默和无懈可击的合理牢牢震住。

清轩叔和我洗完澡,时辰已近血色黄昏。他驮着我又飞骑在田野的阡陌小路上。这时的清轩叔面对仍旧撕咬人肉似的西北风,放声喊起高亢的河北梆子。"铜锤钢鞭我手里拿。眦目怒眼呐,呛呛呛呛,我就将你那秦桧打。你小子歹毒陷忠良,待我取你那首级祭岳将……"清轩叔那完全可以成就河北梆子一代名角的豪放和粗犷,在70年代初,那个即将大地返绿的翼南平原上,惊飞了远近枯树上一群群喜鹊和乌鸦。我被清轩叔这个平常深藏不露的绝活,还有那清亮嘹响的嗓音,激动得乱喘乱咳般大笑不止,痛快酣畅。这时,我在心里就数清楚了,光这一回,自打我来到孙河镇几个月后,难得一受的洗浴,便叫清轩叔喝了人家八壶茶,往返六次浴池,行路几十华里,耗时竟十几个小时。

在县城里那个名曰"甜泉池"里,洗完了那个叫我脱胎换骨的热水澡,我的身体便光滑如脂。于是,孙河镇里的农家,在并不刻意营造的"过年"气氛里,便开始了那并不显而易见的蠢蠢欲动。清轩叔家的那头长胡子山羊和那头憨态可掬的肥猪,便在同一个早晨忽然失踪。猪舍羊圈里失却了这两个与人休戚与共的牲灵,便显得落寂和凋凉。我问婶子:"那两口子哪儿去了?"婶子说:"一个去集上买鞭,一个在炕上睡觉。"我说的是牲口。婶子这才明白:"你叔今天晌午把它们赶去集上卖了,好过年。"我又说:"那咱们过年咋有肉吃?"婶子在灶膛里添了把柴火,便掀开雾气腾腾的锅盖。一股羊肉伴着葱蒜的香味就弥漫了整个屋里。"过年了,肉管够!"我说:"羊不是卖了吗?"婶子的脸在笑中就短了不少:"你叔在集上叫屠户剥了羊,就叫人捎回羊头和杂碎。今天的日子过的有说头,我就让你尝尝咱河头村嘛都不换的羊杂汤。"

(十一)

掌灯时分,一家之主的清轩叔从外面办回年货,我们便围着油灯,吃喝着有羊头做底的杂碎汤。被芜姜、葱花、大蒜、辣椒和花椒料煮的羊汤,辛辣臊臭中透着异香,一路鲜烫地通过我那几个月中缺油少肉的食道,进入已经孙河镇化了的肠胃,叫我幸福无比地闭上了眼睛。弟弟吃得通体大汗如雨,喘息不止。怀品、二小,像是谁和谁都全然不认识。一屋子里那喉结的响动,宛如屋檐下寻偶的鸽子们的鼓噪。清轩叔看着孩子们狼吞虎咽,虚缝着眼睛说:"好食物还在后头呐!"

多少年后，当我的足迹几乎遍及欧美大陆，遍尝了国人视为"茹毛饮血"的西洋大餐后，竟在我的印象中无法和几十年前，我在清轩叔家受用过的那顿"羊头杂碎汤"相比。孙河镇的农民，将饲养一年的猪羊自己舍不得食却卖掉，以烹调仅存自用的家畜内脏，算是拉开了春节美食的序幕。在我离开孙河镇那日后的饱食中，那一个个东南西北，名满天下的大厨，无论是怎样以羊的躯体去展示他们底蕴深厚、天工巧夺的厨艺，都似乎无法和我婶子仅用孙河镇方圆土地上长出的植物熬制成的"羊汤"媲美。不管是西安的羊肉泡馍，还是甘肃的红焖羊肉，抑或北京城烤肉宛里的葱爆羊肉，还是闻名全国的乌鲁木齐手抓羊肉……都不能和我婶子在谈笑之间，风箱轻拉中熬制成的"珍馐佳肴"相提并论。那种"此汤只应天上有，人间哪得几回尝"的滋味，每每让我在异乡他国的盛餐后，依旧思念得好苦。我那仅四十出头便英年早逝的婶子呵，您能再一次为我在奥地利，这个古典西乐的国度里，在我放歌"庆典音乐会"后，重新叫我品尝一回那孙河镇滋味独有的"羊汤"吗？于是，我便悟出了这样的一个道理：这个清轩叔和孙河镇农民家族并不以为然的"羊汤"，以它永存我口感中的独特滋味，证明一个放之四海而皆准的哲理：物以稀为贵，人无欲则刚。

关于河北农村的过年，从我记事起，便从作家父亲口中得到过真传。他那种混杂着农民的智慧和口才，以及作家不经意的夸张和渲染，将农人一年之计在于春的庆典，描绘得惊天动地。那除夕夜的饺子、大年初一的社戏、闹元宵的正月十五、腊八粥里的红枣和花生、灶王爷升天的壮观和喧嚣，让我热血沸腾，口水连连。父亲对老家过年的叙述，虽叫我坐卧不宁，但毕竟欠缺亲身经历的刻骨铭心。但公元1970年那个叫我一想起来便魂不守舍的除夕年夜，竟叫我多少年后依旧回肠荡气，梦牵魂绕。

年三十那天，一场连孙河镇八十岁的古稀老人都生平罕见的鹅毛大雪，纷纷扬扬从凌晨下到傍晚。当瑞雪将孙河镇的万家土屋和一望无际的原野银装素裹后，我这南方城里长大的孩子，便在雪地上光着脚打滚撒欢。这场预兆着今年秋后必有巨大丰收的瑞雪，像一张硕大无朋的洁白绒毯，将这片终日重复着让人沮丧和心灰意懒的土黄色，从头到尾焕然一新，纤尘不染。当庄户人家的烟囱里升起了袅袅的炊烟，我眼前的孙河镇，就像一下子遁入了神秘的童话世界，显得熟悉又陌生，贴近而遥远。

（十二）

清轩叔家的炕沿上，那盏昏暗的油灯，被婶子用发髻上的簪子拨亮了灯捻，竟将屋里的一切照得通明耀眼。光亮中，我用几个月来从未认真细究的眼神，向这个我和清轩叔全家休戚与共的堂屋里，考古学家玩味出土文物似的审视着。炕墙和炕上的被面一样黝黑，枣木粗制的桌椅板凳敦实、笨拙，几只唯有在河北梆子剧中，才能看到的那种沉甸甸的大木箱与那个盛着家中成员生命之源的巨缸，连成一线、错落有致地摆开。我仿佛是发现了新大陆似的诧住，眼前，清轩叔这个家徒四壁的栖身之所，便让我这个血缘近亲，在这里薪火相传，传宗接代……婶子和怀品双手沾满雪白的面粉，在一个土陶制成的圆盆里，揉搓着一个脂满圆肥的大面坨。灶上的那口黑色大铁锅里，已有水热的躁动声。那个被我奶奶视为传家宝物的大铜勺里，满登登地盛着新鲜猪肉末和剁碎的大葱、白菜。那种经过奋力搅拌后发出的鲜味，散发出一种让人肠胃抽搐的香气。炕上，放着四个圆桌大小的箅子。于是怀品、婶子擀皮包饺子，我拉风箱，弟弟和二小添乱。

婶子一只手将筷子伸进馅盆，另一只手平展着托住一个，只怕唯有圆规才能画圆的饺子薄皮，稍经五指张合，一只丰满而挺胸叠肚的饺子便被扔上箅子。整个过程，让我着实像看魔术似的傻了眼。油灯的光亮，将婶子并不丰腴的身形投在土墙上，呈现出令人难以置信的景观。只见她左右双手开弓，疾快地聚合离散，腰肢随即律动般地巧扭，乌发几缕悬在额前，活脱脱勾勒出一个传统冀南平原妇女欲动还静、欲展又收、欲诉又止的神韵。我不禁从心里惊叹：她这哪里是在包饺子呵？她分明是在用魔力四射的手指攥饺子、捏饺子、绣饺子、摸饺子和舞饺子……我被婶子渐次疾快和愈加紧凑的节奏，晃得眼花缭乱，喘息不宁。仅一个时辰不到，炕上那四张箅子上，就被密密匝匝兵马俑似的胖饺子排满。婶子立起身来，用扫炕的小扫帚，手舞足蹈地掸拂着身上的面粉。这时，我的眼前便出现了一个姿态婷婷、举止飘逸的秧歌舞娘。我的意识便如一只彩色的风筝，扶摇直上，升入浩瀚的九天之上。

　　史料记载，英国贵族名媛，在出阁前，必须经历语言、音律、芭蕾和诗赋，甚至是烹饪和基本马术等严格训练，才能被门当户对、爵位祖传的家族接受。她们往往连在家中走路，都要头顶一本厚书苦练不辍。中国古代和近代官宦、鸿儒、富贾之家的千金小姐，更是琴棋书画女红等无所不精。但是，这种贵族礼仪和相夫教子的典范之风，是需要怎样一个钟鸣鼎食、家学渊源的巨大经济和文化后盾来做底蕴呵！而我眼前这个终日筹划着让全家吃饱穿暖的数代农民的女儿，她的生命工程看似简单和出于本能，但她的载重，是那些衣食无愁的名媛闺秀难以承受的。与那些无法想象的奢华相比，我婶子这个普通得不能再普通的农家女儿，尽管再怎样的灵秀慧通，她的生命的终极目标，也不过就是恪守祖上的遗训：不孝有三，无后为大，嫁汉嫁汉穿衣吃饭罢了。

当一乘披红挂绿的花轿，伴着能将苍天吹破的唢呐声，一路尘土飞扬结束一个农家闺女的梦时，她怀揣着的最珍贵的化妆品，也不过是一面圆鹅蛋镜和一枚"洋胰子"吧？我的那些三十不到，发鬓上插着祖宗传下的桃木梳子，连颜色还尚未褪尽，便红颜不再，青春万劫不复的婶子们呵，假如你们面对那些永别了唢呐和花轿、媒婆和聘礼，义无反顾奔上城里闯荡人生的"乡村美眉"们，将做何感想？她们不再有"三寸金莲"，但她们有"恨天高"和"大哥大"。她们虽永不再吟"手里拿着热馍馍哟，怀里我就揣着糕。半夜三更呵，我就往那亲哥哥家里跑……"但她们随口就唱"不求朝朝暮暮，只求一朝拥有。""你从哪里来？我的朋友，好像一只蝴蝶飞进我的窗口。"那种"兰花花"为了真爱，贴了自己又贴热馍馍的"傻气"，让她们转化为"傍不上'大款'，决不下战场"的豪情万丈！母亲在村口那忧心忡忡的嘱咐，早已化作她们永远诀别了四个大汉去重抬轻摇的花轿；那"奔驰"车里的温柔和空调，早已融进她们略带"嗲"气和巴黎香水味的娇羞……面对世纪之交的人欲横流，审视着这农村新旧女性彼此的大惑不解，我想她们最应该唱的是："并不是我太坏，而是这世界变化太快……"尽管如此，我依旧不能不对我婶子，那魔术般包饺子的盖世绝技，顶礼膜拜，五体投地。今天比照那些"乡村美眉"，尽管她们衣着打扮，举手投足直逼"莎朗·斯通"，容貌气质紧追"黛米·摩尔"。但比照之下，我婶子那种从娘家衣钵中潜移默化而来，面对生存艰难的无师自通，就更加在我的心里显得金贵。是现代化"快餐式"的义明，别无选择地抛弃了中华民族历经大乱处变不惊的传统了呢？还是现代的文明中那个总是让人跟不上趟而本末倒置的怪圈，摒弃了五千多年中华民族灿烂人文传统中的糟粕和陈腐及愚昧呢？

　　写到此刻，我就嗅到了自己身上那种"文人之后"和"八旗子弟"似的既手无缚鸡之力，又杞人忧天，文不能糊口，武不能达官，倒驴不倒架的酸臭气。现在的人都很实惠，时间就是金钱。有谁还来过问什么纲常伦理和你那又臭又长的文字游戏？但从小患过脑膜炎的我，依旧冒着傻气。假如让我那些千千万万婶子的生命重新来过，她们还能心静似水地坚拒"外面的世界好精彩"吗？还能够执着得像一只性情温厚的灰驴，盯着看阿拉伯人悬在驴头前的胡萝卜，一步一个脚印地走到目的地？意念至此，我就顿悟了为什么婶子，每去村中央那大石碾上磨粉时，总是先要将那个大骡子的眼睛蒙上。大青骡子被蒙上眼睛，就憨厚和踏实地走进了一圈圈瞎转悠的"昏天黑地"。我婶子的希望和并不富有的想象力，如同石磨上的苞谷和高粱，也同时被碾成粉齑……

（十三）

饺子被婶子的智慧和巧手包好后，仿佛自己都急不可待，急着要蹦进大锅里游戏。于是，我就彻骨地感到这世界上还有一种折磨，比其他的刑法更让人觉得刁钻和残忍。为了让我们此刻立即去死都值得的饺子，我们空腹终日，竟还要等着一个"伟大的时辰"。我永远都忘不了，在那孙河镇的几个月里，唯一的一次被婶子无情地迫害。婶子面对我和弟弟，还有她两个馋饿得眼睛发绿的儿子，她一言九鼎："叔叔不来家，饺子不下锅！"

当我和弟弟、怀品、二小，像四只澳大利亚树熊一样，挂在村口那棵当年村民警示鬼子进庄的"消息树"上时，我们强忍着"狗日的饥饿"，向一览无余的雪原深处，仰头伸脖眼巴巴地远望。被逼急了的肠胃，用"咕噜"的咒骂去声讨那个打井未归的"生产队长"。在这万家同庆的除夕之夜，清轩叔你这比"七品芝麻官"还小了好几级的"队长"还去打什么鸟井？那鸟井、枯井、死井、空井、汤饱仔仔，枪冲的井里有饺子吃吗？我用我生平最觉得"帅"气的咒语，一股脑儿骂将出来。一不小心就说出了合肥话。趴在树最上头的怀品不干了："你骂俺爹咧！"我说："不是的！"他又说："那你骂嘛来？"我说："饺子。"这时，趴在我底下的弟弟就说了："以后，我回到合肥天天就吃饺子……"他顿了顿后，竟咬牙切齿地说："我弄你亲妈饺子，看我吃不死你……"饥饿和千等万盼不见的失望，竟让我们搂抱着树干就迷糊了过去。忽然，远处传来的锣鼓声将我们惊醒。清轩叔和他的打井好汉们，身披红绸，胸戴红花，在皑皑的雪原中，一泓流动的墨汁似的向村口溢了过来。在远近的"二踢脚"清脆的爆炸声中，一个阉人似的男高音，在极为宁静的雪原上便一路喊来："孙河镇的父老乡亲听着，清轩哥领着咱村的人，把个井给打出水来咧！"这个娘儿们似的嗓音，在公元1970年那个雪雾迷漫的冀南平原上久久回荡着。于是，孙河镇河头村里鞭炮齐鸣，锣鼓、唢呐以及村里农民们凡是摆出动静的物件集体狂响。

  清轩叔屋里的火炕，在这个牛得都没法儿再牛的大年夜里，被伟大得没法儿再伟大的烧成了"炕火"。第一次被生火取暖的大炕，没过一会儿便将全屋里的，给"逼"得比赛似的脱去棉袄，面对着刚刚煮熟出锅的饺子，清轩叔盘腿坐在吱吱乱叫的枣木椅上，从婶子手中接过一大瓶绿里透白的陈年"腊八蒜"，平端在手上。他表情凝重，满脸的神圣，仿佛基督徒们面对圣餐。清轩叔用当年爷爷在青纱帐里打鬼子的底气，声若洪钟地低喊了一声："漆（吃）吧！"于是我们就如一群被打开兽笼的野狼……当第一枚皮薄馅满的饺子被我咬破，一种让我生死不能的美味，一股勾魂摄魄的鲜汁便溢满口腔，我在心里狠狠地叫了一声："我的亲娘！"眼里的泪水一下就涌了出来。

（十四）

父亲在孙河镇人忘乎所以的狂欢年夜前，收到我写的信，没等到村里的人把"灶王爷"送上天去，便心急火燎地赶来接他两个"受苦受难"宝贝儿子。我在信上写道："爸妈，快来吧，我们不行了……"弟弟见到我父亲后，竟以一个准"二小放牛娃"的口气说："爹，俺娘咋默来？"这种准得不能再准的孙河镇口音，就让他蹲在了地上……父亲盘腿坐在清轩叔家那张大炕上，向检阅他的父老乡亲们递烟发糖的时候,清轩叔就坐在一旁傻笑,我真替父亲后悔惋惜,就在他来到孙河镇前的前几天下午,村头的打谷场上,他的亲弟弟清轩叔,在翻江倒海的锣鼓狂奏中,舞着个龙头上天入地般地疯耍。大姑娘、小媳妇、老头老太太们手舞足蹈,比着赛似的把嗓子喊成了个破锣。清轩叔身后的八个舞龙身子的精壮小伙,上气不接下气地跟着犯了癫似的清轩叔,将整个彩鳞遍身、张须暴眼的巨大飞龙折腾得骨软筋松。

几个老汉凑近了父亲,捂住左耳用右耳倾听的神情,专注地听着我父亲冲他们几乎是吼叫着说话时,我多么想一把将他们彻底扯开,我急不可待地想告诉他清轩叔那"偶尔露峥嵘"的卓越民间才艺。清轩叔迎着昨日的晌午,那个在孙河镇冬季里少有的灿烂阳光,腰系彩绸,斜挂腰鼓,光着脊梁,大汗淋漓将腰鼓打得叫人热血沸腾,把个彩绸舞得日月无光,那震人心魄的咚咚铿铿就让全村的男女老少扭开了大秧歌。清轩叔息罢了腰鼓就唱戏,先是河北梆子后是陕甘秦腔,再后就是绥远民歌,翻身道情……我被眼前完全陌生了的清轩叔活活地给迷坏了,震歪了。怎么平日里那么少言寡语,就知道吃饭、睡觉、打井、打饱嗝的清轩叔,转眼间就变成这么个,做念唱打十八般武艺样样仝能起活的"民间艺术大师"了呐?……

我冲着那个正被故乡父老们众星捧月,并在他们眼里是大知识分子的父亲奋力疾呼:"爸,我敢肯定,假如当年清轩叔也像你一样,跟上了'咱们的队伍',也像您一样手里捧个《康熙字典》,一路走着念着……今天还不定是个什么大角色呢?"但此时的清轩叔,伴着我那太多的"假如""也像您一样",用那双和我父亲一样双目如豆的小眼睛,无比欣慰和敬重地盯牢了他这几辈人中,唯一的可以靠写方块汉字养家糊口的亲哥哥……

一个星期后的一天早晨,我们父子盛大地吃完了清轩叔亲手为我们在他家的那口大锅里烙的"咸食"和熬制的腊八粥,坐上了一辆牛车,沿着那条清轩叔驮我去巨鹿县烫澡的土路,出了村去。当牛车驶出村口,我回头望去,心里一下子就受不住了。村口的土坡上,站着黑压压一大片沉默不语的父老乡亲。村前,那棵曾挂着我和弟弟们的"消息树"上,悬挂着怀品和二小,以及更多的二小和怀品们。多少年后,那棵永远停立在村头的"消息树"上的各种怀品和二小们,还有村口的黄土坡上默立着的各种清轩叔和婶子们,都幻化成了那首叫我弟弟名满天下的"废话"歌:

星星还是那个星星哟,
月亮还是那个月亮,

> 山也还是那座山哎哟，
> 梁呵还是那梁——
> 大骡子哟下了个小马驹哟，
> 爹是爹来娘是娘……

每当我听着这首秦腔不是秦腔，花儿不是花儿，绥远民歌又夹着河北梆子，"二人转"又掺和着陕北信天游味的流行歌曲时，就禁不住想哭。是呵，天下还有什么比哭更解恨的呢？人间还有什么比哭更叫人什么也都不用说清楚了的呢？

我那当了一辈子农民的清轩叔，现在您的一切可好？虽然我这个游子已经在异国他乡生活了十二个年头，但仍从心底里感激着您呵。没有您，我怎么会从骨子里懂得了什么才是真正的农民。没有那个冀南平原上名叫孙河镇的村落，我怎么学得会勤奋和俭朴。没有那些大土炕和一望无际的黄土大地，我怎么会从我的血脉和灵肉中，刻骨铭心就认定了：农民就是我的爷爷，农民就是我的父亲，农民就是我的叔叔，农民就是造我养我的祖宗。

我的农民万岁的清轩叔呵，您一定要硬硬朗朗地活着，等着我重回老家看您。弟弟二小已经用那将自己的心放在里面的，什么都不是，又什么都是的"废话歌"，给您和孙河镇的父老乡亲唱过了。下回便肯定是轮到我了。我那个与冀南平原上历久不衰的民间艺术同样精彩的清轩叔呵，您甭只管着打着高粱面窝头味的饱嗝，您听见我跟您说话了吗？于是，那惊世骇俗，鬼神同泣，清轩叔特色的大腰鼓，就从孙河镇那一家家一户户的农民的庄院里升腾起来。当那一阵阵沸腾咆哮的鼓点由远至近传来的时候，整个宇宙空间便响满了大腰鼓的轰鸣声：咚咚漆锵锵，咚咚漆锵锵。

补记：公元2000年4月间，我的农民清轩叔死于癌症。享年六十六岁。我父亲给我发往欧洲的信上这样说："你清轩叔走的时候，和他那个在当军人的儿子怀品在一起。"

大先生

（一）

  在我对生命历程的每一次咀嚼和阅读中，称得上"先生"的人确乎不少，但当得起"大先生"的人却凤毛麟角。这与笔者愚钝痴顽的天性无关，特立独行的个性无缘，与潜移默化的人格形成也绝无勾连。如果师尊贤达皆可称为"先生"，那么先生前面的这个"大"字，就陡地平添了不少生命的壮阔，人文的丰饶，深厚凝重的人性达观，以及对命运大彻大悟后的包容。

  大凡受得起"大先生"的人，不经历多年的自觉修炼，长期自律的操守，卓尔不群的独立人格，敏锐锋利的内省，睿智过人的悟性，当是难得如此殊荣的！因为"大先生"这个词汇，既无典出，又无考据，更无索引。他只是群体中约定俗成的一个共称，集体无意识中的一种确认，一个无形的磁场效应。

每一座城市的文化界，只要在他们的精神领域中有一位具有如此凝聚力的人，必然都会有这样一位大先生。这与头衔、官阶、名气、成就、财富无关，要紧的只是他的德性与人品、学识与见解皆能服众，这即是一种人类在超脱了世俗束缚后的天然评估，更是一种对"存在主义"切身体验后的自发仪式，而在我眼里，马鞍山作家群里的大先生，就是与我有着两代人友谊的发小严歌平。

（二）

对于一个长年在异国的漂泊者来说，记忆，从来就是一个古怪的东西。当你阅尽世态炎凉，博洽多闻之余，铅华洗尽之后，最能使你返璞归真触景生情的，当是你童年时代的故地重游，与发小的再度重逢。清晰的记忆仿佛永远定格，往事的具象如同一艘无形的大艨，游移时，轻得忽近忽远，停泊时，又重得无法撼动。

但歌平依旧。虽已过耳顺之年，大笑起来照样声震屋瓦，彻底纵情。沉思起来依旧双眼仰天，魂从窍走，一如天问。崇论宏议时还是那般藏锋敛锷却直击要害。虽身高有些缩水，却依旧人高马大。一俟前行便勾头耸肩，双目炯炯有神，恰似一头磨去鼻上那弯"尖刀"的犀牛，瞬间便洒脱出一种另类的傲骨，以及凛然中的敦厚。这种酷似其父（中国著名作家）肖马大叔的情态，典型"严氏"风格的举手投足，以及那种感染力极强又让人词穷的纵声大笑，竟能在一瞬间，将我拉回儿时记忆的温馨之中。

若论"先生"，大我几岁的歌平，确实在我弱冠之年，随父母来钢城深入生活期间，就读于雨山九区"红星小学"时，做过该校的语文老师。有了这种作为发小，我并不情愿正视的"师道尊严"，过早成为教书先生的歌平，竟在日后我的心目中，平添了几许我躲不去又说不清的敬重。至于后来在我和很多马鞍山文人心目中，他何以成为"大先生"的？这很难让我一下妙语解颐，一言蔽之。

（三）

20世纪60年代初，钢城马鞍山初建不久，就啸聚了不少中国大名鼎鼎的文人。自然，由于时代的烙印，他们身上的颜色却各有不同。例如：曾轰动全国的电影《林则徐》的编剧吕宕（右派），因为著名故事片《布谷鸟又叫了》而脱去军装、成为布衣的电影编剧杨履芳、已在全国文学界崭露头角却顶着右派帽子的青年作家曹玉模，还有早年在工人文化宫放电影扫园子，右派平反后却以短篇小说《记忆》和《被爱情遗忘的角落》轰动中国文坛的张弦等人。

当肖马大叔和我爹现身马鞍山时，不仅两人均在上海《萌芽》丛书均已有《哨音》《前站》的文集，且都是中共党员。前者在中华人民共和国成立前的上海，住过"石窟门"的洋房，做过地下党。另一个却是八路军烈士子弟，随陈毅大军解放上海，睡过十里洋场马路。

肖马大叔出身钟鸣鼎食的"老克拉"之家，自幼琴棋书画耳濡目染，文字锦绣才华横溢，文学作品鸿飞冥冥，谋篇布局探骊得珠。而我爹乃华北平原的农民后代，在军旅的风餐露宿中，曾将一部《康熙字典》背得生死疲劳，竟在进城不久，入"中央文学讲习所"后跻身文坛。

民俗故事讲得惊世骇俗，乡土人物说得惊天动地的父亲，与少时就常品着咖啡听着"德彪西"，油画临过"拉斐尔"的肖马大叔，这两个出身迥然不同，文化背景南辕北辙的红色文人,却为何殊途同归,竟在20世纪60年代初,那个后来根本不知究竟的钢城不约而至?叫我至今难以破解。抑或是因为信仰:"有出息的作家,应该到火热的生活中",抑或因为作家在其他地方就不接地气,江郎才尽,写不出无愧时代与使命的作品?

(四)

肖马大叔与生俱来的诗人气质,标新立异的小说结构,天马行空的精彩文字,深邃透彻的思想洞察,在他后来的作品中俯拾皆是。但那时,在马鞍山比轧钢车间的炉火更炽烈的政治生态中,他是否写就了"有出息"的作品我不得而知。而当时我的父亲,面对马鞍山这片热土,竟以河北梆子的吼唱,秋收之后的欢悦,一个华北农民儿子,对平原上婚丧嫁娶那独有的猎奇,纵情的文字和激情,咏叹这座行将挑起中国南方钢铁大梁的新城之后,是否写就了脍炙人口的大作?我至今记忆混沌。倒是当时新华社驻马鞍山的记者张万舒,以一篇充满诗性冠名的文章《江南一枝花》,不仅轰动全国,后来又让他官拜新华社副社长。而更奇怪的是,在我父亲耄耋之年出版的《孙肖平文集》那逾百万余言之中,竟还是写我奶奶的绝笔,孙河镇老家的轶事，旧时的农村女人，季节变迁与乡俗野地的作品，直叫我失声叫绝，看来别的事物可以巧取，神侃务虚的事尽可移情，但文学不能不忠于心灵的"原乡"，再玩魔幻和先锋，到头来还是一场空花泡影。故，梅兰芳说：学我者，死！

然，倘若没有肖马大叔与我父亲的殊途同归，马鞍山的文学同道，半个多世纪的文墨缘分，我何以日后与歌平莫逆与神交？

（五）

马鞍山时，歌平一家是我家邻居。对面二楼把角住着，一室两厅。夏秋两季窗扇洞开，若无从工地回家小憩的肖马大叔时而纵情的朗笑，屋内虽有人影晃动，却安静得出奇。阳台上的盆景花卉，色彩鲜艳却淡定平易。一到午后3点，一位干瘦的老太趿一双羊皮拖鞋，鼻梁上架一副金丝边眼镜，圆圆的镜片，考究的框架工艺，似传自清末民初的祖遗。老太太一袭黑色丝绸衣裤，在一张藤椅上坐定之后，就托住一本线装书读将起来，似老僧入定，心无旁骛。这时，午后3点那耗尽元气的阳光，就将这个气度不凡的黑衣老太团团裹住，再次强调了老太太那白皙的皮肤，和盘托出了她的道风仙骨。然，老太定力了得，两个小时的阅读竟纹丝不动，须臾不晃。直到听得中堂的自鸣钟声五声叮咚之后，便起身收书闪进屋去。不一会儿，严家的厨房，便会向外飘出本帮菜的香气……

那时，每当我父母夸赞歌平品学兼优：字，写得体面；文，做得传神；书，读得扎实；诗，背得烂熟。少先队里"三道杠"在臂，小小年纪便在学校里代课语文，将来了得。这时，我就说：歌平下课也和同学打篮球下象棋，我课余与小混球们"斗鸡子，掰手腕"。个头他和我也差不多少。回家他临颜正卿，我在家也描柳公权。他能背唐诗，我能默宋词。到底哪点不如他？这时，我父母就乐了，竟不置可否。但突一日，我和父亲一起上楼时，他忽地一指那个又在对面晒台上读书的黑衣老太，竟有些神秘地对我说："看，那就是歌平的奶奶，上海中学教语文的特级教师。"就在那一瞬，我顿然廓清了与歌平的差距，悟出了家教祖遗的分量和家学渊源的全部含义。

在后来的日子里，当二十出头的严歌平，已经在全国许多重大的文学期刊上猛发小说时，我面对那一次次的退稿，眼冒金星生不如死。但我在阅读他每一篇作品的字里行间时，却怎么也抹不去恍若眼前，总是在夏秋两季的下午3点，准时坐在晒台上读书，又在自鸣钟声中踏点而起，闪进屋去的那个黑衣老太太……

由此可见，文脉的启蒙与传递，礼仪的修为与发轫，始于少年早就是不争的事实。乃祖遗厚德，育才之道，孟浪不得，绝非儿戏。

（六）

合肥七中高一年级时的我，已是全市中学排球冠军队的队长，又是一个惯于为外宾步枪射击表演的练家，相声也说得风生水起，笑翻群体，但就是各门功课不行，英语更是那么几句，发音极准却只能沾人家的便宜。但给同学起外号倒是天赋异禀，什么"蛐蛐头""咕噜噜"，将人家腌臜得寻死觅活无地自容。这也许就是我日后那点文学才情最初的品相和端倪。

由于在下乡学农时对女班主任的批评旋即反唇相讥而种下祸根，继而又在大操场上面对全校师生，正当防卫"学痞"的攻击，将对方打黑半张脸之后埋下更大危机。于是，在一个风高月黑之夜，父母面对一帮登门寻仇、手持冷兵器的人们的恫吓，痛下决心将我再送马鞍山续读。记得当时，父亲竟还挂着马钢公司宣传部副部长一职。

转到马鞍山中学就读时,歌平已是正式老师。虽从未走进过我们高一课堂,当面叫我们"坐下起立",但先生的身份,师道尊严的架势已初见端倪,人五人六的还真像那么回事,但似与我也就有了些距离。然,他却会在一个叫我冷不防的时段,一个寻常的周末晚上,突然推开马钢职工宿舍大楼里我父亲挂职分得的一间屋子的木门,怀里捧着一大摞当时发表在《大众电影》上的各种电影剧本,一下躺在我父亲那张因常常下基层而缺席的床上,逐个跟我神侃痛聊他读过的那每一个电影剧本的心得。那时的歌平,在我眼里就是个神。

那段让我极其陶醉的时光,不仅至今让我难用言语表述,更让我刻骨铭心。记得我们聊得最多的便是一个苏联剧作家写的电影剧本,名叫《礼节性的访问》。故事背景是:位于地中海亚平宁半岛,坎佩尼亚地区,始建于6世纪,曾是一座小渔村的天然良港,后来却一跃成为仅次于古罗马的意大利第二大城市,以及避暑胜地名叫庞贝的古城。公元8世纪,这个曾吸引了世界上各地的巨富商贾来此烧钱销魂的"性都酒城",却在一夜之间,被距离该城不足10英里的维苏威火山的岩浆夷为平地。

就在被灰飞烟灭的岩浆覆盖了十几个世纪,又被考古学家和大量人工挖掘复原后,竟发现它的城市概貌及街道基本完好。就在这片废墟上,一位年轻英俊的波罗的海舰队核潜艇的舰长,邂逅了一位金发碧眼的妙龄考古女学者。踌躇满志的海军军官在耐心地听完态度暧昧的女学者对庞贝古城被维苏威火山吞噬的全过程之后,竟以雄辩的口才,磁性的嗓音,极富"荷尔蒙"的气息,道出人类面对自然灾难的大毁灭与人为的灭顶之灾同样都是别无选择的。面对命运,人类只有两种选择,那就是幸存与不幸。而面对强大,弱者只能有一种选择,那就是接受悲剧。

剧本的结尾并未刻意升华《礼节性的访问》的主题,但司马昭之心路人皆知。至于那两位郎才女貌的孤男寡女,最后在这座号称"酒色之都",蔚蓝色地中海岸的沙滩上,是否媾和了他们的"秦晋之好",剧本更无交代,竟让读者一路猜去。

多少年后,当我重读当时修正主义的大毒草,今日戏剧结构精绝的范本《礼节性的访问》之后,竟然心里怦然一动,严歌平除了当年竭力荐我一读这个剧本的纯粹之外,到底还有什么深意?那时,我虽压根就不相信,一个二十郎当的中学语文老师,就真能读悟出其中的哲思?但我还是暗惊歌平的阅读量和阅读视野,悟性与品味,管窥蠡测之下,已具气象与格局,只须假以时日。没辙,先生就是先生,"魔"高一尺,"道"高一丈,不服不行。

（七）

　　如果说马鞍山话剧团是我日后足迹遍及欧美，孵化我歌剧与戏剧品相的鸟蛋，那么歌平早期对我在为人为文、文学美学上的潜移默化与精神注射，甚至是挥之不去的影响，使我在日后破壳而出，一飞冲天的国际艺术视野的鸟瞰之中，绝对可以称得上是初始的推手与参照。不管在马市话剧团学艺时我那青涩而短暂的手忙脚乱中，还是后来我虽身在中央音乐学院歌剧系就读，魂魄却深陷文学及小说的书写屡屡不果的"魔咒"之中，歌平在我身后始终力挺我的那口长气，那时隐时现且充满砥砺和期许的微笑，从来就不曾熄灭和远去。

　　那时的歌平虽不常看我演戏，却事事知道暗中关注。极喜倾听我对话剧团里的生旦净末丑，角色人物志，以及斯坦尼体系之《演员自我修养》，那囫囵吞枣似的春秋大侃和一知半解的浩荡神议。每每听到妙处，那"严氏"经典的仰天大笑，自始至终贯穿于我对"斯氏"那规定情景、情绪记忆、肌肉松弛、最高任务、贯穿动作、控制修饰等，我那"戏剧化型人格障碍"的持续亢奋之中，每当我疯完癫尽，他就说："下馆子，我请你！"我说："每次都是你请,不去。"他总是莞尔一笑后又说:"你学员工资每月十八块大洋,我,人民教师!"……

多少年过去,我已海归常住北京,十分期待他来京时给我机会,好好请他几顿硬菜好酒,狠狠盯牢他大快朵颐,以飨早年他对我的慷慨。但那时的歌平,虽以马鞍山市文联主席兼省作协副主席的身份,常来北京开会公干,尤其是来探望他年迈多病、早已移居京城的老父。但他却从未打过我的电话,给过我这样的机会。

如果今天的我,除了歌唱,还能以一个作家的尊严行走江湖,除了在马鞍山话剧团时就被父所逼,每晚雷打不动写日记操练文字,便是大学毕业之余,小说被屡写屡退之后,时任《采石》文学期刊主编的严歌平,竟在不长时间内,连发我三篇习作予我充血给力。今天,当我再度以煌煌50万言的长中短篇小说集《黑蝴蝶》出版之际,那三篇入选并名为《斗室君子》《远逝的旋律》《船从雾城启航》的短篇小说,虽在今天看来突显幼稚,但却在当时的文坛上崭露头角、出道极早、审稿严苛的青年作家严歌平手中连中三元,既无半句考语,又无半字期许的沉默中让我屡屡得逞。除了他对我极具前瞻性的眼光,一切尽在不言中的信任,步履蹒跚中的扶持,以及对我文学苦恋的精神安抚和鼓励,我竟想不出还有什么其他杂质。从那以后，我根本就不曾怀疑过我的文学耕耘会无获而终。我的文学尊严将不会和任何人与虎谋皮。我的文学坚守更不可能朝秦暮楚，我的文学品质终将方枘圆凿，我的文学人格将从此确立。

（八）

是话剧舞台的启蒙与实践，为我撞开了戏剧"潘多拉"的魔盒，让那些"斯氏"表演体系中的"古灵精怪"和一次次在我角色诞生过程中的波谲云诡，将我那几十个西洋歌剧角色中唯一一部民族歌剧《原野》中的主角推向了虎视鹰瞵、一览众山小的世界峰巅。

是二十余载我那灵肉撕裂、歌剧西域取经的荒漠跋涉，终于返乡后的身心缝合，使我风骨料峭的英雄情结与生命的张力回归本真。于是，布莱希特戏剧体系的精髓："第一自我监视第二自我"，以及"距离感""陌生感"等美学论证，早已在我血管里伐毛洗髓了。然，命中注定我要在余生的"孙氏民族歌剧导演体系"的自构中，遭遇国剧"程式化"的美学体系，一头撞上了梅兰芳大师的"神形兼备"和他的"学我者，死"。但，纵然是斯坦尼斯拉夫斯基的"体验"大餐，抑或是布莱希特《高加索灰阑记》中的"间离",还是梅氏体系的"神形兼备"再怎样扑朔迷离,不能将此三种体系融会贯通于民族歌剧导演的人,就不能遑论歌剧世界里、人类戏剧史上的"第四大"表演体系。而无论"三大""四大"云云,没有了文学的母体、文字的根基、文脉的血统,无论菜鸟还是海冬青,皆没有支点,飞不了多高,岂能翱翔长空?

于是,当我和歌平多年之后又重逢于马鞍山雨山湖宾馆时,他手指着我那本已是第八部的新书《黑蝴蝶》,大声向人说道:"就是这个人,当年将歌剧《原野》弄到美国去的。他唱歌剧,写歌剧,导歌剧,评歌剧,是当下中国歌剧界的第一人。"我听了之后,似被烫了一下。但这位一向吝啬赞词的歌平却神闲气定,对自己的鉴定极有把握。少顷,我极为感动,并不是为了他罕见而确切的夸奖,而是惊诧我们虽多年未通音信,但对我的辛勤播种和点滴收成却了如指掌,从未逃出过他的视线与温情。

(九)

天命之后的肖马大叔定居北京。多年之后,在美国待了两年的我父亲,回国之后也住在了皇城根。这无疑就算他们在人生的文墨缘分里、晚年的定居中最后的殊途同归吧。起初，已近春秋年轮的他们，也并无多少的走动。然，等我父亲到了耄耋之年，突然怀旧得要紧，几次去看望身体每况愈下的肖马大叔，且每次回来都是一番感慨甚是动情。这时我问：

"安徽省文联的老作家中，您对谁的印象最深？"

"肖马。"

"为什么？"

"才了呵！懂外语，会画画，能拉小提琴，洋得很。他的油画今天还挂在中国军事博物馆里。"

"他的哪一部文学作品，您认为最精彩？"

"《纸铐》。"

"他不是还有一部轰动文坛的《钢锉将军》吗？"

"肖马的作品很多，但还是《纸铐》最绝。专政队员就用那么张纸做的手铐，把人铐住后谁也不敢动，这还不绝吗？"

几年之后，我随《散文选刊》组织的一个散文作家代表团赴新疆喀什采风，当着一位时下很红的散文作家鲍尔吉原野的面又重提《纸铐》，他听完后一愣，脱口便说："这是写文革最绝的作品。"后来，我父亲再度去探望病中的肖马大叔回来告诉我：

"肖马躺在床上还在研究《水浒》。"

少顷，父亲又意味深长地说："肖马是个好人，在单位里从不整人，'文化大革命'中，有人要整他时，北京就来了电话说这个人不能整……事后我才知道，那是周总理办公室打来的电话。"

肖马大叔走时，我因在国外演出，父亲就带着我的弟弟孙国庆去送他，恰逢歌平的妹妹（世界著名华人女作家）严歌苓。后来我从他们拍回的照片上看到，歌苓充满感情地抱住我父亲的双肩照相，一如父亲的亲生女儿多年不见久别重逢。此后，父亲多次提及此事，连同对细节的描绘竟向我数遍复述。而歌平更是情深义重，在得知我父亲回合肥签赠他的新书《新安师魂》之后，竟遣人一路开车到合肥接父亲到马鞍山故地重游。日后，每当我老父亲重温此事，抑不住的欣慰之态，感激之情油然而生。

至此，20世纪70年代末开始文学创作，干过教师、记者、编辑，小说曾发表于《中国作家》《十月》《小说家》和《北京文学》等中国一流文学期刊的严歌平，竟以一篇初为肖马大叔的文集作序，后又变成一个儿子沉痛悼念父亲亡灵的纪念文章《我父亲和我父亲的作品》，让我第一次在《清明》上读到时就泪流不止，后又在他新近出版的评论集《究竟是谁侵犯了谁》中重又读时，再度热泪盈眶。

（十）

当年10月下旬，我已获悉我的50万字小说集《黑蝴蝶》即将付梓出版，其中有不少文字是与马鞍山有关的，就试着发了个微信给歌平，大意是请他帮着张罗一下，看能否为我弄一个签售活动什么的。歌平的回信很诚恳，他说他已退休，再也不是以前的那个严主席了。读后我很理解，我也终会有退休的那一天的，故心里很平静。但万万想不到的是，一个多星期之后，歌平竟来电话说这事得到了市委原宣传部副部长、现任市文联党组书记黄双熹同志的大力支持，并已嘱文学院院长王笋女士具体操办。我在万分感激之余心想：歌平了得，虽已退休，却仍有如此的号召力，真是：船漏有底，底漏有帮呵！当时，我并不知道黄双熹书记在中学时期竟与歌平是不同年级的同学。而曾教过他们的中学老师苏平凡，竟是马鞍山市的一任市委书记。当时，我暗忖：依歌平当年的学识与积淀，人品及家世，若在时任市委书记的中学老师那里，谋个比市文联主席更大的顶子应在情理之中。衣不如新，人不如旧啊！

但，依我几十年对他的了解和相知，他肯定对此无为无欲。否则要是换了别人，很少有人有如此的定力。而更让我诧异的是，有关这些，和我有着几十年莫逆之交的歌平，却压根就没跟我提过他在仕途上的"如果""否则"和"也许"。几十年来，在我与他的交往中，我们交谈的所有内容除了写小说时的那口"悠悠之气"外，别的似都是"哥德巴赫猜想"的事。

　　黄双熹书记的儒雅和大国外交官的风度与含蓄，让我的谢词竟找不到缝隙。王笋院长飘逸的风姿与婉约，让我想起欧美歌剧沙龙里的翩翩女士。为我一路张罗媒体访谈的刘骅的现身，竟因一个"男人北相"的海派大侠形象让我恍若隔世。原马鞍山市音协主席兼诗城"卡拉扬"的萨世斌，那双手持盅左右开弓斟酒的粗犷，和他那大口吞酒且"嗞拉"带响的豪放，似让我看到了北洋水师管带萨镇冰的落拓不羁。而席间的歌平却一脸暖意，并不插话，自呷自饮，一派活脱脱大先生的风雅飘逸……

（十一）

　　就在我即将离开马鞍山之际，歌平特地为我安排了与

《作家天地》主编韦金山先生的见面,以及诗人们聚会的晚宴。而正是这个晚宴,才让我真正领略了他在文友心目中的那种:"莫愁前路无知己,天下谁人不识君"的强大气场。只见那时的歌平竟判若两人,频频迎住文友们的敬酒,毫不犹豫杯杯吃净。他印堂发亮,双目如炬,双颊酡红。时而细声缓语,侃侃而谈,时而开怀大笑,声声冲顶。他继而崇议宏论,忽又藏锋敛锷,喁喁低语。尝鲜时细嚼慢咽,啖肉时大快朵颐。引经据典时末学肤受,谈古论今时海晏河清……直叫我看得直眉瞪眼,听得疾如鼓点。那夜,一个世界里的人喝得如汤沃雪,荡气回肠……

如今,我虽又一次要与歌平告别转身。但我的背影分明仍能看见他那犀牛般的步履一路前行,以及他双眼仰天,总像是在对苍穹那无言的天问。不管走了多远,我的耳际仍响彻他那声震屋瓦大笑时的纵声。于是,我多么渴望终生收藏他这些最感动我的人格魅力与性格特征。

(十二)

每当我面对在我生命中恩惠过我的人,就会在我灵魂的最深处，倏地站起一位无与伦比的大先生。正是因为他们的存在与温度，才使我在一路前行的路上，须臾不敢辜负生命对我的赏赐与期许。如果说我作为一个人的大先生是给了我生命和尊严的母亲。那么，那位在文学上一路陪我开始，送我远行，迎我返乡，为我充血补气的发小，当是一个名叫严歌平的马鞍山大先生。

温故乡愁

（一）

人类的文化记忆，人种的文脉认同，常是一个民族心灵史的赓续。中国古代杰出的诗人，每将笔端定格于"子曰诗云"中的乡愁，好似天赐，竟有了"语不惊人死不休"的神来之笔，将一个炎黄子孙终生挣脱不去的乡愁，写到极致。而多少年来在我这个半生漂泊的歌者心里，唯有台湾诗人余光中的《乡愁》，竟让我每吟每泣。

(二)

"小时候,乡愁是一枚小小的邮票,我在这头,母亲在那头……"

只是淡淡的这么一句,便像一滴晶莹的露珠,徐徐落下,陡地碰响了我心底里的金色竖琴,瞬间撩动起我记忆的深湖中那一层层对母亲无尽思念的涟漪。

(三)

那时的我,垂髫之年,启蒙伊始。每天晨起,母亲即令我背诵《朱子家训》,虽从不逼我,却目光锋利,足以使我不寒而栗。

"黎明即起,洒扫庭除,要内外整洁。即昏便息,关锁门户,并亲自检点。一粥一饭,当思来之不易……"再大一些,我便背诵《诗经》:"关关雎鸠,在河之洲。窈窕淑女,君子好逑。"所以,我比别的孩子早萌,且常问母亲,何为"窈窕淑女"?母亲虎下脸来:"等你长大,就知道了……"靠爬格子活命的父亲,说母亲对我操之过急,难道《诗经》背完,再背《春秋》和《论语》?于是，她只有作罢。但稍后，她又叫我背《三字经》，我觉得好玩，嘎崩一气三个豆："人之初，性本善，习相近，性相远。"

我若背得流畅，唤回的即是母亲满脸的暖意。于是，临街对过的百年老店里，那三个刚出屉的葱肉包子便是对我足额的赏赐。据说那家老店传人，怕肉馅鲜得不绝，竟在其间放了蚯蚓，固一口下去，美得魂魄散去。但我若是背得生涩，早餐即被母亲夺去。晚上睡前，我要描红，多是颜真卿的墨宝。后来我又学临摹，母亲为我找的却是柳公权的字迹。我临摹得出色，母亲便答应周末让父亲骑车带我去郊外兜风，去野河里钓鱼，她即去中菜市割肉买虾，打打牙祭。那时，我一边练着，常听见母亲在一旁嘟囔地说着"颜筋柳骨，字是人的门面"云云。那时，我觉得母亲在说鸟语，只是觉得"颜筋柳骨"念在嘴里，仿佛庐州府的蜜饯，嚼着带劲。直到"弱冠"之后，这才认定，一个男子，字若写得好，无疑潇洒飘逸。

（四）

入小学后，三餐之前，我的临摹变成了默写和背诵唐诗宋词，字好背熟，赏钱五分，背写不优，母亲立即撤去桌上那碗得了外婆真传，令我入口即化的梅菜扣肉。于是，为了那曾比我八辈祖宗都亲的扣肉，我曾背得风生水起："锄禾日当午，汗滴禾下土，谁知盘中餐，粒粒皆辛苦……""卖炭翁，伐薪烧炭南山中，两鬓苍苍十指黑。卖炭得钱何所营，身上衣裳口中食。"至此，我便可以状如饕餮，大快朵颐。每有作家邻居赞誉我时，我那曾是上海滩钟鸣鼎食大家闺秀的母亲，就笑盈盈地对夸我的文人说："到阿拉屋里厢喊雅歪（吃晚饭）"。

今天，倘若我一路将"颜筋柳骨"支撑下来，那时假如我咬紧牙关把"语不惊人死不休"的唐诗宋词当成农民"食为天"的庄稼去种，眼下，我绝不会仅是一名歌者，很可能还是一位当代的辛弃疾。然而，一场史无前例的文化浩劫，竟将我那做了一辈子小说编辑的母亲所有的祈望，连同她那"望子成龙"的春秋大梦彻底了断。

（五）

我在混沌中长大，又在荒诞不经的莫名其妙中离开省城，入马鞍山话剧团学徒。弱冠之年，考入中央音乐学院学歌剧。临行前，我对这个号称"江南一枝花"的明珠之城的所有印象，除了那一望无尽的钢厂，再有就是江边的采石矶旁，竟还有一座诗仙李白的衣冠坟冢……

那时，我对母亲所有的思念和抱愧，如果用那一枚枚小小邮票拼接起来，足以化成一只只长上翅膀的纸鸢，从江城到省府，一路飞进母亲的窗口与书架。因为那每一枚邮票的深处，有《汉书》，有《史记》，有老子的"道可道，非常道"，有"庄周梦蝶"，有关汉卿的《窦娥冤》，有屈原的《离骚》，有王勃的《滕王阁序》，也有李鸿章的"丈夫只手把吴钩，三千里外觅封侯"……

在我的人生中，虽曾拥有过那么厚重的文史内含的邮票，但我却在一路走来的文化苦旅中，始终未破"集邮"之窍。直到母亲的背影，永远消失在了"那头"，这才知道，那一枚枚小小的邮票对"这头"的我竟是多么的珍贵。

（六）

"长大后，乡愁是一张窄窄的船票，我在这头，新娘在那头。"

又是那般的淡雅醇厚。仿佛一位品惯绿茶的老叟，偶换普洱，解渴不能过瘾，品味难达极致。还是那条老船，又是那张船票，但恍若眼前的却是我既陌生，又熟悉的感同身受：油伞长衫，雨巷幽幽，碧水炊烟，新娘红袖……直叫我这个浪迹天涯的今日"苏武"，望断秋水无尽头，错把彼岸当庐州。是的，我也曾有过梦中的新娘，一如她春风拂面地来，翩若惊鸿地走！

（七）

那时，我已年逾不惑，沐浴了十年的欧风美雨，再归故城庐州。那时的心境，既有大唐诗人宋之问的情怀"近乡情更怯，不敢问来人"，又如北宋诗骨苏轼的心境"明月几时有，把酒问青天……我欲乘风归去，又恐琼楼玉宇，高处不胜寒……"

面对道旁曾经的梧桐遮雨，小巷通幽的阡陌纵横，我不敢相信眼前摩登的琼楼玉宇，不夜城的灯红酒绿，还剩下多少旧时的童趣？大路宽道上的车水马龙，竟让我恍若身在纽约的时代广场。一个世界舶来的洋文名牌，不绝于耳的港台音律，撇腔拿调，江淮官音的叫卖吆喝，让我忍俊不禁又驻足聆听……

百年老店的古匾新颜，现代"酒保"与时俱进的吆五喝六，餐桌上的酒池肉林，食客啸聚山林似的猜拳行令，竟让我屡屡情何以堪,又喜不自禁。我仿佛牛蛙犹在井底,深山辟谷至今,不食人间烟火一般活存。十年一觉西洋梦,醒来却换了人间,古风散尽?毕竟这仍是故乡,尽管它邯郸学步,但骨子里却离我很近。因为乡音难改,包公祠里的牌位在供,明教寺里的晨钟悠悠。张辽大战逍遥津的宝刀不老,三孝口的碑文"节考"犹新,晚清重臣李鸿章曾纵横半街的相府幽深,肥西老母鸡的汤鲜,臭豆腐干的炸香,淮上酒家的西点,梅山路上的徽菜,小刘瓜子的留香,寻常人家窗框上的咸鱼腊肉,中菜市里那摩肩接踵中的雪里蕻,哪一件不还是合肥方言中的"真得味",百姓餐桌上传统的佳肴"鲜的没根"……你敢说就再也找不回王安石诗中:"爆竹声中一岁除,春风送暖入屠苏,千门万户曈曈日,总把新桃换旧符"的意境?于是,我便开始了在这阔别了十年的故土上,那并不刻意的寻找。但寻找什么?我茫然无知。

(八)

一份极不起眼的小报对我专访之后,其他大报官媒,比肩接踵地对我轮番报道。几个回合下来,读者便记住了我这个曾在欧美乐坛上蟾宫夺桂,西洋歌剧炼狱中十年一剑，昨天还是一个默默无闻的"合肥老母鸡"，今天陡地一个洋派达人。当省市电视台齐将镜头聚焦于我的"艺术人生"之后，竟让我一夜之间名震省城，江淮大地上一派倜傥风流。至此我才幡然醒悟，媒体炒作与渗透的利害，古董鉴赏与拍卖之间的玄妙，竟大有点石成金的异曲同工！至于，故乡人能否听懂鸟语花香的西洋歌剧？土鸡在火鸡堆里争粮夺食的尴尬与挣扎，仿佛都是夏商殷周，武王伐纣的古趣。直着叫我大有一种"文脉即隐，小丘称峰，健翅已远，残羽充鹏"的诚惶诚恐。但细细品来，又不值得如此劳神。历朝历代，游子荣归故里，又有哪一个不被"老乡见老乡，两眼泪汪汪"的浓汤灌晕，一觉醒来，不还是"劝君更尽一杯酒，西出阳关无故人"？

于是，一位身价过亿的发小，深刻地对我说："你在洋邦列国都唱过，但回家不唱，就是数典忘祖。想在哪儿唱？说！"他一言九鼎，我脱口而出："江淮大戏院。"他说："为何？"我说："怀旧！"他又说："你就不怕唱到一半，顶上掉下一块徽砖皖瓦？"我答："能比罗马歌剧院的古砖还重？"他曰："从小你就嘴不怂。"

（九）

  一架钢琴，一位"徽派"弹奏高手，一个得过国际声乐大奖的故乡新宠，踩着台上吱吱呀呀的地板，面对千余故人新秀、发小老叟，在这方曾是我"垂髫"时的记忆，新安文化的集散地，徽派文脉的精神领域，刚低吟浅唱，又黄钟大吕，才如诉如泣，又穿越绝壁，又一次接上了故乡的地气，温故了黄梅戏的销魂，花鼓灯的荡气，"金瓴调"的悲切，"四句推子"的空灵，"拉魂腔"的窈离。然而，我的曲目中，确有德、意、英、法的唱词，西洋歌剧"咏叹的调律"，但冥冥之中，我却怎么也挣脱不了那无形而强劲的民俗地气。那时台下的每一位听众，仿佛都变成了"淮军"的死士，谁管你唱得好孬，只要发声，掌声吼声便众志成城，竟是余音绕梁，神鬼无语，大厦将倾。大有李鸿章的那种"一说家乡话，便把洋刀挎"的选将用人之律。这样的独唱会，我终生不遇。演出中除了我的看家本事，自然多是有关"乡愁"的歌曲。每每唱至于右任的《望乡词》、艾青的《我爱这土地》，就鼻塞泪涌，"武功"废弛。此时，听众席里就有了嘤嘤的啜泣。

（十）

音乐会结束，我在纷至沓来的鲜花丛中，用感念的心绪阅读着每一位知音者的口型。那些乡音厚重的赞词，乡情浓烈的话语，倏地就在我心里撞出了一个稍纵即逝的念想："书中自有黄金屋，歌里自有颜如玉。"但我这种对《西厢记》《牡丹亭》似的移情，"寒窗十载，金榜题名，衣锦还乡"的食古不化，虽很快便随着"口子窖"的酒精散去。但我庆幸洋邦十年，歌剧春秋，我的骨子里仍无"异化"的毒素，更不曾是个假洋鬼子！但，我那灵光乍现似的预感，在我后来勾留故乡的日子里，竟然意外地如梦成真。

（十一）

母亲在整理收获的鲜花时，发现了一束洁白无瑕的雪菊。在清香扑鼻的花丛中，竟有一张用毛笔字写着诗句的卡片，属名"雪菊"。那一笔绢秀遒劲的蝇头小楷，引起母亲的注意。卡片上如此写道："仰慕您的才情与乡情，固抄下您唱的歌词相赠：'假如我是一只鸟，我也应该用嘶哑的喉咙歌唱，这被暴风雨所打击的土地……为什么我的眼里常含泪水，因为我对这土地爱得深沉。'您的这首歌，让我泪流满面……"一生极为讲究字体的母亲，仔细阅后，竟脱口而出："好熟悉的字啊！典型的'颜筋柳骨'！"我问："您认识此人？"母亲沉吟半晌："像是我的一位新古体诗作者。"我说："能找到她吗？"母亲莞尔一笑，不置可否。

那时的母亲，已是古稀之年，又是深重的糖尿病患者，三餐前必在腹间推射胰岛素后进食。但每天晨起，仍旧必在案前研墨练字，但手抖得厉害，常将字颤得有如甲骨文的遗迹……母亲的手，在抖了一个星期之后，便将雪菊的工作地址，默默地交在我的手上。

当我在省图书馆初次见到雪菊时，她似乎并不意外，只是淡淡一笑后说道："明天我休息，上午在包河茶楼，请您喝茶。"说完，即去招呼他人，全无男女初次见面的生涩与心机……

翌日上午十点，我在临河的窗前坐稳不久，雪菊如约而至。直到她端坐于我眼前，我这才发现上苍对她太过慷慨。一般说来，上苍塑造女人，在第一度创作时，假如赐予美貌，便吝啬了才情与气质。然，眼前的雪菊，仿佛从一幅仕女图上翩然而至，双目似珠，黑发如漆，雪肤玉貌，顾影合度。一袭白色的羊绒长衣，将她那婀娜窈窕的身形，勾勒出款款曼妙的韵律，竟与"雪菊"这个名字浑然一体。我暗自诧异，今天的省城竟还有如此"清水出芙蓉，天然去雕饰"的古典美女，想必孤芳自赏得要紧，让人敬而远之。但是，当我们的对话开始后，她让我大为意外的是，我问她答，清雅恬淡，竟毫无扭捏作态之姿：

"我们好像从前就熟悉？"

"我也有同感。"

"你认识我母亲？"

"我曾是她的诗歌作者。"

"现在还写古体诗吗？"

"父亲久病在床，母亲身体也不好，需要人长期照顾。"

"你父母是做什么的？"

"父亲是老中医。母亲是中学语文老师。"

"他们一切都好吧？"

"去年都去了……"

我一时无语。

"古代女性诗人中，你最喜欢谁的诗？"

"李清照。"

"为什么？"

"李清照让中国文学，有了一种贵族女性的气质。"

"何以见得?"

"她把东方女性,在晚风细雨中的高雅与憔悴写到了极致。"

"能为我背一首吗?"

"薄雾浓云愁永昼,瑞脑消金兽。玉枕纱厨,半夜凉初透。东篱把酒黄昏后,有暗香盈袖。莫道不消魂,卷帘西北,人比黄花瘦。"

就在我们将要分手时,她变得有些羞赧,嚅嗫地说:"能请您母亲吃个便饭吗?"我说:"好啊!可是……为什么?"

"以前,她对我的每一篇诗作都很尽心。可是,我却没能坚持下去……"

回到家中,我将雪菊的邀请转告了母亲,一向不参加任何作者饭局的母亲,不置可否,只是悠悠地说了一句:"雪菊这个姑娘难得,希望你好好把握。"

(十二)

不知怎的,我却鬼使神差地不曾"好好把握"。我压根不信,雪菊这样冰清玉洁的省城女子,年近三十,竟还会"剩下"？雪菊会像电影里的恋人那样，对我一见钟情，心无旁骛？抑惑那时，我对瓦格纳、威尔第、普契尼的歌剧迷恋太深？受贝多芬那种要"扼住命运的喉咙"的"蛊惑"太重？竟被"匈奴未除，何以家为"的悲剧英雄情结，弄得走火入魔？直到今天，我在万般的悔恨之中，仍一遍又一遍地拷问自己，当年我到底为什么竟稀里糊涂地辜负了雪菊？因为雪菊曾对我的百依百顺、从善如流，竟让我轻松得"重"不负载？抑或叫我那黏稠的满腔话语，常常无端地淤积，使我对她断然失去了应有的激情与猎奇？丧失了男欢女爱的人性真谛？

直到我的归期已近，我似乎才幡然猛醒，或许我终将失去一个世上真懂我的"新娘"，一个可以终生为伴，称为"妻子"的女人……

分别的时候，雪菊送我去机场。我们依旧没有应有的缠绵、太多的惆怅，有的只是长久的对视，彼此之间仍是我问她答，百依百顺，从善如流……就在我将要跨入安检大门的瞬间，雪菊猛地抱牢了我，全身微颤，语不成句："不要让我等太久。不然，你会后悔的……"我的心里一惊，五味杂陈，下意识地取下脖上那条我最喜爱的乳白色羊绒围巾，紧紧地围在她的脖子上后，躲闪着她的眼睛，有些仓皇地离去。

（十三）

回到德国，我又遁入了佶屈聱牙的歌剧背诵，在劫难逃的孤独寂寞。熬受不住了，就给家里打越洋电话，却又不敢纵情。平时，父亲也是著名"话痨"，但他那时在电话中，主题却全是雪菊。现在，其他的事我都已忘却，只有两个细节，有如一把无形的利刃，随着时间推移，一点点地割挑着我的心脏，带着明确的隐痛，深深嵌在了我心底。父亲说："你走后，雪菊常来看我们，每次来都带东西。午饭后就给你妈按摩，直到她睡熟后，洗完碗筷，打扫完卫生后才去。"

母亲的话本来就少，更不常夸人，但每次她在电话里只说一句："雪菊叫我们辞掉阿姨，她下班后就来做家务事。"而每次碰巧，我与雪菊讲话，那一头的她，几句话后，总是传来一阵并不清晰的啜泣……

雪菊服侍了我父母一年之后，不再来了。后来听我父亲说她已嫁人，好像都有了孩子。许多年过去，母亲很少和我再提雪菊，直到她因糖尿病久治不愈，引起癌扩散入院治疗后，这才常常念叨："要是雪菊在就好了！"母亲最后一次和我提到雪菊，是在她的弥留之际："雪菊常说，对你，只能点到为止。"听完母亲的话，我默默地走出她的病房，靠在走廊的长墙上，泪流不止。我不知道，以后还有哪一位姑娘，还能那么用心懂我，将我一眼看透？

（十四）

在后来的海归的日子里，我因演出，多次重返故里，每每走在大街上，只要在人群里，一俟看到拉着孩子、状似雪菊的年轻母亲，我就会情不自禁尾随而去，直到看清并不是雪菊，这才忧郁地消失。几乎每次，我的心底里会油然而起李商隐的七律："相逢时难别亦难，东风无力百花残。春蚕到死丝方尽，蜡炬成灰泪始干。晓镜但愁云鬓改，夜吟应觉月光寒。蓬山此去无多路，青鸟殷勤为探看。"雪菊，如今你在哪里？一切可好？你说对了，如今，依旧孑然一身的我，真的悔透了，随着一岁一枯荣的年纪，此恨绵绵无绝期。

不知多少年过去，这头的我，记忆长河里的那条小船，依旧在清澈的水面上渡来摆去。那张窄窄的船票，仍在我刻骨铭心的梦境中，被我紧紧地攥在手里。连同那总是恍若眼前的油伞长衫、雨巷幽幽、碧水炊烟、古墙断桥，一切如旧。但我梦中的新娘红袖，却永远地留在了那头……

（十五）

"后来呵，乡愁是一方矮矮的坟墓。我在外头，母亲在里头。"

一方矮矮的坟墓呵，外头的儿子还是盛年，母亲却长眠在里头。世上还有再短的文字，能把阴阳两界，母子连心，一壁之隔的大悲大恸，写得如此的无奈与沉痛？不知让多少个失去过母亲的七尺男儿，每读到此，都止不住泪如泉涌。倘若一个人，没有失去过母亲，绝不会有这样的万般无奈，更不可能有如此深刻的沉痛。

（十六）

母亲出生时，恰逢外公在上海滩发财。他曾是一家米店的小伙计，一把下去便能估出掌中的大米约有几钱几两，后东渡日本学习羊绒产品制造工艺。重返上海后，外公开办羊绒衣帽工厂，几度春秋，终成富翁。于是，遂将我母亲视为财神。但宁波人的规矩甚多，贵客临门，孩子不许上餐桌。但我母亲不管，谁要悖她，地板上一滚，外公那里，万事皆休。但外公宠她并不是空穴来风。母亲有佣人侍候，教会洋学堂里读书，汽车接送，有好吃的，为她独留一份，似成家风。但她却洁身自好，宠辱不惊。不仅品学兼优，而且督促兄妹读书，严格得要紧。我曾问母亲为何那样的早悟？她答这一切源自她的母亲。外婆出身贫寒，虽少时读过私塾，又是三寸金莲，文化不高，但却知道叫母亲每天晨起，放声背诵元代曹元启的《子规》、清代朱用纯的《朱子家训》。晚睡前，自然是临柳公权和颜真卿。外婆虽足不出户，却做得一手好菜，且手不清闲，眼里有活。佣人擦过的桌椅厨柜，洗过的锅碗瓢盆，她有时还要踮着小脚，再擦拭一遍。一桌人吃饭，谁的碗里掉出米粒，外婆便逼那人捡起吃掉。每年，外婆都要将家里不用的东西、穿旧的衣服，寄给宁波老家的穷苦亲戚。母亲并未讲过有关外婆太多事迹，但在我的印象中，外婆是一个善良俭朴、知书达理的典型旧时女人。后来外婆早逝，外公迎娶"四民银行"老板的女儿。前来贺喜的人中，竟有国学大师黄炎培、上海名人杜月笙……

母亲的后母为外公又添六子，但她从不教育，却嗜好麻将舞会，过着晨昏颠倒的日子。于是，我的母亲就成了前后十二位兄妹的学监与启蒙老师。后母对"学监"很用心很尊重，母亲对后母既冷淡又钦佩，因为后母经常虐待我的两个小舅，又因为后母能把《红楼梦》倒背如流。

（十七）

母亲十六岁时，后母得了一种不治的怪病。临死前，将自己所有藏书赠予我母亲，并泣不成声攥紧我母亲的手"托孤"，恳求我母亲抓紧她六个孩子的学业，若不答应，死不瞑目……旧时的人死了，讲究法师超度，活人守灵。那晚夜黑风高，该我母亲寻灵，躺在棺椁里的后母，陡然吁出一口长气，竟双目圆睁，直直坐起。我母亲见状，认定是"诈尸"，吓得尖叫几声，魂飞魄散，颠得状如脱兔。

从那时起，母亲常常睡到半夜便被噩梦魇住，厉叫之声，初为游丝，逐渐强起，最终，令人毛骨悚然。若无人及时将其推醒，母亲便将一路厉叫下去，不知归途……在我的记忆中，对母亲的几次梦魇尖叫，刻骨铭心。"文革"中，省城文联分成两派，相互口诛笔伐，掐得昏天黑地。由于外部武斗升级，大院文人便与外界造反组织勾连，相互抄家，砸物打人。一夜，一群年轻人冲进我家，先找存折，再翻贵物，见无甚油水，继而狂砸家具器皿……黎明时分，父亲奔出家门避难，随即便在大院对面的梨花巷中被人截住，一顿棍棒交加，皮带狂抽，顿时头破衣烂，血浆飞溅。若不是父亲双手紧抱一棵槐树，早已

温故乡愁

一命呜呼。而我母亲却听见楼梯上又有脚步纷至沓来,一把拉牢了我的手,奔进女厕所躲避,这才逃过一劫。当我们母子在省立医院的走廊上看到被血染的纱布从头到脚裹成一个"木乃尹"的父亲后,母亲却冷静得出奇,而那时七八岁的我,眼里的父亲早已是"僵尸"一具。后来,我和母亲被一位挚友接去避难,住在他家的贮藏室里,打着地铺。首夜,母亲在梦魇中的尖叫将我惊醒。我在一身冰冷、抖动不止的惊惧中,第一次将她推醒……

父亲出院后,就北上告状,母亲便带着我南下上海,投奔二舅。那时我家穷得靠举债度日。正是那次"跑反",使我此生唯一一次见到了外公。

(十八)

外公在某个星期三的下午,穿着一身雪白的仿绸套装,似从一个遥远的地方来二舅家随便走走。但没过一会儿,他便躲进顶层的厨房里,做贼似的背着全家,偷偷吃上一碗放了半勺猪油的阳春面。外公受用完,便将我独自拽上晒台,用锋利的目光在我脸上划上一刀后,便双手撑地,倒悬身体,凭空倒立。几分钟过去,已古稀之年的外公,收回姿势,捋顺身体,恢复常态,竟气息不乱,松挺鹤立。老人家年轻时虽去东洋学技，但日本人打下上海后，却宁死不为日本人所用。于是，他便被抓进提篮桥监狱，电刑、皮鞭、辣椒水、老虎凳轮番伺候。最后，还是家里拿出一箱白花花的大洋，保释出狱……正是外公用他那双要命的利眼在我脸上一刀划过之后，才让我猛地发现，母亲何来那双平素并不常用，一旦较真，便让我不寒而栗的锋利目光，原来是得外公的遗传。

（十九）

当年，我父亲一身戎装，第一次走进老丈人家花园洋房后，就指着胸前"军管会"的胸牌说："我是农民的儿子，家里很穷！"外公连声说道："穷人好，穷人好！"……

解放初期的外公，早就明白，改朝换代了，财产只能是个祸害，竟把名下数间工厂、几幢别墅、多处房产悉数充公，收获的即是上海市市长陈毅元帅的接见，以及政府赐予的"市政协委员"称号。所以，整个"文革"期间，老人家虽被几度抄家，并未受皮肉之苦。不过他年纪大了，嘴馋，最大的享受，也不过是隔三岔五轮番去子女家中蛰伏一隅，做贼似的偷吃一碗阳春面而已。

（二十）

外公为我拿完大顶，没事人似的走了，但却把我害苦了。一个七十多岁的干巴老头，都能身轻如燕，豪气干云，而我这个生性崇拜英雄的浑球，又何惧之有？于是，我便在顶台上的边沿上，做"盲人"夜游，时而又如一只长臂猿猴，纵身跨越邻里阳台的天堑壕沟……直将弄堂里的邻居、二舅全家以及所有路人，吓得屏声静气，目不错珠。就在我的"癔症"几近化境，母亲在人堆里，冷峻地就是一句："够了！"说完，蓦地转身而去。就在我母亲下楼的时候，一个趔趄，险些跌滚下去……

那天夜里，母亲又被噩梦魇住，惊恐的尖叫声中让我听到了些许与往日的不同，一向泪少的母亲，在她那种时弱时强的尖厉中，让我听了使我心碎的轻声哭泣。于是，我推醒母亲，朝着一脸泪水的她，跪了下去。

（二十一）

多少年后，我偶尔回国省亲，每当母亲提及我儿时的顽劣，面对更加缩小衰极的母亲，我总是羞愧难当，无地自容。因为母亲经剖腹产后,才产下我这个十余斤重的浑球。因为,在"跑反"上海的那个夏日里,我为了一块"光明牌"的八毛钱冰砖,紧抱一根电线柱子,杀猪似的鬼哭狼嚎。那时举债度日的母亲,已根本无力掰开我的手臂,她在百般无奈之中,搜尽身上所有零钱后仍差几文,一个旧时的大家闺秀,竟在连连向售货员的鞠躬中,取回冰砖,一直看着我大口吃尽。我进京考学时,住亲戚家在外插队女儿的一间小房,时间久了,招人厌恶。母亲便将全月工资,买上礼品,连同那封任何人读后都会动容的长信,一同寄往北京。而那时,在我眼前,却常常下意识地闪现出头发花白的母亲,孤灯之下,用粘贴稿纸用的胶水,双手微颤,黏合尼龙袜子的破洞……当我拿到美国音乐学院的录取通知,因无保人,难以成行,母亲就在几夜失眠后,终于给她"晦莫如深"了几十年的"海外关系"写信……

当年,母亲鬼迷心窍,甘之如饴地了断了上海市民的户口、华东文化部的工作头衔、打蜡地板上的周末舞会、"工部局"交响乐团的柴可夫斯基、丁香别墅的罗宋汤之后,带着传统中国女性"嫁鸡随鸡,嫁狗随狗"的妇道神圣,义无反顾地随着身为红色作家的父亲,举家下河南走安徽之后，就变得胆小如鼠了。因为，在三门峡水库工地，她因得罪过保姆，带着正吃奶的我，被组织上监禁数月……

（二十二）

改革开放之后，早已习惯了"思想改造"的母亲，愈加少言寡语，谨慎内敛。但谁要把她惹恼，尤其是经精心修改过的稿件，上级若不签字发表，她才不管你是多大的领导，一句话刺得对方跺脚蹿跳……

"文革"前，母亲因为循规蹈矩，常在无意中被单位选为全省妇女代表。"文革"中，母亲因为出身不好，老实巴交，常被工宣队派去管理"牛棚"。"文革"后，我考上最高音乐学府，母亲的业余作者连得国家省内大奖，只要有人夸她，她顶多莞尔一笑。但同事若夸她儿子，这还得了，仍像从前一样，立马请你到"阿拉屋里厢漆雅碗（吃晚饭）"。

母亲在我即将出国前夕，耳朵变得更灵，胆子变得更小。晚上，走廊里一有杂声，她立即便像一只母鹿，竖起耳朵，仔细聆听。睡前，她总是检查几遍煤气是否关好，门窗是否锁牢,水龙头是否拧紧,吃剩的饭菜是否存进冰箱,床头的小桌上是否确实摆着小瓶的安眠药……我从小到大,最不怕的就是母亲,因为,不管我再怎么浑蛋,母亲从不骂我揍我。但我最怕的,却是她那锋利的目光和短促的语言,锥心一般痛彻,刮骨似的警醒。因为,她知道我自尊心极强,面子极薄。每次回国,我最喜欢和母亲说话。因为我的话太稠,她的话又太薄。每当我自卑得要紧,自己觉得太笨,母亲便会对我一句乾坤:"孩子,你从小就不笨!"我说:"我不想再唱了,唱歌有什么出息?"母亲说:"不行,这是你吃饭的家什!"我又说:"在国外太苦,弄歌剧太难。"母亲说:"你逃不掉的!这就是你的命!"我悲愤地说:"那么多的人都成了,怎么就偏我不成?"母亲立刻提高了嗓门:"你还要怎么成?"我放声说道:"为什么眼下的国人,对真正的好东西就是不认?"母亲的目光顿时锋利如刃:"那叫有眼不识泰山!你还得继续修行!但,我认!"于是,我豪壮地默哭,肆意地落泪,泪流完了,告别母亲,打起行囊,奔向彼岸,又一路前行。

(二十三)

当我彻底海归之时,已知天命。虽依旧豪气干云,但毕竟"落日西飞滚滚，大江东去滔滔，夜来当日又明朝，蓦地青春过了"。

那时母亲身体里的癌变，已逐渐扩散，人变得佝偻孱弱，气色暗涩，头顶上毛发稀疏，脸庞上眼眶走形，让我完全对不上母亲中年时的模样，腹有囊带，中气十足，面色红润……已有二十年不曾与母亲朝夕相处的我，拼着命似的想把二十年攒下的孝心在一个早晨用尽，常常买些母亲最喜爱吃，但百姓不敢问津的东西，以报答她对我的养育之恩。我更是时常弄出些滑稽和幽默，讨母亲开心。但每次母亲都说："你在外国发洋财了？我得的可是糖尿病！"

母亲每天起床后，仍旧把自己仔细梳洗一番，风度如昨，体面如旧。她常在被我逗得开怀大笑之中，五官错位，竟像是在哭泣。病入膏肓的母亲，常常一个人冲着床头柜上放着的外公照片发呆。待着待着，就落下泪来。但她那被泪水一路涌过的脸颊和嘴唇，好似又在微笑。母亲根本不想知道自己的生命已灯枯油尽。我看得出来，她在努力着，将每一天都活得体面、干净、讲究。

母亲对我的关怀，更是话语不多，却事事都让我铭记在心。那夜，我偶感风寒，昏昏睡下，但间或仍有干咳。老母亲便一步一挪，扶着白墙移下楼梯，一手握瓶"蛇胆川贝液"，另一只手抖抖地端着一杯温开水，几经挪移，推门进来。就在她刚刚接近我脑袋的须臾，还未开口，就将整整一杯温开水抖翻在我的头上。母亲盯牢了我喝尽药汁，颤颤巍巍地离去后，我用枕巾几下擦干面颊、脖颈上的水渍，但却怎么也揩不去眼里的水雾、腮上的泪痕。因为，那一刻，在我心底里深埋了二十年，渴望对母亲放声背诵的诗句，油然而生，遗憾的是，母亲早已不再叫我吟诗诵词了……

"空床卧听南窗雨，谁复挑灯夜补衣，恐伤慈母意，暗向枕边流，泪咽却无语！"如今，有谁？还能写出这般叫人比哭还过瘾的诗句？元代杂剧泰斗白朴，我嫉妒你。

（二十四）

母亲最后一次去医院检查后，主治医生严峻地对我说："你母亲必须立即住院特护，她剩下的时间不多了。"……那天是冬至，出租车在外面等着，我和父亲用围巾、绒帽和大衣，将小老太太活活地裹成了一个厚厚的粽子。出门前，我突然对她说："妈，让我背您出去。"她说："我能走，又不是第一次住院。"父亲说："孩子长到这么大，从来没有背过你，你就让她背你一次吧！"

我背着母亲，出家门，过走廊，到车前，总共不到一分钟。但这短短的一分钟里，在我的感觉中，仿佛有二十年的漫长。因为我背上的母亲，整个身躯轻得没了实体一样，让我感觉背上背的不是母亲，而是母亲身上穿的所有冬衣。

（二十五）

母亲刚住进院特护后不久，就常说她要回家。我那时已有了单位，又正值年关，演出频繁。但只要演出结束后，一出机场车站，头一件事便是直奔医院去看母亲。有时，一日三次，仍嫌太少。经过化疗的母亲已形容枯槁，不成人形。几句话后，就疲劳之极，昏睡过去。

那天中午，我坐在母亲床边，时间久了，自己也趴在床栏上沉沉睡去。没过多久，突然就被母亲那熟悉的梦魇尖叫声惊醒。母亲的尖叫声，早已没了旧时的锐利与恐惧，那时续时断的厉喊，此刻变成了呻吟。我轻轻地摇醒母亲，用毛巾擦去她额头上沁出的汗珠，轻声地问道："妈，您又做噩梦了？"母亲虚弱地答道："我梦见一个黑衣人……不停地和我说……跟我走吧！"……

打那之后，母亲就再也不提回家的事了。

（二十六）

那是一个阳光明媚的上午，我走进母亲的特护病房，母亲垫着枕头，靠在床上，一脸的怡然与慈祥。我在进门的一刹那间，倏地觉得母亲已许久不曾有过今天这般的神采奕奕、美好与暖融。但我的心里，却一下子涌满了无边无际的悲凉。我知道这是回光返照，我知道母亲的大限快要到了。

母亲招呼我坐在她身边，双目紧紧盯牢了我的眼睛后，缓缓地说道："上海民政局退赔了你外公的一处房产，十二个兄弟姐妹的家属各得一份，我的名下所得十几万。"母亲沉吟一会又说："这些本来是应该留给你们的……"母亲说到此刻，目光陡然变得锋利如昨："你父亲写了一辈子的字，现在老了，不会有人给他出书了。这些钱，就留给他出书和养老用吧……"母亲的话，差点让我流出眼泪，我随即向母亲重重点了点头，母亲惬意地冲我微微一笑后，闭上了眼睛，行将睡去。

就在我要离开母亲的时候，母亲突然睁开眼睛，像一个猛地受到惊吓的孩子，一把紧紧地抓牢了我的手，睁大了眼睛说："你又要走了？"我说："是去演出。我……

真的不想去。"母亲竭力地提高嗓音说道："事先说好的，不管发生什么，都要以单位的工作为重。"我哽咽地答道："谁……谁都有母亲。"母亲淡定地答道："你刚回国就有单位要你，不容易呵，要懂得感恩！"我强忍住眼泪对母亲恳求地说："妈，您一定要等我回来，一定，一定！"……

我走出母亲的特护病房后，护理母亲的小阿姨在走廊尽头追上了我，她先将一叠钱交给我后，气喘吁吁地说："这是你为你母亲交住院费多下的钱，她叫我一定还给你。唉，你出门的时候，你妈就一直盯着你看，看不见了，让我扶起她的身体，望着门口，就那么一直看，一直看着……"小阿姨的话，让我紧紧咬住牙关，疾步离去……

然而，我的母亲，还是没能等到我归来。而我，终将为自己没能在母亲离开人世的最后一刻，守在她的身边而锥心刺骨，悔恨终生。

(二十七)

那是个百年不遇的酷寒的凌晨，室外滴水成冰，零下二十摄氏度。母亲的遗体已被入殓师整形化妆后，静静躺在一张窄窄的小床之上，身上穿着的仍是那件她最喜爱的、半旧的俄罗斯大衣。母亲仿佛一个婴儿，睡得不省人事。她微张着厚厚的嘴唇，双目微闭，神态祥和。平静如水的脸上，再也看不到被久病折磨的痛苦、受到惊吓后的惶悚、未竟心愿的遗憾……我在入殓师的悼词中，再也不能自持，猛地朝母亲的遗体扑了过去，放声喊着："妈妈，咱们回家……"将脸紧紧贴在母亲那冰冷坚硬的腮颊上，纵声痛哭。

（二十八）

如今，母亲已离开我六年了。但我总觉得她就在附近，并未走远，时常坐在客厅把角的那张单人沙发上，独自叹息，依旧面对床头柜上镜框中外公年轻时的黑白照片啜泣发呆。而我，时常会在人群熙攘的大街小巷中，一旦看到状似母亲的老人，便不由自主地走近。每当辨认清楚，怏怏离去后，却仍有一种挥之不去的隐痛。久而久之，使我对人是否真有"灵魂"，不得不逐渐确信。

（二十九）

去年腊月的一天，在武汉，已是子夜时分。演出后，我照例要与朋友喝酒尽兴。微醺之后，便被朋友搀牢，冒着漫天的鹅毛大雪，一路摇晃着回宾馆就寝。路经一家早已打烊的店铺，只见门前一位肩上头顶早已落满雪花的老妇，面对空无一人的大街上的路灯跪在地上，双眼紧闭，不顾有无行人，扑倒仰起，磕头不止。但在她的面前，却又绝无乞讨的盆钵。一个世界里的大雪纷飞，腊月里刮骨的寒风之中，老妇衣衫单薄，瑟瑟发抖。当我伫立于她面前，她竟毫无察觉，上下磕叩，动作依旧。我凝视老妇良久，在渐渐涌起的泪水中，腾出双手，伸进裤兜。这时，身边的朋友，猛地一拽将我用力拖走……百米之外，朋友说道："这样的人，哪儿都有。"我说："她很像我的母亲。"朋友顿时噤声。我随即跑回老妇身边，将全身搜遍，把所有的钱取出，放在老妇面前后，几步一回头地挪步移走。老妇在我渐去渐远的视线中，仍是毫无察觉，磕头依旧。

一阵阵寒风刮过，将她面前的钱钞，一张张地刮走……

（三十）

母亲走后，一到清明，我和父亲都会为葬在"居庸关"的母亲扫墓。直到今年清明，因为杂事太多，竟错过了扫墓的最佳时辰，于是，就与八旬老父，在家中母亲的遗像前，摆上祭品烧香磕头，权作祭祀……但事过之后，总是觉得忐忑不安。几日之后，为了一篇稿约，我在电脑中查阅资料，竟鬼使神差地敲出"二十四孝"中的典故：闻雷泣母。

（三十一）

战国时期，魏国有位饱学之士，名叫王裒，父被司马昭所杀，因此侍奉寡母，无微不至。母亲胆小，最怕雷声，固每有电闪雷鸣之夜，王裒便陪伴母亲左右，须臾不离，安慰不止……母亲辞世后，他将母亲葬于山林僻静之处。但一到雷雨交加之夜，王裒便一路奔到母亲坟前跪拜，并低声哭泣，告诉母亲："孩儿就在您身边陪伴，母亲不必害怕。"

读罢《闻雷泣母》，我又流出眼泪。那是一种被《二十四孝》中的典故震撼后的大恸，更是一种被王裒感天动地孝心穿透灵魂般的愧疚……母亲不过辞世数年，我竟有了成语中"久病床前无孝子"的惰性与疏离。假如我不曾偶读《二十四孝》，我对母亲的怀念，会不会因为时间的流逝而逐渐稀释？倘若我无知《闻雷泣母》的故事，我是不是终会忘记，我是怎样来到的这个人世？人性中，如果剔出了"孝悌"，人格里倘若泯灭了"感恩"，那么人类的繁衍与赓续，究竟还有什么理由？

（三十二）

"而现在，乡愁是一湾浅浅的海峡，我在这头，大陆在那头。"

骨肉情深的梦牵魂绕，手足离合的春秋几何，母子之间的望穿秋水，炎黄血脉的相濡以沫，竟被那一湾"浅浅的海峡"人为地阻隔，咫尺天涯，却逾越无着。人类，曾是那么的虚怀若谷，有时，竟又是多么的狭隘逼仄。

（三十三）

20世纪80年代末，台湾解禁，宝岛上的同胞赴大陆寻根祭祖、哭坟扫墓、寻亲探友者趋之若鹜。各类媒体电视上骨肉重逢的画面文图,蔚为壮观。抱头痛哭的场面,更是催人泪下。大陆台湾,这对骨肉兄弟,仿佛在时隔近四十年后的某个黎明幡然猛醒,急不可待地渴望彼此亲近。但,这血浓于水的手足之间,似乎仍阻隔着一湾看不见的"浅浅海峡",还不能让兄弟之间的拥抱酣畅淋漓。

(三十四)

那时的我,已赴美留学数月。既听不懂"山姆大叔"的鸟语,更不习惯"自新大陆"的"茹毛饮血"。于是,"乡愁"猛如虎狼,终日让我在灵肉"反刍"的折磨中,一息尚存,苟且活着。某个子夜时分,我接到一通越洋电话,得知我的短篇小说《残阳如血》荣获台湾《联合文学》世界华文征奖"新人"首奖。我在压抑着"范进中举,痰迷心窍"似的疑惑中,纵声问道奖金多少后,竟忘了君子之礼。因为那时我的保人并未践约,我的奖学金杯水车薪。现在想来,经济上的窘迫,足以让一个七尺男儿无地自容。

（三十五）

《联合文学》的人，对我这个"中举"的孙氏"范进"，仁义得要紧。在电话中反复强调，他们将在近期速寄往返机票，特邀我自美赴台领奖，并下榻圆山大饭店，做环岛旅行，为读者签名留念云云。

我在"高烧"持续不退的炽热中，仍时常狠掐大腿，屡屡求证，这究竟是真？还是南柯一梦？因为，歌唱，是我的妻子，文学，是我的情人。我虽殉道般地苦苦求索，凄美得近乎悲情，但是否能得到"文学女神"的垂青，那要看我有没有这命？至于屡遭退稿，赌命似的勤奋，"路漫漫其修远兮"的坚忍，都不过是一个文学边缘人的梦中移情。而大陆那头的愤青和文人，如同历经了天灾人祸后的庄稼，虽劫后余生，终将野火烧不尽，春风吹又生。而我，只不过是占了些天时、地利与人和的福祉，偶尔得逞，大可不必得意忘形。

（三十六）

一周之后，我的"高烧"退去，回归本真，继续被

"乡愁"煎熬，接着跟英语拼命。又是一个子夜，还是海峡那头的一通越洋电话，竟让我彻夜难眠，像是在索命。这时，那头的人说："孙先生，请问，您持有的是中华人民共和国的护照吗？我说："当然！""您有绿卡吗？"我说："刚到美国不久，我还没申请。"对方说："根据我们的安全法细则，未在（海外）住满五年者，不得入境……十分遗憾，您不能来台湾领奖了。"我悲愤地脱口而出："不就是去领个奖吗？与'国安法细则'有何关系？"对方沉吟一会儿说："我们已经做好了接待您的一切准备。我相信，以后一定有的是机会。不过，我们出版社高层决定，由发行人张宝琴女士，携带奖盘奖金，专飞纽约，为您和另一位大陆旅美作者颁奖。"

（三十七）

颁奖的当天，细雨绵绵的世界大都市纽约，那所有犬牙交错、鳞次栉比的摩天大楼之间，全被秋风秋雨愁煞人的阴霾塞满……

我从颁奖人，哥伦比亚大学夏志清教授手中接过奖盘、奖金之后，向《联合文学》的发行人和文学，深深地鞠下一躬……

临离开会场时,张宝琴女士问我说:"听另一位获奖作者说,昨晚你们都没住宾馆?"我答:"是的。"她又说:"额外给你们的两百美金,就是让你们住宾馆的?"我一时不知该如何回答,竟脱口而出:"亲戚家厨房的地板也挺好的,就是纽约华人家的蟑螂,大得我平生罕见……"张宝琴听完之后,沉默良久后缓缓道来:"直到现在,我才有些明白,为什么这二十年来,台湾的文学大奖都让大陆人一气拿完……"

(三十八)

后来,我早已拿到美国的绿卡,并在"自由地区"何止待满了五年,但听说持有中华人民共和国护照者,赴台公干的手续和签证依旧繁杂闹心。直至后来,得到一位台胞文友的通知,在台北将要召开的世界华文作家代表大会上,我竟榜上有名。但阴错阳差,几经折腾,我却在大会结束那天,方才拿到签证。那时再去台湾,已失去了它应有的意义。不过一个观光客而已,走马观花,大宴小酌,一场风花雪月罢了,又与文学何干?再后来,我的作品《肖邦》和长篇小说《黑蝴蝶》,又在台湾三民出版社和联合文学出版社分别出版,那时我与宝岛的心理阻隔,早已不是一纸签证和"一湾浅浅的海峡"了,那是一种难以名状的激情疲劳与必须长久煎熬的冲动等待。

而今,任何一个大陆的观光客,只要口袋里有钱,报名一个旅游团,随时都能去阿里山、日月潭转上那么一圈。唐代诗圣柳宗元毕竟曾有绝句:"海畔尖山似剑铓,秋来处处割愁肠。若为化得身千亿,散向峰头思故乡。"那位曾任中华民国监察院院长、国民党元老于右任,离开大陆时的千古绝唱,更不曾时过境迁:"葬我于高山上兮,望我故乡,故乡不可见兮,永不能忘。葬我于高山之上兮,望我大陆,大陆不可见兮,只有痛哭……"这首歌,无论走到哪里,只要有炎黄子孙的地方,我必唱。

(三十九)

人类对母亲的眷恋,人种对故土的怀念,常是一个民族的凝聚力。而每一个漂泊者的精神家园,靠的是一个个"乡愁"链接而成。

"乡愁"是什么?不仅仅是一枚小小的邮票,一张窄窄的船票,一方矮矮的坟墓,一湾浅浅的海峡,它也是故乡的明月,碧水中的游鱼,牧童的短笛,儿时的歌谣,描红时的"子曰",少年学堂的"诗云"……它是老井和炊烟,远山的呼唤,街边的小吃,青梅竹马的无猜,慈母手中的线迹，新娘红袖的泪眼，断桥残梦的延续……

乡愁是胎记，是节气，黄历与生辰八字，是成语是对联，是《二十四孝》，是民俗中响器震天的婚丧嫁娶……乡愁是花鼓灯，是"金瓯调"，是黄梅戏；乡愁是"少小离家老大归"的乡音不改，是鬓发似雪的沧桑记忆；乡愁还是"落霞与孤鹜齐飞，秋水共长天一色"的《滕王阁序》，更是"枯藤老树昏鸦，小桥流水人家，古道西风瘦马，夕阳西下，断肠人在天涯"……

乡愁呵，你是尧舜是大禹，你是春秋战国，你是秦砖汉瓦，你是唐诗宋词，你是长江黄河，你是天山昆仑，你是炎黄子孙五千年的辉煌历史，你是一首让我终生唱不完的长调与呼麦……而我一个人的"乡愁"又是什么？是母亲，是归去来兮，是落叶归根，是用民族文化的记忆，汉语汉字的烙印，牢牢守住根脉，是一个炎黄子孙仰望泰山一般的华夏文明那虔诚的敬畏与膜拜。

被公审的大儿童

又要出门去试唱歌剧了,老父母用一种忧患的目光,再次仔细地端详了我一番。瞬间,我的整个灵肉,便从一个公牛型的彪形大汉,幻化成一个不折不扣的大儿童。老父母从他们那张我曾聆听了一辈子的嘴里,竭力挤出一些不连贯的句子:少说话,祸从口出……于是,一条无形的尾巴,便被我紧紧地夹进了屁股沟。

我在国家歌剧院的走廊里踽踽独行。由于重感冒的侵略,耳鼻眼口都恰似被棉花堵塞。我不停地喝水,大声哼哼,小声呻吟,浮躁不堪。仿佛一匹被戴上嚼子、钉上马掌的骡子,心里无时不在揣摩着那些评委将怎样精细地检查我的牙口，揉搓我的屁股和大腿，最后做出决断：我是否仍是一匹具有旺盛生殖力的好牲口。在我于中外试唱歌剧角色的生涯中，不知多少次在判官面前被"是骡子是马"地来回遛够。每当我从那些欧罗巴和新大陆的歌剧考场中，屁滚尿流、大汗淋漓地爬出来后，总觉得自己仍是一个阳刚过剩、力拔山河的漂泊英雄，虽败犹荣。但这次，却是从大西洋彼岸专程飞回北京，在故国的歌剧考场中被选秀，自然，我患得患失，心中五味杂陈。

纽约的初冬，我在鳞次栉比摩天楼群的沟渠里，看着那些见了死尸都不绕着走的朋克乞丐、娼妓小偷、名媛富贾，我这个夹在各类种族汇成的人流中，匆匆独行的"多余的人"只想怒吼。当饥饿的感觉驱走了我人性中因失意而沮丧的扭曲后，我跟自己说：我要回家……

柏林的深秋，棺材形状、半高不矮的建筑集群，叫我怎么看怎么像是奥茨维辛集中营的焚尸炉。街道上肮脏的积雪，路人冷漠的神情，构成对异乡人那种难以抗拒的排斥，常常使我有一种随时都会被黑社会绑架和施暴的预感。世人皆知，柏林的唯美在于冷酷的秋叶，以及放眼望去，无边无际、绝不枯黄的绿草。但此时此刻，却在我眼里，油然浮升出的竟是六百万犹太人被猪狗一般宰杀的幻象。顿然，我便从那狰狞可怖的铁门与灰墙的夹缝中听到了瓦格纳压抑到了极致的歌剧序曲《特利斯坦与伊索尔德》。还有在斯皮尔伯格的电影中，美国大兵驾驶着直升机凭空扫射越南村民的歌剧序曲《女武神》。这时，我咬紧牙关跟自己说：我要回家……

国家歌剧院考场的长廊上，那种逐渐让我感到有些舒畅的异味，将我从走火入魔的畅想中缓解归来。我和我自己说：这是回家了吗？我的感觉连同我的心，都一块抢着作答：是的。我已经不能不坚信，在那两道厚重的皮革和铁质的大门内，坐着一溜和我说着同种母语的判官，待会儿我唱完了，他们绝不会说："Thank you"和"Danke"。但我敢起誓，他们更会不说："谢谢你……"面对着这个我熟悉得不能再熟悉、陌生得不能再陌生，黄肤黑发的歌剧前辈群体，我暗下决心：今天，我就是被你们阴柔致死，也得做个鬼雄"甘洒热血写春秋"。

如同一个排队看病的病人，终于被护士叫了号进去看医生。我走到大厅的中央，站在三角钢琴前面。在面对一排白发苍苍的男女老人的一瞬间，我立刻明白了，我误入了白虎堂，我进入了八卦阵。在那些老人淡泊而平静的目光中，我有如一个被扒光了衣裤，全身赤裸的大儿童。我的心告诉我，他（她）们不是什么评委，而是判官。我的感知告诉我，从此刻起，试唱已经根本没了意义。那一双双浑浊而高深莫测的目光，早已宣判了我的死刑……你，那个坐在正中位置上的干瘦老人，在我对你全部气质和歌剧权威的感受中，什么都是模糊不清的。唯有那双嵌在近视镜片后面深不可测的眼睛，多少年后依旧叫我不寒而栗。于是，我想起了北方的冬天，那皑皑白雪覆盖了一切之后，缩在百年古树根部深深的洞里，那一盘紧紧蜷缩着却数月假寐不醒的眼镜蛇。倏地，我的脑海里出现了时空倒置的错乱。

大约是在公元1997年的初夏，德国首都波恩近郊，我和一位中国驻德使馆的文化外交官漫步在莱茵河畔。我向他喋喋不休地询问：是莱茵河诞生了贝多芬，还是贝多芬诞生了《约翰·克利斯朵夫》？他沉默少顷，并无回答，却向我讲起了另一个至今都让我扼腕痛惜的故事。1984年的夏天，当中国的少数西洋歌剧的狂热者还来不及辨认德国巴伐利亚国家歌剧院访华演出的莫扎特名剧《魔笛》，在世界上算是哪一流的版本时，德国人在一次和中国国家歌剧院演员的联欢会后，慕尼黑国家歌剧院的艺术总监便率先提出：提供所有经费和师资，先从语言训练开始，继而进入对歌剧角色的演练和培养。将从中国选拔十人，学制五年，直至功成而返。一般的德国人，大多将说话不算话、言而无信当成国耻。人家当时的动机是什么，有待后辈日耳曼民族史学家去考据。但包吃、包住、包学，又分文不取的呆傻之气，假如国人不再动容，那便是不折不扣的"唐氏综合征"患者了。我听完后，仿佛老僧入定，全身无法挪动。少顷，我双目圆睁，大声疾问：此事成了吗？外交官叹了一口气说：当时一位主管业务的副院长，当即便给予坚定的回绝。他们的理论是："我们中国的歌剧演员，是不需要外国人来培养的。"何等的民族气节，真是山河可鉴。我当时所受到的震撼，不亚于后来在史书上首次读到的"马关条约"和"庚子赔款"。那夜，我在使馆文化处招待所的床上辗转反侧，彻夜难眠。我满腔的遗恨和愤怒，将我的心灵挤压在民族英雄和卖国贼两个都不能准确定位的判断中……

凌晨，我推开招待所的窗扇，仰望着贝多芬的故乡，当时的德意志联邦共和国首都波恩那浓重而漆黑的夜空，默默天问：我们这些为了感悟德国歌剧真谛，像唐僧取经似的莘莘学子，历尽艰辛、寄人篱下，在灵肉饱受磨难的同时，还得恪守：节约每一个铜板，学海无涯苦作舟，去完成一个只有鬼才知道能否修成正果的使命。我那时的心境，有如一个已经疲惫不堪的长跑者，明知有一条捷径，却被"一夫当关，万夫莫开"的拦路者无情地阻断了一样。那时，我真想立即插翅飞回北京，找这个人寻仇……这位歌剧学者型的好汉一言九鼎,在弹指一挥间,便断送了十位本可以成就为世界歌剧骄子的前程,但他却没能阻挡得了像坦克钢铁洪流一样的西门子商业大军,在共和国的土地上排山倒海般地全面登陆。遗恨是最难让人忘却的,壮士断腕般地痛惜,更叫人刻骨铭心。

不知过了多少年,当我重返梦牵魂绕的故国首都,一次在天桥剧场,法国人制作的《卡门》彩排休息时,被这位学者型的好汉,差人将我从空着的座位上赶走。一瞬间,我顿时有了一种原宥他的情怀。噢,他是属于那种中国传统知识分子特质的人:做事认真,含而不露,饿死事小,失节事大。于是,在他仍用蔑视和嘲弄的眼角,远远而不时睥睨着我的时候,我仿佛又被他的气度镇住。然而,时隔不过八年,1992年冬,当我等中华儿女弹冠相庆,相互祝贺在美国首都华盛顿肯尼迪艺术中心,由我领衔主演用华语演唱、美国国家歌剧院耗费近百万美元,隆重推出的中国歌剧《原野》大获成功时,在美国主流媒体均称《原野》为普契尼来自东方的回声之际,我听到了这样一个消息,大意是:中国歌剧要想进入西方世界歌剧之林,纯属痴心妄想。中国歌剧要在人家后面学习一百年,这个论调的始作俑者,竟还是这位仁兄……

当我再次将大儿童般明澈的目光,对准依旧正襟危坐的那位学者风范的老人之时，他的神情显得有些微妙。他取下近视眼镜，姿态优雅地用一块丝绒擦拭着。他那既没表情又无血色的脸上，释放着事不关己、近乎无辜的神情，而正是这种神情，不知怎的，至今为止，仍旧叫我不寒而栗。

坐在老者身边的，是一位典型的美丽老妪，微笑起来温暖如春，沉默的时候不怒自威。记得那年夏天，那位体重三百六十多斤，从意大利热那亚一个小面包铺里走向世界的男高音之王帕瓦罗蒂，踏着当年被我曾爷爷的曾爷爷成吉思汗的马蹄踏过的阡陌山路，唱着"女人善变"和"冰冷的小手"，一路杀进了北京的皇城根。这位意大利面包师的胖儿子，在北京展览馆剧场，一边漫不经心地用他肥硕的肉手，端着个袖珍电风扇，尽情地吹着他那络腮大胡子的同时，一边像一个技艺绝伦的飞行大师，在高音C的天空上，任意做着那么多令人眼花缭乱的上下翻飞，狼奔豕突。他那举重若轻、无敌天下的高音和歌唱技巧，活活把中国的观众逐个地给折腾疯了。人们像是彼此过不去似的，狂热欢呼着、喊叫着，仿佛将积攒了一生的郁闷之气，彻底地宣泄了个干干净净。

曲终人散，顺着人流，我痴痴呆呆地走出剧场。碰巧，我便撞上了这样的一幕。那位有着慈禧太后和慈安太后综合气质的美丽老妪，杏目圆睁地冲着另一个资深歌剧老妪，厉声嘶吼、口诛语伐……人群沸腾了。围着这两个风度翩翩的半老徐娘，兴高采烈地议论着、围观着，仿佛在为身陷西班牙格林纳达斗牛场中，那个杀红眼的斗牛士和横冲直撞的蛮牛呐喊助威。

这简直就是一场旷古未闻，仿佛发生在古罗马的竞技场中，对手之间以唇枪舌剑为冷兵器的攻防搏斗。我看见了一个战无不胜，显得比斯巴达克斯更具有雄性激素的斗士，正一步一步地向已经被她击倒在地，并且遍体鳞伤的小老太太逼近……而那个在精神上永远强势，曾在歌剧舞台上的《茶花女》中，因肺病复发，继而唱得更加华丽的白发"维奥丽塔"，缓缓地合上了双眼，犹如一束玉树临风、洁白无瑕的茶花，玉雕一般凝住，纹丝不动。少顷，两颗不算太晶莹的泪水，从她那因岁月摧残而永远无法抚平、皱巴巴的眼皮夹缝中涌挤出来。于是，从她那两行平静而高贵、从容淡定的液体中，我仿佛听到了茶花女那令人心悸的唱词：让我们回到那美丽的时光……

面对眼前这排白发老人，我开始了极为懦弱、猥琐和严厉的自我解剖。我的灵肉瘫倒在他们那犀利的目光下，无法自拔，无处逃遁。我用了四十年建立起来的人格和自尊，率真和坦诚，在一排咄咄逼人的判官面前，开始土崩瓦解了。于是，我想起了歌剧《白毛女》中杨白劳的咏叹调："哪里走来，哪里逃，哪里有我的路一条……"我甚至有了一种茅塞顿开的清朗和顿悟，这些人再有权威和震慑力，我都能有底气抵挡得住，但一俟他们融成了一个群体或方队，我便瞬间没了力道和斗志。我们这个民族乃至整个人类，似乎都有一个共性，那便是同情弱者和虽败犹荣。可是，当一个人在人为的耻辱柱上，被铜墙铁壁似的法官公审的时候，那种无助和孤独，那种欲哭无泪、欲喊无声、欲说无词的压抑和无奈，会让无数英雄豪杰顷刻之间无地自容。我渴望向她无端地忏悔和认错，我迫不及待地想向她跪地求饶，我想向她深切地哭诉其实我胆小如鼠、贪得无厌、嫉妒偏执。我从来就没有真正意义上的英勇无畏、刚直不阿。我虚荣、猥亵、狡诈和低俗。我年轻时孟浪、鲁莽、任性和虚荣。我能像千千万万人仍旧活下来的唯一精神支柱就是：我坦诚和乐意助人，知耻而后勇，我永不言败，我要扼住命运的喉咙，我从不相信幸运能伴随人的一生，我笃信人间正道是奋斗，我坚信天道酬勤……是的，我是一只憋坏了的、漂泊于西方文化苦旅中十余载的黄种雄狼，在天苍苍、野茫茫、风吹草低见牛羊的西方文化的深山老林里，终于被逼得骇人听闻般地仰天长啸起来：风萧萧易水寒，壮士一去必回还……

眼前这位集慈母和导师、慈善与权威于一身的美丽老妪,我恳求您聆听我的忏悔。假如我在什么地方得罪了您,您大人不记小人过。因为我曾木讷,我曾太过率性,我曾口无遮拦,我曾轻狂嚣张,我曾浅薄无知,我曾稚嫩得无以复加。但作为您的歌剧晚辈,您总得给我时间长大成人吧?那年,您在北展剧场门口,当众大骂从美国归来的"茶花女",骂得何等痛快淋漓。"茶花女"不该骂吗?岂止该骂,甚至欠揍。谁叫她的花腔唱得那么叫人愤慨,谁叫她总是那样光彩照人。谁叫她那么清高孤傲,谁叫她曾是个十恶不赦的右派。她太狂了,狂得连得了肺病都比别的女人唱得风情万种!其实,在我心里,您是宽容和善解人意的,只是您的慈悲为怀,我不得要领!难道不是吗?对待犯人,公安们常说坦白从宽,抗拒从严;对待犯错误的同志,毛主席他老人家说惩前毖后,治病救人;老百姓们说得饶人处,且饶人;知识分子们说理解万岁!孔子说己所不欲,勿施于人。今天,我已人到中年,倘若再犯错误,您老顶多会对我说:孩子呵,不小了,该懂事啦,怎么还像个大儿童?文学的普世价值就是弘扬人性,人性的光辉就是救赎罪恶和宽宥苍生……

难道不是吗?法国大文豪雨果的《悲惨世界》中,那位永远让读者刻骨铭心的法国神父米里哀,面对被警察半道上抓回，偷了银蜡烛台的苦役犯冉·阿让，满怀遗憾地说："先生，您怎么把我送您的另一支给忘了……"我想您和我一样，在读过这一情节后，不管我们是否隔代，彼此肯定都会泪流满面的。当然，您不是神父，但您是一位母亲。您一定还记得小说《悲惨世界》中，那个猎狗一样跟踪了半辈子的市长大人的巴黎警察局局长，是怎样由于内疚，在一个阴霾清冷的早晨，用那只习惯了锁定犯人的手铐，牢牢铐住了自己的手腕，义无反顾地跳进了水雾弥漫的塞纳长河，完成了在他的人性中对恶的最壮美的反叛和正义终将战胜邪恶后的凤凰涅槃。我知道您不是巴黎的警察局局长，但我却叫您老师。对于一位母亲，我知道您和我的母亲一样患有糖尿病。为了母亲，为了您与她同病相怜，为此，我敢向上苍发誓，若有必要，我情愿为您割股入药、卧冰取鱼……然而，眼下，这一切都似乎晚矣，难道我就再也无法修复了吗，此刻，我唯有悔恨终生，仰天长叹，泪洒满江。就在这时，我的灵魂在空灵和缥缈的远乡，清晰无比地听到了她对我残酷的死刑宣判，以及灭绝我灵魂的行刑……

　　大刀片在屠夫的手中扭了个巨大的秧歌，便从浩瀚的蓝天广宇中，直直地落了下来。璀璨的阳光，兴高采烈地撞在金属的大刀片上，发出曼妙的悦音。我的脖颈上一阵彻骨的凉意，叫我全身抽搐，彼此分裂。间离着的意念和肉体，集体纵声高唱。在我还无法明晰地分辨出究竟是否一息尚存之时，我遗憾地唠叨了一声：前辈，您也杀得太快了点吧？我连临刑前的阿Q都赶不上。为了那个永远也没困上一觉的吴妈，那个在他脑袋里，永远鲜活着的梦，连阿Q都尚能有机会慷慨高歌：手持钢鞭将你打……而我，竟连半句都未来得及脱口而出呵！于是，我的灵魂扶摇直上升入了天堂。天堂里，一位凄艳野性，一如吉卜赛女人般的健硕奶娘，将我那颗受过中西文化碰撞重伤的头颅，缓缓地搂进她的温柔之乡。她掰开我苍白而紧闭的嘴唇，大义凛然地将她那两座乳牛般丰饶的乳房放入了我的口中，吟唱着摇篮曲似的说：小子，断奶了吧，乖乖地喝吧，人奶管够！狼奶，耶个熊吧……唉，人奶和狼奶就是不一样，让人荡气回肠，口舌生津，眼明心亮。当哈巴涅拉舞曲，在我粉红色的记忆中升腾而起的时候，我裤裆里殷红的尿液，如同西班牙斗牛士身上的血浆，汹涌奔腾，一泻千里。于是，我在心底里向上苍起誓，圣母啊，我真的不知在哪儿得罪了您？

中国哲学圣人老子曾说：民不畏死，奈何以死惧之！在眼前这样一排垂垂老矣、壮志暮年的中国歌剧泰斗面前，作为一个十几年出国之前便口无遮拦、不谙世故的大儿童，我万念俱灰。被你们审判，我应深感荣幸。将你们中任何一个拖出来示众，无疑身上的弹洞和疮疤都要比我斑斓。无欲则刚嘛，那只不过是一种可望而不可即的崇高境界。无欲，我为何来试唱歌剧《卡门》？无欲，我明知你们都不想见我，我为何又要削尖了脑袋，来让你们对我决不姑息养奸式的审判。民不畏死，奈何以死惧之？反正都是个死，怎么个死法还能算个啥！是的，我这等事又算个甚？不就是被拉出来被人评判嘛，老家合肥人讲得绝：好大事！我当深感知足了。倘若眼前的判官是我的同龄人，恐怕没进考场，便早被他们送进疯人院啦……推动人类进步和繁衍的最大特征，就是总得有人赴汤蹈火，义无反顾，青出于蓝而胜于蓝。但是，我那多年奋斗与执着呢？为国争光的奖章呢？傲人的艺术成就呢？头悬梁锥刺股的勤奋呢？难道都不能在他们面前稍许换回一点做人的尊严？那些在我的祖先眼里茹毛饮血、匪夷所思的洋人对我的仰望、欢呼与喝彩呢？都不能熔化你们对我那铁板一块似的偏见？于是，我那个像我一样有着极强反叛意识的骨肉兄弟，在冥冥的苍穹之间，又开始了他的淡定、老到、异化和无奈的呐喊："说你行，你就行，不行也行。说你不行，你行也不行……"振聋发聩、醍醐灌顶呵。

　　我得深深地感谢眼前这些歌剧先辈和文化枭雄，是你们又一次在更深的层面上，让我顿悟了什么才是真正意义上的天将降大任于斯人也，必先苦其心志，劳其筋骨，饿其体肤……于是，在一种绝对未曾有过的壮怀激烈中，我悲愤地唱道："正月十五庙门开，牛头马面两边排，殿前的判官拿着生死簿，青面小鬼两边排，阎王老爷当中坐，一阵清风吹上个冤魂来……"我的灵魂瞬间翩然出窍了。那脑满肠肥，虽是一个彻头彻尾的中国肠胃，却吃了十几年面包和牛奶的歌剧《原野》中的仇虎，便从蛮荒的苍原深处踉踉跄跄地走来，摇滚歌星一样干燥地唱了起来："爹呵妹子，为什么只是磕头不说话。在阳世，你们受尽委屈吃尽苦，到了阴曹地府，对着阎王，把那苦来诉一诉……"听着听着，我就乐了，都是什么乱七八糟的，不就是一次歌唱生涯的考试吗？用得着这么老虎凳、辣椒水、渣滓洞、白公馆，下地狱吗？你比人家商鞅、屈原差得远去了。就算你恬不知耻地企图想和人家遇罗克和张志新的名字放在一起，全中国人民都会砸你个满地找牙。

人生自古谁无死，留取丹心照汗青，将他们这些殉道者的灵魂，放在生命的天平上，你这样一个苟活者，顿然失去了分量？念你十几年在海外漂泊，不懂国情，加上四十来岁还像个穿开裆裤的大儿童，即便真的疯了，壮烈了，也顶多只能追认你一个澳大利亚树熊，让你去耀祖光宗吧。此刻，我被我自己骂得无地自容，恨不得自遁地缝。就在这时，我看见那位冷血的老匹夫和那位美丽的老妪，双双拍案而起，无声而嘹亮地说了一句自人类有了语言开始，外国和中国人一样听起来费劲的醒世恒言：杀他阿婆（shut up），狗吐黑尔（Go to hell）！真是于无声处听惊雷。于是，我便狗急跳墙了。我在放了一个响亮的臭屁后，关闭了自身所有的通道和器官，悲情万丈地咏叹起三国时期曹植的那首脍炙人口的绝唱：煮豆燃豆萁，豆在釜中泣。本是同根生，相煎何太急……

一阵绝无生命蠕动的死寂后，我的灵魂从后脑勺中游走。在那极其辽远的西域异乡，我听到了阿尔班·贝尔格的歌剧序曲《伍采克》，格什温的交响乐《一个美国人在巴黎》。奇怪的是，与我灵魂同在的却是文天祥和牧羊苏武。在他们中间，我还见到了老舍、傅雷和赵丹、欧阳予倩。于是，我再次纵声大喊：妈妈呵，我还是尿急！忽地，天地之间便充斥了我母亲的声音：孩子呵，你祸从口出，罪有应得，报应呵……

我终于变成一只脑满肠肥的大刺猬，在嘴上都贴上封条的人群中踽踽独行。这时，一位骑着小毛驴、道风仙骨的小老头拦住了我的去路。他神秘兮兮地用小鞭遥指不远处的一家理发店，用眼神在空气中划了这么几个人字：

"大巧若拙，大智若愚。""兵者，诡道也。"当我进了理发店，这才惊诧地猛然回首："我的爷啊，那不是我的祖宗孙老夫子吗？"

　　从理发店里出来，已经被剃光了浑身长刺的我，变成了一个猪尿泡似的大肉蛋，肉感无限，光滑可人。我憨态可掬，因谦恭而显得风情万种，阳光灿烂，人见人爱。壮士侠客、达官显贵、名媛淑女们，都不约而同地撕去我嘴上的封条，争先恐后地拍着我那白乎乎、肥胖胖的屁股，笑容满面地说：真是一头上好的肥猪。我严肃认真地纠正着他们说：我不是猪，我是刺猬。他们一点都不恼，仍旧沾沾自喜。大姑娘、小媳妇上下左右捏着我一身的赘肉，自信地说：瞧这头个大肥硕的母猪，准能成一只去了军威的公刺猬。她们说完都嘻嘻哈哈地浪笑起来，显得见多识广、胸有成竹。就在这时，一不小心，我撞倒了一位有皇室遗韵的老妪。她尖厉地喊叫起来：好大的胆子，我有糖尿病，你得给我养老送终。我愤怒之极，不小心便露出了两颗獠牙。这一下便不得了啦。于是那位有着皇室遗韵的老妇便奋力尖叫起来："他还有牙，他暗藏着凶器呐！"于是街坊四邻全部发动起来，手握各种兵器，向我狂杀而来，群情激昂，同仇敌忾。在人群中，似乎夹带着我年过七十的老母、踌躇满志的胞弟、白发斑斑的老父。我犹如一头犯了疯癫的野猪，四处奔突。透过我泪水模糊的视线，我看见亲人们手握着的并不是置我于死地的金属杀器，而是一些鸡毛掸子和塑料家什。但那位不依不饶的老妪，却手持菜刀，满眼血红地朝我杀奔而来。她身后的人流，手持义和团与捻军时代的大刀长矛，喊声震天，口吐火龙，扶老携幼地向我涌来。这种同仇敌忾、视死如归、奋勇杀敌的气冲霄汉，我只有在《黄河大合唱》中才能彻骨地领略。

人流将我逼迫在一块标有"前方是雷区"的牌子前停住，全都冷眼凝视着我。为了活命，我奋不顾身地直闯雷区……身后的地雷连环似的炸响，我竟毫发未伤。就在《黄河大合唱》中，"我们划到了对岸"那和谐的声乐交响曲响彻四周时，我自信已闯过雷区，获得重生。就在我全身心又复归安宁和平静之时，那把足可以轻松剁断各种猪肘子的祖传张小泉菜刀，带着呼啸的风声，砍进了我皮下脂肪肥厚的腹部。黑色的血，潺潺地从伤口流出来，像是夏威夷的吉他，奏响了一个曼妙的和弦。我晃了两下，没有立即倒下，因为我听到了一种由远至近、母亲呼唤战死疆场儿子亡灵的招魂夜曲。我在渐渐浑浊下去的感觉中，拼尽气力说：妈妈，在那个初夏的黄昏里，我把你给我的草帽丢了……

被公审的大儿童

当我从噩梦中惊醒时，黑暗里有两位老人，正在给我擦拭着全身散发着古井贡酒香的盗汗。他们身上的气息，在我婴儿时代，便已经深深地渗透在我的嗅觉中了。朦胧中我说：你好像是我爸？一个略带河北冀南平原农民的口音传来：我就是你爹。我又说：我妈在哪儿？于是，我那从浙江宁波走到黄浦江畔的老娘，用上海滩标准大家闺秀那独有的、愠而不怒的口吻说：又喝多了，你怎么总是长不大？黑暗中，一对老人，用一个农民儿子的手，牵牢了一个资本家千金小姐的手，相互关照着、呵护着，带着难言的忧患和深重的焦虑，犹豫而迟缓地离去了……两颗冰凉的泪珠，从我这个永远无法长大成人的大儿童的眼角中慢慢溢出。我对着四周的冷壁，在满盈又空虚的黑暗里和胁迫中，喃喃地说：妈妈，我一定会长大的。但是，我还是尿频……

于是，在我哗哗啦啦奔涌和欢腾的排泄中，听到一种让我欲哭无泪、生死不能的安魂曲：葬我于高山上哟，唱我歌剧。歌剧不给唱，我只有痛哭……

比利时记忆

（一）

天命之年后，那些曾在我记忆中过往的好人，随着阅历的积厚，竟在不知不觉中，凝成了一种常使我心灵净化的约定俗成。常让我感到人性的美丽，更使我在求索的困惑中，拥有了一种对命运多舛的谅解与信任。

许多年前，倘若没有我首次的欧洲之旅，荷兰、维也纳国际声乐大赛的惨败，决不认输的性格，也许终生不会邂逅：让·路易和克列斯蒂娜夫妇，更不会有比利时的金色记忆,歌唱生涯中那辉煌的一页。

(二)

人的记忆何等古怪,常是成功的喜悦稍纵即逝,失败的耻辱却难以忘怀。而命运的造化弄人更是波云诡谲,毫无常态。

那日,我从荷兰首轮比赛惨遭淘汰的噩梦中尚未醒来,又在维也纳的角逐中,再次离成功一步之遥。当我心急火燎地抵达布鲁塞尔,比利时皇家国际歌剧大赛报名处时,一位金发女子,正在收拾残局。我心中陡然一惊:又是出师不利!金发女子听完我情急之下、语法乱七八糟的英语恳求之后,竟莞尔一笑,拿起电话随即拨号。

就在这一瞬间里,命运的天平已在向我倾斜,我竟浑然不知,当她知道我是中国人后,脱口而出:你真幸运!我当即愣住。金发女子随即告诉我,将有一对比利时夫妇来这里接我。先生叫让·路易,夫人叫克列斯蒂娜,这对夫妇是组委会眼中的模范夫妻,每届大赛都主动请缨,接待国际选手。更神的是,住在他家的歌者经常获奖,他们听说今年有中国选手参赛,指定要接待中国人。

（三）

比利时皇家歌剧院门口，一辆洁白半新的"雪铁龙"在我眼前疾疾地刹住。克列斯蒂娜"鲜衣怒马"，从驾驶座上推门而出。一身大红的"布拉基"，似一不小心便会将全身紧绷的丰硕撑破。她头发花白，年纪五十出头，面容慈祥，戴一副金丝边眼镜，皮肤一如圣诞老人似的紫红，满脸向外迸发出笑容。她拉住我的手后，趋身上前，踮起脚来，在我的脸上左右三个礼节性亲吻后，便站在一旁微笑着注视着我。

让·路易体形消瘦，身着一套欧式老派呢制西装，眼神略显害羞。脸颊上那部精心修剪过的大胡子，让我过目不忘，他的神情中满是暖意，使我想起电影《日瓦戈医生》中的男主角：内敛、从容，当让·路易躬身上前拥抱我，行比利时亲吻礼时，我感到他那脸扎得我有些刺痒的大胡子，充满了生动而真诚的问候。他那骨瘦嶙峋的双肩双臂，不仅回抱有力，竟同时发出一阵阵欢快的响动。当我们彼此松开后，他用一种欣赏的目光，透过近视眼镜片，再次盯牢我后用法语说道："孩子，就像回到自家一样，什么都不要管，好好比赛。"克列斯蒂娜欧味英语的翻译后，在我那一如泥淖中挣扎着的心底里，倏地腾起一股充满暖意的哀鸿。

（四）

克列斯蒂娜将雪铁龙开得如同一匹狂奔的"怒马"。坐在前座的我，紧张地以掌牢牢握住把手。让·路易用法语大声疾呼当心，克列斯蒂娜乐得欢天喜地。

窗外，郊外彩色的田野，异国的情调，在我的视野中循环往复，但我却一路辜负。这时，我问身旁开车的克列斯蒂娜："让·路易和法国路易十四，有没有血缘关系？"她听完大笑不止，声震全车，堪比瓦格纳歌唱家。坐在后座的让·路易用法语急问为何？她翻译过去后，让·路易就笑得全身上下窜动。他止住大笑后，用吃力的英语说道："我这辈子只有两个爱好：一是教美容，二是热爱歌剧。如果这个在法国史上最伟大的君主，是我的亲戚，更酷爱歌剧，我情愿为他一辈子美容。"克列斯蒂娜自豪地说："让·路易是比利时最好的丈夫和父亲。当年，我们结婚时，这个新郎竟在剧院里看歌剧，把教堂的婚礼忘得一干二净。"

克列斯蒂娜告诉我，她有三个子女。老大叫保尔，上高中，痴迷跆拳道。老二是女孩，读初三，叫玛格利特，五岁学钢琴，最近在一次钢琴比赛中失利，得了抑郁症。老三叫比尔，小学刚毕业。从小古灵精怪，什么电器坏了，到他手上，一弄就好。我问："为什么你们指定要接待中国人？"克列斯蒂娜沉思片刻，随即翻译给丈夫。于是，让·路易缓缓道来："西洋歌剧对欧洲人已属不易，对中国人来说更是难上加难。你独自来欧洲比赛，要有多大的勇气，得下多大的功夫？所以我们对你充满了好奇，更希望你取得好的成绩，为你的父母和国家争光。"

（五）

布鲁塞尔离克列斯蒂娜家半个小时车程，雪铁龙在一个三层的连体别墅门前停下。让·路易家的小院被铁栅栏围住，院里五彩缤纷的花卉植物，仿佛不甘寂寞，纷纷从栅栏的缝隙中，张扬着自己的姹紫嫣红怒放而出，保尔、玛格丽特和比尔，早已身着正装，在门前迎接，可见这个比利时中产阶级家庭，对我的到来何等的隆重，我们稍事寒暄后，少女玛格丽特带我走进她的琴房，指着那架琴盖斜开，黑鸟似的小型"斯坦威"钢琴说："从此，它就是你的了。"我说："那你练琴怎么办？"她说："现在我已经不再爱它了！"我沉吟了一会儿说："我想给你讲一个有趣的故事。"少女默默地点了点头后，用那双蔚蓝色的眼睛，神情专注地看着我。

当年，有一位从俄国逃往奥地利的钢琴家，尽管他的演奏已达到人类的顶峰，但他却在音乐之都维也纳走投无路。一日，他决定用窗帘的拉绳吊死自己。当他将自己吊上窗框之后，窗绳断了。他在心里哀叹自己太不幸了，想死都不成。就在此时，一位邮差给他送来了一封挂号信。钢琴家随手就将它扔进了垃圾筒。邮差临行前，随口叮嘱了一句："还是拆开看看吧，也许它会给你带来好运。"少顷，钢琴家打开了挂号信。让他万万想不到的是，信封里竟然是一份维也纳国家交响乐团给他十场钢琴协奏曲音乐会的合同……一年之后，这位俄国钢琴家，红遍全世界。

少女玛格丽特听到此处，鼻翼旁的雀斑潮红。她随即问道："这位俄国钢琴家是谁？"

我答："鲁宾斯坦。"

（六）

让·路易家欢迎我的晚宴精美丰盛，令我咋舌。一道道菜品食材，皆是典型的比利时国菜风味，克列斯蒂娜精湛的厨艺让我大快朵颐。绿野鳝鱼色拉、佛朗德烤肉、阿登鳟鱼、煎炸牛胰脏等，使我终生难忘。而我知道的比利时人，极少请人到家里做客。他们待人真诚，为人处事小心谨慎，不喜张扬却很重感情。比利时仅有一千多万人口，但却出过不少人杰翘楚，其中包括巴洛克画派早期的代表人物鲁本斯，人类解剖学奠基人安德烈·维萨里，1911年凭《青鸟》荣获诺贝尔文学奖的梅特林可，以及1919年获得诺贝尔生理学或医学奖的科学家博尔德。

子夜时分，我躺在这个模范家庭楼顶的客房里，嗅着浆洗一新被褥上的芳香，久久难以入睡，自从进入让·路易的家门之后，须臾让我感到了一种人性的温暖、神性的护佑，我没有理由不一雪前耻。

（七）

第一轮比赛，我虽顺利通过，让·路易领着全家人，晚餐时开香槟酒庆祝。但对余下的两轮比赛我仍旧惴惴不安，荷兰、维也纳的惨败如阴魂不散，每每在我心情平静时，冷不防蹿将出来，让我不寒而栗。而克列斯蒂娜全家对我无微不至的照顾，让我充满了一种复杂的情怀，即须臾感念他们的无微不至，又怕辜负这个模范家庭。好在第二轮比赛，组委会要求每个选手画上妆、穿上戏服，表现歌剧角色，殊不知，这正是我这个话剧出身的强项。

当我生平第一次穿上角色服装，经过化妆师造型后，将莎士比亚笔下的经典角色"马克白斯"，那个弑君篡位的阴谋家，从肢体到内心刻画得入木三分之后，这座世界闻名的皇家歌剧院里，观众的欢叫、掌声一如海啸惊涛。

（八）

第二轮比赛之后，我这个在比利时皇家歌剧大赛史上的首位中国人，便在电视上、观众的判断中、报纸的文字里不断被人提及。人们确乎认定，这个来自中国的青年低男中音，当是本届大赛金奖最有力的冲金者。

此时的克列斯蒂娜一家，对我的照顾形同对中国的国宝大熊猫。不仅为我挡去了许多记者的采访，又拔去电话线以免打扰。一日三餐让我食不厌精，几近衣来伸手，饭来张口。尽管这样，我依旧觉得如履薄冰，常常夜里噩梦连连。一夜，住在楼下的让·路易，被我梦中的喊叫惊醒，披着睡衣推开房门，用热毛巾细细揩去我额头脸颊上的冷汗，当他悄悄掩门离开之后，我顿时泪流满面……

（九）

那晚，皇家歌剧大赛评委会宣布进入总决赛名单的时刻，竟让我生不如死。那个让人血脉倒流的分分秒秒，虽已二十多年过去，但它在我记忆中的清晰与煎熬，恍若昨日。

十二个进入决赛选手的名字，在那位被我视为救星的金发女子口中逐一经过，我身体的各个部位，渐次失去感觉。四肢瘫软，虚脱无力，直着从铺着红绒的座椅上慢慢滑落下去。我的心似被一只无形的大手紧紧攥牢，朝着脚下那个看不见底的万丈深渊狠狠地推去。荷兰、维也纳的噩梦，竟再次呈现在我眼前……

就在这一瞬间里，决赛选手的最后一个名字，我熟悉得不能再熟悉的发音，从金发女子口中传出之后，倏地中断了我那一阵强似一阵的呕吐欲出。这种毫无把握，又从天而降的惊喜过望，竟让我异常平静和麻木。直到让·路易全家五口一拥而上，将我紧紧拥住欢呼不迭时，我的神魂，这才像从漆黑无垠的深邃中迸发而出。

（十）

多少年过去，随着年龄的陡增，每当我重复着对命运多舛的咀嚼，竟都逃不脱"福兮祸所伏，祸兮福所倚"这个"魔咒"。当年，正当我踌躇满志，一路朝夺金目标高歌猛进时，却在决赛前与交响乐团排练休息时，因午饭时间太紧，疾跑出门，情急之下，一头撞上广播大厦四周似门非门的玻璃壁上，即被送进医院，左眉之下被医生缝了十二针。

而正是这十二针，却让我失去了决赛前那仅有的一次与乐队排练的机会。并在决赛中，终因汗水浸入伤口的刺痛，竟与指挥和乐队四分之一音符的落差，屈居银奖。

（十一）

随着岁月的流逝，对往事的追忆，那日的收获至今使我毫无憾意。因为，比利时人赐我的观众大奖，评委会给我的特别大奖，早已超过了那届比赛金奖的全部分量和意义。而更让我刻骨铭心的却是,那夜,随着数千名观众,在我出场领奖的一瞬间里,伴着"中国——孙禹"那一浪高过一浪的呼唤与呐喊,不仅让我当即默哭不止,更证明了这个古老的欧洲民族,对中华民族的声乐使者及中国的崇高敬意。

而在我的生命中,因为有了让·路易和克列斯蒂娜一家人的情义,就有了我此生感恩不尽的敬畏与思念和终生抹不去的"比利时记忆"。

大象无形

"大音希声。"普天之下,最美的音乐听起来似无声响,却能使人回味无穷。"大象无形",朗朗乾坤,最美的形象似看不见踪迹,却无处不在,更使人刻骨铭心。

(一)

伯乐相马。瞿弦和相人。

瞿弦和何许人也?全国政协委员,前中国剧协副主席、中国煤矿文工团总团团长、国家一级演员、中国著名大型文艺晚会资深节目主持人、杰出表演艺术家、朗诵大家等。倘若笔者将瞿弦和的头衔一直写将下去，本文将繁不复载。

瞿弦和官拜正局，退休前有领导希望他去级别更高一些的单位任职，对常人来说这是祖坟冒烟的天大好事，但老伴对他说："你要是去，我就跟你离婚……"最知瞿弦和者，自然莫过于老伴张筠英，她深知瞿弦和天生属于舞台，没了舞台，不搞专业，等于没了灵魂。而张筠英这位"中戏"的原表演和台词教授，中国配音和朗诵界的资深大腕，20世纪50年代初，与瞿弦和构成的一对当时国人无不艳羡的"金童玉女"，在天安门城楼的国庆观礼台上，中山公园音乐堂的演出后，向毛泽东、刘少奇、周恩来等党和国家领导人敬献鲜花。

笔者曾问瞿弦和有哪些全国大奖和引以为自豪的荣誉，他说："确实不少，不提也罢……"虽一句将我噎回，却让我忽地又触到了他人格中的另一种伟岸。

瞿弦和在中国文艺界和全国观众心目中德高望重，特别是在中国八百万矿工黑哥们儿的视野中更是平易近人，生命和艺术之树常青。

他在"圈里"是有口皆碑的大好人，绝对有威望的人物。在我眼中，他的勤奋与朗诵同样卓尔不群，他为人处事谦逊低调，他的艺术更是炉火纯青。他的人格修养是对"老子"真言的大彻大悟，即"善为士者，不武；善战者，不怒；善胜敌者，不与；善用人者，为之下。"我在对他几年的研考与探究中，更觉得他是童心未泯，大智若愚，视人才为股肱，并将老子"知人者智，自知者强。自胜者强，知足者富，以其终不自为大，故能为大"的思想参悟得融会贯通，运用得风生水起。但我还是要说，他虽视所有的名望、富贵与成就皆为平淡，但是，他那"圈内"无人望其项背的"相人"之术，是任何一个曾沐浴过其"恩泽"的人终生受用不尽的精神财富。

瞿弦和出生于印尼的苏门答腊，父亲是数学老师，母亲则教体育。八一南昌起义和广州起义时，其父是周恩来的部下，更是枪林弹雨中的热血男儿，职务是政治教导员。起义失败后，瞿父携妻流亡海外，曾在印尼、马来西亚、新加坡等国以教书为生。瞿弦和5岁随父母归国。1965年毕业于中央戏剧学院表演系，毕业后被分配至青海省话剧团工作。数十年的艺术生涯，使他成为一个享誉全国的表演和朗诵艺术大家。他曾在《赵武灵王》《仲夏夜之梦》《捕鼠器》《特洛亚妇女》《艳阳天》《江南一叶》《特别记者》《高山巨人》等二十余部话剧中饰演主要角色，成功地塑造了各类艺术形象。瞿弦和烟酒不沾，不喜麻将扑克，睡眠质量极佳且吃嘛嘛香，甚至因工作性质常带队出国演出，他回来后常无暇喘息，又要赶往下一站演出，竟让人看不出他因长时间的空中飞行引起的时差反应。平时他和同事下级也时常开玩笑调侃，但一进入工作状态，便全无浮华不实之语、轻薄孟浪之举。

我进团之时，他已年过花甲，竟在我眼里形同青壮达人，精力充沛，记忆过人，捷步如飞，气足音清。观其相貌，我时常兀自惊叹，此人的外形若按《麻衣相书》十观，竟皆属吉人天相：面色眼神，久坐不昧，神清气灵，竟如秋月明镜。其气韵清浊分明，尽显体厚敦重之人的富贵自然，从容练达。其威仪善良温融，淡然自尊，智慧过人。他首圆额阔，黑发密卷，富而有寿，贵亦堪夸。他五官皆朝，方圆隆满，亦财钱自旺。其"三停"之额门，准头与地角平整齐对，尽显少年上停长者少年忙，中停居正者中年福禄昌，下停长者老吉祥。他眉如卧蚕，疏秀弯长。双眼似珠，黑白分明，清秀有威。双耳轮厚廓腴，姿色红润，喜白过面。其鼻更有特征，丰直隆耸有肉，鼻尖一弯似钩，状如犀龙虎嗅，截闻盛囊悬虎胆，端正不阿似玉琢。唇红齿白，人中深大，两唇齐丰，不反不昂，不掀不兴，状如仰月弯弓。其声若洪钟玉韵，须臾之间又清润委婉，或声长尾大如鼓，或温融绵软似玉帛。然而，正是这个"五官三停"皆有吉人天相的瞿弦和，首次领着我在中国煤矿文工团的安源大厦里外参观，一边溜达，一边与我快语笑谈，在他手臂的挥洒和充满慰藉的话语之间，我深切地感受到了院内鳞次栉比的宿舍楼群里，洁净宽敞的厅堂之间，隐约有一种大音希声的管弦乐韵，似从地下款款升腾，似用绝妙而清晰的"复调"向我倾诉，如没有他屡次去部里力谏与斡旋，岂有眼前这般森林似的"广厦千万间"？

就在我们双双在通往排演大厅那玻璃框下镶着各种煤炭标本的走廊上踱步时，他突然掉转身来，不无抱憾地对我说："你来我们团，就不能再演歌剧了。"顿时，他的话让我鼻酸泪起。旋即，他又躲过我的眼睛，喃喃独语："不过，你放心，你可以大胆地到外面，到国外去演歌剧。只是提早告诉我一声就行……"我一路嗫嚅不语，心里五味杂陈。这时，他突然兴奋起来，用真诚的目光牢牢地劫持了我，朗声说道："不，为了你，我们团也要排歌剧，比如根据契诃夫的著名话剧改编、苏联阿尔泰轻歌剧院演出的两人歌剧《蠢货》，我去找钱，对，去找钱……"我的泪水险些又涌了出来，我深知他是真诚的。而更让我意外的是，他竟是那么认真地在乎我，在乎我的感受。但我比谁都清楚,在这里,在煤矿文工团,演出对象主要是矿工,排歌剧作甚?即便是排了演了,又能怎样,叫我情何以堪?

(二)

善行无辙迹,善言无瑕谪。善人之资,不贵其师……

任何一个人,在其漫长而短促的生命历程中,或英年早逝白驹过隙;或耄耋百年,大富大贵;或贫困潦倒,一文不名;或名满天下,叱咤风云;或平庸混沌,抱憾终生。但每一个男儿,只要志存高远血性尚存,大都渴望卓尔不群,青史留名。但人的命运从来都不是生来就有定数的。大多数人虽焚膏继晷穷尽一生,却终不能大器晚成。然而,吉人天相者,却不乏其人。他们无须殚精竭虑,便能福星高照;何须蹉跎坎坷,便荣华富贵终了一生。命运对人类越是毫无定数且绝不公允,越能唤起人们对命运的残酷与神秘、吝啬与慷慨那无尽的抗争与探究的激情,并渴望用各种想象力范围所及的方式与手段,去破解命运的密码,去舍命独闯这个神秘而空灵的未知世界。但大多数人却在有意与无意之间,忽略了一个关键的物象,那就是成就一个人和一个人的成就,决然离不开其生命中的

"伯乐"。而在人的生命历程中，不知何时才有"伯乐"降临。在春秋战国时期，有个名叫孙阳的人，因对良驹骏马的相术有旷世奇才，便逐渐被人们忘记其名号，称之为"伯乐"。汉代《韩诗外传》卷七中如此说："便骥不得伯乐，安得千里之足。"而唐代的韩愈在其《杂说》中这样形容："世有伯乐，然后有千里马。千里马常有，而伯乐不常有。故虽有名马，只辱于奴隶之手，骈死于槽枥之间，不以千里称也……"

伯乐在人间发现人才，造就俊杰，被人类唤作"贵人"。千里马由于伯乐而脱颖而出，可作千里之奔。而贵人降大任于才俊，不仅能使其淋漓尽致于生命价值的彰显，匡时济世之用，更能成就其造福苍生社稷之功。而笔者不才，却也人在洋邦二十余载，鸟语几种，歌剧多部，奖章成行，著作颇丰，且阅尽世态炎凉、满园春色……然而，倘若我的生命中不遇伯乐瞿弦和，我至今不过就是个"花非花，雾非雾，夜半来，天明去"的京城边缘人，一个荣誉等身又怀才不遇的"国际浮萍"罢了。是伯乐瞿弦和给了我一个人丁兴旺的大家庭，一个个足以让我引颈高歌、施展厚积薄发之才和鸿鹄之志的大小舞台，将一个年近五十却个性"雷人"的海外游子，以专家身份调进单位,并在短期内给予我"国家一级演员""中国煤矿荣誉矿工"以及"煤矿文工团总团声乐艺术指导"和"中央直属国家机关侨联特邀委员"等头衔。至此,我这个"国际浮萍"、京城"边缘人"、怀才不遇的"悲剧英雄",不再像一个四海为家的游吟浪子,一个不再愤世嫉俗的中年"愤青",不再仰洋人鼻息、为五斗米折腰,不再做忐忑不安、归去来兮的漂泊者,而成为一个真正找到了回家的归属感,一个性情变得温良敦厚、与世无争的淡定之人……

进团一年之后的第一个中秋节夜,当我凝视着桌上那盒单位发的月饼,不禁发出今昔之叹,我竟沐浴着如练的银辉,自书自吟:"满月中秋在洋岸,白狗片药中天悬。而今故土秋月圆,百草尝尽辉漫天……"于是,龚自珍的七绝便跃入脑际:"鹤背天风堕片言,能苏万古落花魂。征衫不渍寻常泪,此是平生未报恩。"于是,瞿弦和那温良融暖、智慧超群的仪态和面相,便溢满了整个中秋皓月的银盘。他持仙风道骨之飘逸,携大音希声之浩渺,向我款款诵来:"浩荡离愁白日斜,吟鞭东指即天涯。落红不是无情物,化作春泥更护花。"那时的我,孤立于律韵浩渺的月色银辉之下,心中涟漪微澜顿然风生水起,少顷,便热泪盈眶……没有瞿弦和，我何以活得如此甘之如饴，歌唱写作两相宜，既有一种"洁身孤斋成一统，文章歌赋滴成冰，洞中室外皆琴瑟，绕梁三日不绝韵"的宁静致远，又有一种超然物外的清静无为。

（三）

子云识字似相如，记得前年隔巷居。忙杀奚童传拓本，一行翠墨一封书。

古往今来，多少英雄豪杰、有志之士，命中因无伯乐和贵人，或功亏一篑仰天嗟叹，或怀才不遇看破红尘，或悲守空庐抱憾终生……春秋战国时期的管仲，虽有经天纬地、匡时济世之才，倘若不得鲍叔牙的舍命苦谏，岂能官拜宰相，又何以救齐国于水火，立下不世之功？东汉时期，如无刘备三顾茅庐，猥自枉屈，礼贤下士恳请诸葛亮出山，哪有后来成就其独霸一方、三国鼎立之势。……而今，时刻呈现在我眼前和生命中的当代伯乐瞿弦和，不仅有"相人"的悟性和天赋，更有鲍叔牙和刘玄德的异曲同工。于是，那一组组镌刻在我记忆底片上的印象，无不在我有意识和无意识的大脑皮层下，欲罢不能地循环往复着，鲜活腾跃着……

在中国当代影视人的历史上，有一个黑瘦清癯、昨日还名不见经传、在圈里仅靠为影视剧配音、演一些芝麻绿豆的小角色而站立行走的人，竟在其迅速蹿红后的几年之中，创造了令影视界叹为观止的明星神话。此人毕业于中央戏剧学院"煤矿班"，在北京长大，祖籍陕西蓝田。学习期间，他曾师从在中戏任职和兼教的、中国台词和朗诵界鼎鼎大名的人物：张筠英和瞿弦和。此人毕业后，被瞿弦和收入麾下。

20世纪80年代中叶，出国大潮席卷华夏，年轻人对大洋彼岸的物华天宝和文明畅达之猎奇神往，对"树挪死，人挪活"的民谚谶语，似有一种无法抗拒的宿命意识。也许此人既有属相"兔"的静极思动，又有其星座"射手"的敏锐和细腻，便随波逐流、义无反顾地涌向那被"蔚蓝色的文明"久经洗礼的异国他乡。若干年后，当那首"外面的世界很精彩，外面的世界很无奈……"的流行歌曲脍炙人口的时候，此人给恩师瞿弦和写了一封长信，字里行间浸满了浓浓的乡愁之外，更倾注了"人为异客"的世态炎凉。他的这封长信，我虽无缘一睹，但他的那种"名场阅历莽无涯，心史纵横自一家。秋气不惊堂前燕，夕阳还恋路旁鸦"的语境和意蕴，依己自我放逐海外数十年的心路历程，自然不难感同身受。当他的恩师在收悉其弟子的这封长信后，竟无多少思量，便心无旁骛地再次拥抱了这位"我曾经豪情万丈，归来时却空空的行囊"的"入室弟子"。而我认定，面对其再生父亲似的恩人，这位日后名满天下的归来游子，当时的心境想必自是"六义亲闻鲤对时，及身删定答亲慈。铲除风雪关山句，归到高堂好背诗"般的甘之如饴吧！对此君的传说和奋斗史，刚刚进团不久的我，却早有耳闻，且深表钦佩。据说他回国之后，竟在冯小刚的片场打杂和饰演多个小角色，却一向任劳任怨。直到他被冯导"不拘一格降人才"的慧眼识中，以一号男主角"谷子地"，领衔主演了冯小刚的首部战争大片《集结号》之后一鸣惊人，继而红遍中国大江南北……而今，此君已集大众电影"百花奖"、台湾"金马奖"、中国电影"华表奖"以及北京大学生电影节"最佳男主角奖"等奖项于一身，以影帝的姿态，踌躇满志地在许多颁奖晚会的红地毯和各个片场及银幕上，叱咤风云且龙腾虎跃着。

2010年初冬，在中国煤矿文工团极具特色，且早成惯例的年终总结大会上，在我的目光聚焦之下，面对同道们的座无虚席，此君从其恩师与贵人瞿弦和手上，深沉地接过奖金和一份奇特而弥足珍贵的"礼物"。当此君将"礼物"慢慢打开之后，不禁情愫难抑，热泪盈眶……而这个十分特殊且极有人生纪念意义的"礼物"不是别的，正是当年他在澳大利亚"吾将上下而求索"试图解惑之日，写给其时已升任总团团长瞿弦和的那封表露"西出阳关无故人""我想回团"心情的长信……

此人名叫张涵予。无论怎么说，张君当然是幸运的，因为他除了自身的坚韧不拔之外，使他大器晚成的当然是伯乐瞿弦和、贵人冯小刚。倘若时下如日中天的张君涵予尚存一息"忧患意识"与"危机"的悟性，那就是须臾不弃、牢牢守住那个华夏民族世代传承的醒世恒言："滴水之恩，涌泉相报。"

（四）

道者万物之奥，善人之宝，不善人之所保……

在中国煤矿文工团六百多号人的花名册上，还有一个神龙见首不见尾、大名鼎鼎的人物、国家一级演员范伟。单从"命相学"上来说，此人是那种"怀才而性缓者当属大智，隐智而气和者斯为大才"之人。因笔者认为此人是中国喜剧的"破窍"之人、人生的"顿悟"之才，故喜闻此人的幽默拔新领异，便研读此人且常乐此不疲。

大象无形

此人腰圆背厚,三甲三壬,项下双绦,心窝不陷,腹下有囊状如葫芦,脐下肉厚,双肩项后绷肉丰硕,头圆额阔,鬓角厚腮之畔皆有胡须,骨骼形局厚重难撼,面容神韵憨态可掬,双眼如炬有日月之明,印堂五官清朗敞壑,辉辉皎皎皆如朗朗天穹。其音之脆亮,气出丹田,足厚体健,腕扁肘圆,龙虎相吞,颇有"大巧若拙,大智若愚"的敦厚浑然之神韵,更有"裴度还带""宋郊渡蚁""廉颇扶危""程婴救孤"之风采。

范伟是本山大叔小品合作的黄金搭档,以《牛大叔提干》《红高粱模特队》《卖拐》《送水工》等经典小品,红遍大江南北,成为中国一线著名笑星之后,又以许多脍炙人口的影视喜剧作品,使人忍俊不禁之余,竟沉淀了些许具有让人反思和咀嚼的意义。这不能不说是范伟的过人之处。以至于后来每当观众和有志之士,在反复玩味这位与本山同出铁岭的笑星时,竟在喜剧美学高度上给了他一个"寓谐于庄"的不俗评语。范伟大红大紫之后,各种荣誉和光环似漫天的流星,不约而同地照准他那喜剧元素自然天成的硕大脑袋直着砸了下来。例如:第二十八届加拿大蒙特利尔国际电影节影帝、中国第十届电影表演协会最佳男主角奖、第二十五届中国电视金鹰奖、第十一届北京大学生电影节影帝等,使这位"人贵语迟",早遁

"禅境"的大"愚"之人，愈加仙踪难觅了。然而，抚今追昔，范某竟是在如日中天之时，声名显赫之际，才更加企盼驻京发展，渴望调入国字号文艺单位一劳永逸。大腕范伟真是了得，只是掷地一声，竟让京城多家文艺单位回声不断、余音袅袅。但他的黄金搭档赵本山，却颇为此忐忑不安，于是便担心自己的肱股一俟被体制与单位套牢，岂能再有比翼双飞、心有灵犀、默契浑然天成。就在范伟两难之际，取舍难断之间，又是贵人瞿弦和为他拨云见日，了却了他那"雾里看花"的困惑和茫然……在后来笔者与瞿弦和的交谈中，三次问及此事，弥勒大佛似的瞿弦和表述之淡定、平缓与悠然，使我印象深刻，咀嚼良久，竟三日仍不解馋："范伟想到北京发展，多家在京文艺单位都想让他加盟，本山一直没放。2006年两会期间，我作为全国政协委员参加演出，巧遇本山，他说：去你那里我同意，因为你们那里宽松自由，我需要范伟合作时你能放他……我说：没问题！于是，我就向上级申请，帮他解决了全家人的进京户口，调动成功。"

道者万物之奥，善人之宝，不善人之所保……笔者写至此处不禁感慨万端。而今的范伟，在全国观众心目中，中国喜剧小品界、影视界可谓"奇货可居，炙手可热"，但在当年，他虽踌躇满志，但心灵深处的盲点却一息尚存，使他顿觉人活一世虽造化弄人，却更有匪夷所思之时、无可奈何之境。此时，他的贵人仿佛从天而降，似与他早有前世约定，并能一举铲平他心中之块垒，定夺他"吾将上下而求索"之终生。倘若没有贵人瞿弦和的嗜才如命，范伟自然也能活得风生水起，但一家四人户口的同时进京，不期而至的"国家一级演员"头衔，岂能在谈笑之间一蹴而就，奢谈什么一步到位？更何以使他有今天这般大巧若拙、大隐于世、一览众山小的超然与淡定。对于范师傅日后是怎样报恩贵人瞿弦和的，我自然无从知晓，但瞿大贵人在他生命的无奈之时，所沐浴他的吉祥之光，终将成为让他一辈子受用不尽的精神财富，以及其钟鸣鼎食的"镇宅之宝"吧！

（五）

绝业名山幸早成，更何方法遣今生？从兹礼佛烧香罢，整顿全神注定卿。

单从"面相学"上来看，即便从《麻衣相书》中去按图索骥，曾以主演轰动一时的电影《庐山恋》《小街》《逆光》等故事片而红极一时，被当时全国观众众口一词的"中国第一小生"的郭凯敏，笔者只能看出其"少年得志"的"形局",竟看不出丝毫的"大富大贵"之相。三十多年前,此君被全国观众不论男女统统视为"中国最具绅士风度与儒雅之气的男性偶像",但观其外形,仅与《麻衣相书》第一及十观颇为贴切,即立卧起居,神气清灵,久坐不寐,愈加精彩,状如秋月悬镜。面色眼神,皆如日月之明,辉辉皎皎,自然可爱。至于他的"五岳三停""五官六府""威仪手足",与"形局"和"口鼻出纳"等,一言以蔽之,那就是神气通朗,清秀可人,久看不昏……至于唇红齿白,人中深长,仰月弯弓,腰圆背厚,二甲二壬,眉为保寿,疏秀弯大,双耳轮厚廓坚,姿色红润,内有长毫,肉鼻丰隆坚挺,印堂敞亮,首圆额高,心窝不陷,腹有囊葫,掌有八卦,节如鸡弹,腕扁肘圆,龙虎相吞等,皆与此君不甚贴切。但郭某却音质纯净厚重,音色雄浑清润,音量如金鼎玉韵……正是此君有如此天赋,少时又有作家和歌唱大家之梦,才与笔者于十年之前皖省的一台大型晚会上,一见如故且投缘得要紧。光阴荏苒,十年一梦,谁都不曾料到,人到中年之后,我们竟在瞿弦和的麾下相聚,成为莫逆之交且言无不尽。因此,团里每有下矿演出,京都殿堂献艺,我都巴望郭君现身。

郭凯敏虽少年星运,青年大红,但比较他的两位如今鹤立鸡群、如日中天的同事张涵予与范伟,他只能说是生不逢时、命运不济。那时的他，虽在偌大的中国电影界一人独大，但中国的电影厂从南到北总共又有几个？一切都得仰仗"体制"去养尊处优，因此电影厂当然也只能是"体制"说一不二。

郭凯敏毕业于北京电影学院表演专修班，祖籍四川成都，但长于吉林长春，后入上海。早年郭凯敏名叫郭芳，是其父母对他的"反其道"而行之。至于反其什么？"道"为何行？恐怕连他自己都一头雾水吧？郭的最大爱好就是读书和歌唱，只要逮着"卡拉OK"的机会，绝对是那种"饮鸩止渴"、视死如归的"幕府死士"，唱废自己和别人都没商量的"铁胆麦霸"。中年之后，郭的理想和最爱已不再是作家和职业歌唱家了，而是"成了"的话什么都是、"不成"的话什么都不是的影视导演。1990年，在其演艺事业只要还有耐力，仍能豪气干云、一搏青天的时刻，他毅然放弃在上海数年所攒下的不俗人脉、打下的一片天地，义无反顾地举家迁至海南。临行前，郭这样的"中国银幕第一小生和三浦友和"，竟拮据得买不起一张经济舱的单程机票。到了海南电视台，又因被告知暂无编制而在家待业。1992年，郭在主持了最后一届海南电视台春晚之后，因不愿再当主持人而辞去工作，与几位朋友创办了"兆凯影业公司"，成了一个打哪儿看哪儿都不像是

"那么回事儿"的影视业投资商人。1995年开始，郭执导了《天伦》《非常民警》《追踪309》《周恩来回故乡》等影视剧；又先后投资了500万元，打算弄一个影视基地。由于市场运作不佳，当时海南的"泡沫经济"，地皮价格被炒得令人咋舌，因此，影视基地被迫流产。至此，生性"太轴"的郭凯敏，却仍不肯罢手。"基地"既然弄不成，就再搞"影视表演培训班"，但均因亏空太大而血本无归。艰难的处境，不得不使他重操旧业，接拍一些中小角色来维持生活和偿还债务。

1996年，事业仍无起色的郭凯敏，这才严重意识到海南的景色虽迷人心志，但根本不是可以托付艺术之梦的精神家园。在海南导演做不成，生活又艰难拮据，是否回到上海，再从演员的起点重新开始，但很快他就否定了自己。上海虽是他人生最辉煌时段的福地，但他已经抛弃了上海，上海又有什么理由不抛弃自己？于是，他决定举家迁徙北京。但北京是何地？天子脚下，京畿之地，中国的首善之区，对他来说不仅陌生，而且早已物是人非，让所有的人都恍若隔世。此时的京都，不仅隶属国家的电影厂均面临倒闭与重组，就连各类半官半民的影视公司，也都是寅吃卯粮，又有谁会关照一个昔日上影厂的大明星、一个"折戟"海南的影视剧导演呢？于是，这位过去东方女性的偶像、中国男人的楷模，别无选择地形同千千万万个"北漂"那样，一边做着"东山再起"的春秋大梦，一边在这块神秘而深奥的土地和命运的十字路口上徘徊着，茕茕孑立地等待与求索着。但命运这个东西真是乖戾、神秘，它似乎对每一个胸怀鸿鹄之志、决不轻易向它低下头颅的男子汉的摧残与折磨会更加严酷与无情。但是，你若不堪忍受，熬不住折磨，最后放弃尊严与信念，对它认命服输，那么你的所有努力必将付诸东流。不仅如此，你还将被它嘲弄与唾弃、冷漠与藐视。你将永远活在人格卑微、性格猥琐、品格低贱、一生平庸的世界里。于是，印度伟大的思想家和诗人泰戈尔的人生箴言，宛若一阵袅袅轻烟，缓缓地钻进你我的脑际："旅客在每一个生人门口敲叩，才能敲到自己的家门；人要在外面到处漂流，最后才能走到最深的内殿。"

然而，郭凯敏天生就不具备去叩响生人门环的品相和激情，更不可能去学战国时期的毛遂自荐。昔日的荣誉和光环，在今日的现实中，恰似两圈无形的纸铐，紧紧地锁住了他那挥之不去的尊严，铐住了他那耻于向生人乞援的双手。他虽经历了"心灵"在外的到处漂泊，但最终能不能走进那"最深的内殿"，这就要看他的命中有没有早已在其人生的十字路口等候他的向导了？于是，在一个平淡无奇的日子里，在一个普通得不能再普通、位于和平里街口的小理发店里，他似乎在冥冥之中被一种神奇的宿命气息引导着跨进了门槛，与无意之中等了他三十多年的贵人瞿弦和不期而遇了。

笔者在与瞿弦和交谈的时候，竟被他那依旧平淡和寻常的语调震惊了。郭在人生如此低谷的时刻，犹如一匹伤痕累累、困于"槽栏"中骨瘦嶙峋的"病马"，被伯乐瞿弦和一眼相中，不能不说是一种"救人一命胜造七级浮屠"的至高"禅境"。但在瞿弦和的叙述中，竟是那样的从容淡定，仿佛是在描述别人的事情。可见其助人为乐、惜才如命的理念已深入其骨髓，习惯成瘾。当时的瞿弦和如此说："凯敏来团，可称'理发店的巧遇'。和平街口理发，坐下之后发现邻座是熟人。'现在你在哪个团呢？'我问。'自己干呢！'他答。'来我们团吧！''好呵！'于是，我就开始办理调入、户口、评级等事宜。"

真是"踏破铁鞋无觅处，得来全不费工夫"。也许，郭凯敏第一天来团里报到时的心情，我永远都无法揣摩，但有一点我敢肯定，倘若那天在和平街口那家理发店里，郭身边坐着的不是中国煤矿文工团总团团长瞿弦和，而是其他什么团的团长，郭凯敏还有这么幸运吗？还奢谈什么"得来全不费工夫"？后来，当郭凯敏因主演了话剧《好人丛飞》之后，用自己蓄势待发的实力，摘取了中国话剧的重要奖项"金狮奖"的桂冠，又在瞿团长的力荐之下，被评为国家一级演员时，他曾感慨万端地说："从1987年至今，我当了20年的二级演员……"

遥想当年，郭凯敏因与张瑜共同主演电影《庐山恋》而双双名满天下，风靡神州，但却屡屡与国家电影大奖失之交臂，眼睁睁地瞅着自己的"黄金搭档"张瑜，左捧右抱"金鸡"和"百花"的小金塑像，在红地毯上，翩若惊鸿似的一路小颠，风情万种地登上了"双料"影后的宝座，而自个儿却连一根"鸡毛"和一片"花瓣"也不曾沾过。难道造化真的如此弄人？难道命运之神的双目，真是这样有眼无珠？怪不得清代的大诗人龚自珍会发出这般感天动地的泣血呐喊："九州生气恃风雷，万马齐喑究可哀。我劝天公重抖擞，不拘一格降人才！"然而，一百多年前龚自珍那眦目欲裂的呐喊声里，肯定没有"北京户口"，面对今天的五音乱耳、七色迷目，更不存在"国家一级演员"的指标。但无佛自通的瞿弦和，竟在不曾扬声高调之间，默默动作之余，用他那"嗜才如命"与"救人于水火"的高尚行为，将一个徜徉于人生十字路口的昨日大牌明星和一个高处不胜寒的"北漂"，从头至尾地变成了一个脚踏京畿大地、怀揣首都身份证的堂堂正正的北京市民。

（六）

善为士者不武；善战者不怒；善敌者不与；善用人者，为之下⋯⋯

瞿弦和在圈内圈外、团里上下，都以关心他人、礼贤下士、善解人意、脾气好著称。老同志病重或仙逝，下属受伤住院，他一律不计名高位卑，只要不在外地演出，他均身临现场，亲力亲为，慰藉安抚，忙前忙后，尽心尽力。团里的年轻人结婚，不管正式还是聘任，只要有空，他几乎都去贺喜助兴。我进团四年直到他去年退休，彼此之间的同台演出，平素的交谈不计其数，从未撞上他因为工作上的事，当众大发雷霆。顶多便是眉头紧蹙，语疾如风，说完后不再吭声。但他要夸人，你就是老子的《道德经》背得烂熟，修炼得再稳，都难以做到"宠辱不惊"。当然瞿弦和也是人，他对旁人的答谢、报恩和赞誉之词，只要真诚，也会目含泪水笑眯眼睛。

2008年的仲秋，我正处于是否"海归"的矛盾和挣扎之中，突然有一日接到一个我曾教过、荣获意大利佩萨罗声乐金奖、受聘于中国煤矿文团的学生盛情邀请，去参加其精心布置在深圳大厦召开的新闻发布会。轮到我发言,我走上台去,未及开口,我便看到坐在第三排的该团总团领导瞿弦和。我心里仿佛有一个大三和弦掠过,竟脱口而出:"我不知道今天的北京所有国家院团,能有几个总团领导,在一个普通工作日的上午,抽空前来为一个获国际声乐金奖的美声青年演员助兴……"话语未尽,瞿弦和"嚯"的一下站了起来,当着在座众多的人,打断我的发言后朗声说道:"孙禹,欢迎你到我们团来工作,我们需要声乐专家,你来做我们总团的声乐艺术指导吧。"说完他坐下,双眸直视我的眼睛后,便静默不语。一瞬间,我的整个身形仿佛被人轻揉了一下,随即便融入了一种久违了的、暖融如春的温泉之中……

入团以后,为报瞿团长的知遇之恩,我对团里的所有下矿演出,有召必应,仅头一年,就超出百场。下矿演出其实很不好玩,有时一天三场。从此点到彼点,要乘坐大巴十五六个小时。早晨天还不亮便整装出发,到达目的地已是天黑,换上服装上台就演。一开始我还觉得新鲜,台上台下,广场内外,彩灯烂漫,欢呼雀跃,喝彩不断。但离京超出月半,便熬耐不住,归心似箭。然而,每当看着随队同行的瞿团长,终日精神抖擞,上台宝刀不老,下台谈笑风生,宵夜的餐桌上大快朵颐,一觉睡醒又是一条好汉，岂像一个老生已过花甲之年。队友眼前常常晃动着这么一只精力旺健的头雁，晚辈青壮年们还能有什么妄语和怨言？灵性，不用则尘封，小用则小成，大用则大成，常用则通神。瞿弦和的主持常不用本夹与卡片，多是背诵直咏。他的背功甚是了得，记词似有神助。每一次更换矿区和城市演出，年轻主持人手拿卡片有时竟能读错。而老瞿有一绝招，仅在开演前，台侧一坐，闭目养神，老僧入定，保证在开演后的数个小时内，临时加进的所有领导名单、重要人物、更换的晚会标题与内容、当地参演的各色人等，竟能被他如数家珍、倒背如流，相声"报菜名"似的说得一丝不差。为此，演出后常有晚辈渴望讨此绝招，竟傻乎乎地劈头就问："瞿头，您的背功了得，可有窍门？"瞿弦和听罢，竟是仙风道骨般地莞尔一笑，算是作答。然而，做演员的谁不知道"台上一分钟，台下十年功"这个硬道理？其实杰出与平庸离得很近：龟兔赛跑，天才加勤奋而已。杰出人物的悟性从"冰冻三尺非一日之寒"开始。而平庸的人却永远都在寻找窍门，终生都笃信吃到第八个包子饱了，以前七个都不算。

　　瞿弦和身上有几个细节，至今都让我刻骨铭心。最突出的就是他虽为总团团长，又是全国政协委员、中国剧协副主席、全国文艺界的翘楚，但他对任何人都以礼相待。

我们每次演出完吃罢宵夜都已近子夜时分，但每次他离开餐厅时，总是不忘向一直等着我们结束才能下班的服务员道一声"谢谢你们，吃得很好，对不起，耽误你们休息了"。这样的问候和歉意，曾给我留下了难以磨灭的印象。团里的同事，不管是"大腕"还是"小鱼"，只要给他打电话，因有事未接，他事后基本都回。给他发短信，只要收到，他近乎百分之百答复。因为他知道，人与人之间不管是谁都得相互尊重，不回电话和短信，似乎是在无声地伤人。正因为如此，他的夫人张筠英称他有"手机病"，并赋打油诗一首，题为"我愿意"：

> 我愿意是手机，随你四处奔波；
> 我愿意是数字，任你时时抚摸；
> 我愿意是电池，为你提供动力；
> 我愿意是铃声，为你纵情高歌……

有一次，我们自夜里11点乘车，从住地赶往下一个点演出，整整坐了18个小时的大巴，一到现场就得准备上台。连我这个自诩意志坚强、体壮如牛的人都晕得犹如脚踩棉絮，腿重如铅。只见那时已六十六岁的"弥勒佛"，坐在台侧的一只小板凳上闭目养神，似乎又遁"老僧入定"之状。但那次他的表现实在糟透了，不仅长时间难以

"遁入空门",而且在冥冥"打坐"之中,似有一只无形的大手,将他身厚体重的躯体,活活地揉成了一个左右摇晃的大面团。我走近前去忧心忡忡地问:"瞿头,您怎么样?"他睁开眼睛,控制住晃动说:"还行。"旋即,他问我:"你怎么样?"我说:"能唱。"他用极度疲惫的目光扫了我一下说:"回去休息吧!今晚节目多,你不用唱了。"回想当时,我真是没劲儿透了,竟连招呼都没打一下,转身就朝宾馆走去,竟把一位比我大了十三岁,而且身体还在打晃的长者,就那样孤独地抛在身后。就在我转过身后没走几步,一个有些嘶哑的声音传来:"别忘了去领劳务费呵。"于是我怔了一下后,眼泪"唰"的一下便流了下来。为了怕他看见我流泪,我背着他一路忍住抽噎回到宾馆。是的,那时我已经许久没有那么哭过了。因为,我在海外漂泊得太长,孤独得太久,谁会对我这么心细,谁会对我这么在乎?

除此之外,瞿弦和还有一个常人莫及的强项,这就是对于团里的人和事,他竟有"春江水暖鸭先知"的本事。

中国煤矿文工团每年的全年工作总结大会,一般是在当年的12月31日。此会从形式到内容可谓卓尔不群、别出心裁,令人耳目一新,也算是瞿弦和延续多年而处心积虑的独创。总结人会在总团、话剧团、歌舞团、说唱团、演出办、电视剧中心演职员的节目大串联中展开，间或有对年度先进人物的表彰，获得国家大奖人员些许的奖金发放，对离退休老干部的宣慰，总团领导对过去一年工作的盘点，对未来一年工作的布置，其间，伴有猜谜颁奖等活动……

2009年的冬天，我那个人世间最懂我、最疼我、最宽容我，做了一辈子文学编辑的老母亲，结束了糖尿病、癌扩散和并发症那长达二十多年的痛苦折磨，于19日上午在中日友好医院撒手人寰。母亲的仙逝距我进团刚好整整一年。那时的我因过度悲痛，方寸大乱，食不甘味，夜不成寐，面对母亲的遗像，时常以泪洗面。因为我曾二十年漂泊海外，没有机会好好孝敬一生节俭谨慎的母亲。现在好了，游子海归，终于可以父母在不远游，好好与她亲近，报答老人家的养育之恩了。但她似乎和我有约，眼看着我有了归宿，这才放心地驾鹤西去。每当我想起此事，最不能饶恕自己的是，母亲闭眼的时候，我却不在她的身边；母亲火化入殓后，我竟过得晨昏颠倒，只要一看到母亲的遗物，我顿时哭得不能自禁。说实话，那时就是天塌下来了，我都不会在乎。

全团总结大会的前几天，瞿团长打来电话说："孙禹，你刚进团，很多人你都不认识，所以，我要借这次机会向全团介绍你……"于是，那天上午10点钟，我准时到会。但会场上一切欢声笑语的气氛，都让我感到恍若隔世。这时瞿团长再次走到讲台，声压喧嚣，顿然全场肃静。于是，他向在座的六百多个团友，详尽地介绍我这个在外国待得太久的"超重海龟"……一时间，大家的掌声伴着尖叫，充斥了整个"安源大厅"。这时，瞿团长的语调陡然沉重下来，竟一字一句地说道："孙禹的母亲刚刚去世不久，他母亲走的时候，他这个长子却不在母亲的身边。他……他……到哪里去了？当时他正随团在山西樟村煤矿演出……"瞿团长的话还没讲完，我的心里骤然一惊，有关这件事我谁也不曾说过，他是怎么知道的？我随即诧异地回过头朝他看去，就是这么一眼，我的心里一下就受不住了，只见他早已嘴角哆嗦、热泪纵横了……我怕当着全团人的面忍不住痛哭失声，就咬紧牙关不再去看他……少顷，该我发言了，我竭力地控制着发抖的身体，说道："我……母……亲……去……世，本……来……是…家…里…的…私…私…事，可…可……"我再也说不下去了，因为我看到台下竟有人也在抹眼泪。我一边控制着浑身发抖的身体，一边无声地默哭，一边在心里说着："瞿团长呵瞿团长，这件事您是怎么知道的？您千不该万不该，不该让一个生性崇拜英雄、男儿有泪不轻弹的人，当众咬紧牙关，狠狠地控制着自己默默地痛哭，瞿团长呵，我真的受不住了！……"后来，我在悼念母亲的一篇散文《大家闺秀》中这样写道：

躺在特护病房的床上，已经瘦得脱了形的母亲问：
"这次演出，你去哪里？"
"山西，樟村煤矿。"
"你们老板去不去？"
"假如没有急事，瞿团长一般都去。"
"一看瞿弦和的面孔就知道是个好人，像个'弥勒佛'……"
"同事背后都亲切地管他叫'大猫'。"
"你可不能这么叫。他是你的恩人。"
"是的，我记住了。"
"你进团时答应过人家，要以团里的工作为主。"
"是的，我说过！"
"你要信守承诺！"
"您放心，我是个男人！"
"好吧，你去忙吧。"
"妈，您答应我，答应我，一定要等着我回来，一定……"

于是，母亲用她那极度疲劳而又非常新鲜的慈祥微笑，暖暖地目送我出门……我就这样离开了母亲。不一会儿，护理母亲的小阿姨便追出病房，赶上了我说："你妈妈的眼睛一直追着你看，看不见你后，就让我帮她撑起身体后还看……"

万万不曾想到，自从那一分别，我就再也见不到还能和我一起说话的母亲了。

（七）

不是逢人苦誉君，亦狂亦侠亦温文，照人胆似秦时月，送我情如岭上云。

在瞿弦和发现、帮助和提携的许多人中，大多起初怎么也看不出有什么千里神驹的品相和大器晚成的征兆。但是，有的人后来吉星高照、时来运转且大红大紫之后，你敢摸着良心说，当你们的生命轨迹起初仍在命运那潮湿、阴冷、雾霾重重的隧道里摸索前行的时候，不正是他高举着一只"无我"的生命火炬，照亮隧道，引领着一只只刚出校门的青涩雏鸟，一个个好高骛远又四处碰壁的生瓜蛋子，一匹匹连路都走得东倒西歪，谈何"春风得意马蹄疾"的千里良骥，蹒跚着走出那幽深的命运洞穴和生命的"瓶颈"的吗？起初，哪一个不是靠着这位伯乐陪着小心翼翼，一路搀扶着，才能晃晃悠悠地展翅飞向广袤的蓝天,颤颤抖抖地奔向辽阔的原野,迈开稚嫩的脚步走向蔚蓝的大海的吗?这也许应被叫作"青出于蓝而胜于蓝",但这种在人性和人类精神领域里,堪称大美的崇高境界,这种"无我"而"善行无辙迹"的传薪接火,难道不该被称为"善人之资,不贵其师"的"浮屠大殿"和"至高禅境"吗?于是,笔者在和这位相貌惊似"弥勒佛"的瞿弦和所交谈的全部时段里,那些经常被他漫不经心所提到的每个名字而唏嘘感叹、思绪万千。在时断时续的谈话中,他的思路是如此清晰,反应是这般敏捷,记忆力是何等过人,谈吐是那样准确,从哪儿看都不像一个年近七旬的老人。

"那年我已经年近五十,再演小生显然不合适了,正好吉林艺术学院又有一批应届毕业生,我一眼就看中了许文广。这个消息不知怎么就被他的同班同学张凯丽知道了,她告诉我她曾当过'军博'的讲解员,声音和台词都没问题……她等了一段时间见没有消息,就给我写了一封信:"亲爱的瞿弦和叔叔,我是个好孩子,用功,喜欢朗诵,您就把我和许文广一起都收了吧!'……这封信,我一直留着,后来朱军在中央电视台《艺术人生》栏目中当众读了……凯丽来团不久,我们要排一个大型话剧,给她安排了一个不小的角色。一天她来找我说,第一部国内大型室内连续剧《渴望》，想让她演女一号，她很犹豫，我立即说你干吗不演？快去呵……《渴望》播出后，全国轰动，她一炮走红。后来凯丽调走了，但我叫她演出她就来，有时连报酬都没有。直到现在，外面的人还以为她是咱们团的呢……"瞿弦和说完后，眸子里升起一层淡淡的暖意，显然对张凯丽知恩图报的情义，使他感到十分欣慰。

瞿弦和在生命的历程中，不仅用他那伯乐般独具的慧眼和同辈人中罕见的相人之术，使许多俊杰和才干，在他高瞻远瞩的大视野里，在他那海洋般辽阔的胸怀之间，展翅翱翔，搏浪击流，开垦出一片又一片彩色而广袤的处女地。用他的灵性与睿智，又在许多"小荷才露尖尖角"、峰回路转的人生关键时段，以他胼手胝足的奋力一推，将那些本已疲惫不堪、在接近峰峦之巅、行将放弃的旅人，托举上了最后的顶端……我在与国内同事或文艺界同行的交谈中得知：中央电视台第九届青歌赛决赛现场的一幕，他为谷峰拉票的动情讲话："谷峰的父亲是我团的板胡演奏家，英年早逝，如果能看到今天的谷峰，他的在天之灵也会感动的！我们团的演员常年在矿区，上电视的机会不多，全国八百万黑哥们儿，投他一票吧！"眼看着现场屏幕上谷峰的票节节上升，银奖！

央视第四届青歌赛刘君侠进入决赛。现场没有座位了,瞿弦和坐在过道的台阶上,拿着小纸片和铅笔记录每位选手的分数,比选手还紧张!刘拿到金奖,瞿弦和开着那辆私车"破拉达"亲自送他回家。

央视相声大赛颁奖现场,他亲自给王谦祥、李增瑞献上鲜花。

当我问及时,瞿弦和自己说:"我真诚地希望团里的每个演员都能取得好成绩。"

真是始料不及,每当瞿弦和向我表情平静地叙述这样的人和故事时,我的灵魂都仿佛受到一次难以言状的庄严洗礼与彻骨透心的感动。

有胆识骏马,无私护良才。瞿弦和是如何用他的胸怀和锐眼做到这些与他同等身份的人根本不屑于去做,也很难做到的"不拘一格降人才"的呢?因为他是中国"煤矿"文工团总团的团长,一切源于他几十年来对中国煤矿那难以割舍的情怀,对双手托起"乌金太阳"那八百万黑哥们儿"剪不断,理还乱"的情愫与血脉,更何况是对硕果仅存、从矿井巷道深处一路挥汗如雨、攀援求索、困惑迷茫又渴望拥抱太阳的矿工艺术人才!对于瞿弦和的这种挣脱不断的"煤矿情结",连笔者都很难理解,更何况那些对老子的"道者万物之奥,善人之宝,不善人之所保"的"上善若水,厚德载物"不求解惑、拒之千里的人自然更不明白。良心是情感之声,情感是灵魂之语。一个具有煤矿属性的艺术家,不关注矿工民生之多难,不讴歌矿工的生命语境之壮美达观,极难触及艺术的真谛与良心。你纵然有天赐的黄钟大吕之声,润玉裂帛之韵,技压群雄的势大力沉,绝色天香的倾国倾城,一旦放弃了自我道德塑造的淬火冶炼、文化修养的厚积薄发,到头来也只能是个没有灵魂、无知无畏、虽腰缠万贯却为富不仁的白丁和精神领域的超级穷光蛋……

去做作,少修饰,无俗态,多高古,是瞿弦和朗诵炉火纯青的要领。源自心,寄于情,无杂念,求于纯,是瞿弦和艺术魅力的命门。每次面对台下矿工的芸芸众生,他已不需再用"进入角色"和"假设"之斯坦尼斯拉夫斯基的提纲挈领,因为他早已将对黑哥们儿、黑姑娘们的无疆大爱和款款情深植入了灵魂。所以,他的每一首有关煤矿人的诗歌朗诵,都会让我和广大听众情不自禁地倾心聆听,令我辈荡气回肠,感动词穷:

煤呵，我的情人，我的黑姑娘！

作者　屈金星

你在我的眼眸里噼啪作响，
你在我灵魂里璀璨闪光，
追寻你是一种理想，
逼近你是一轮光芒，
煤呵，我的情人，我的黑姑娘⋯
不管你定情的夜晚，
是风骤还是雨狂，
既然是走向地心，
彼此捧出的都是滚烫，
在八百米深处，
只有你用乌黑的嘴唇，
吻我裸露的肩膀，
煤呵，我的情人，
我的黑姑娘⋯⋯

这般多年不遇、让人痛快淋漓、灵动飘逸、乐韵丰饶、以人拟物的杰出长诗，岂能不让吟诵者血脉贲张、激情万丈？如此以泪润声、洪钟玉韵、心旷神怡、情深意长的朗朗大诵，岂不叫听众心潮澎湃、泪洒满江？怎能不叫天地人间、万物性灵顿悟"大音希声"而醍醐灌顶、三日不绝、余音绕梁？……

（八）

大音希声，大象无形……

天地初开，始源于道。道生一，一生二，三生万物。道于做人、尊严、品性、行为、善恶、欲望、生存艺术甚至是天地万物，既是母体也是觉悟。即"无善无不善，善恶皆后起"。瞿弦和用他对生命磨砺的全部感知与生存的信念和意义、悟性与体验，证明了这一人伦与万物的生存之道和老庄哲学的核心价值……

有一次在我与瞿弦和的交谈中，他突然向我发问：

"你知道《黄河大合唱》的朗诵词一共有几段吗？"

"没注意过。"

"一共八段。你知道为什么在后来的演出中，第三段的朗诵词常被略去不演吗？"

"肯定是朗诵者不好找，要不就是嫌词太过冗长？"

这时，瞿弦和沉吟了一会儿，并未正面回答我的问题。

"大合唱在中华人民共和国成立后一直只演七段，直到1986年，香港宝利金唱片公司要出完整版的《黄河大合唱》，严良坤指挥找到我们夫妇，首次将第三段'黄河之水天上来'配乐朗诵搬上舞台，一演就是二十余年。就是现在完整的八段体《黄河大合唱》……"

在我与瞿弦和交谈之后，我设法找来了他在台北中山堂独自领诵的《黄河大合唱》的碟片。瞿弦和在几十年的朗诵生涯中，演出过的那些精彩绝伦的长诗短句何止千百，为什么他对此情有独钟？这就不得不让我十分惊奇了。经过一番资料调研，首先证明了我的判断，继而对"黄河"这条母亲河和《黄河大合唱》这部在政治理念、艺术价值、影响力和受众面等方面皆有经典意义，民族史诗般的大型声乐套曲交响大合唱，竟有了极不寻常的深层了解。

《黄河大合唱》当年首演时共分八段，但第三乐章的人声大段朗诵："黄河之水天上来"常被略去不用，据说是因战时能胜任这一大段功力深厚、气势磅礴之朗诵的演员难寻而避去。而正是这一大段朗诵的缺席，虽使冼星海用西方"康塔塔"形式与合唱技巧创作的《黄河大合唱》

在气势上恢宏依旧，却似乎少了些许应有的具象与细腻、血肉与沉实……

《黄河大合唱》表达了中华民族在十四年抗战中，与日本侵略者进行艰苦卓绝的殊死搏斗、顽强抗争。它以我们民族的发源地"黄河"为背景，以交响合唱为鸟瞰全貌的视角，呈现了黄河两岸所发生的世事沧桑，证明了中华民族不屈不挠、坚韧不拔的民族性格和伟大精神。

"黄河"一词最早见于东汉历史学家、文学家班固所著的《汉书》。而《史记·高祖本纪》里"浊河之限"的"河"，就是指黄河。汉以前的古书称其为"河出昆仑"。

黄河像一条脊背拱起，昂首欲飞的巨龙，从青藏高原越过青、甘两省的崇山峻岭，横跨宁夏，内蒙古的河套平原，奔腾于晋、陕之间的深谷之间，破"龙门"而出，在西岳华山脚下突然掉头东去，横穿华北平原，急急奔向渤海之滨。全长约5464公里，流域面积79.5万公里，是世界第五大、中国第二大河流。黄河发源于青藏高原的巴颜喀拉山脉北麓的卡日曲，形态为"几"字形，状似中华民族的图腾"龙"。据现代肖草的《卜算子·黄河》词之真实诠释为："天外挂飞川，骇浪生素幔。已过悬崖万仞山，犹有惊涛溅。溅不入春时，却把暖春唤，一任沧桑岁月多，尽在长河岸。"秦皇汉武，唐宗宋祖，一代天骄成吉思汗，那一个个王朝的更替、一代代天下一统的霸业的易手与变迁，造就了象征中华民族的黄河文明，并将它推向世界瞩目的辉煌顶峰。

将飞者翼伏，将噬者爪缩。先天的禀赋之于艺术家至关重要。但既有天赋，又能业精于勤，不断修能者，其艺术的沉淀在厚积薄发时，才会像呼伦贝尔的草海绿野一般波澜壮阔、深不可测。

倘若我未看到他那已在各种舞台上实践和吟诵了二十多年的《黄河大合唱》的碟片，假如我未能及时对第三段朗诵词认真观赏与倾心感受的话，我极有可能错过一次只可遇而不可求的艺术洗礼、心灵震撼的热血潮涌、荡气回肠的沉醉与癫狂、回味无穷的痴迷与景仰……因为瞿弦和这一近八分钟的"黄河之水天上来"的大段朗诵，已经不仅仅是用嗓音和气息、字正腔圆的语言技巧、情绪把握的控制与收放的经验在吟诵了。他是在用他的鲜血、他的热泪、他的心跳、他的大痛、他的大爱、他的豪迈与超拔、他的无奈与抱憾、他的忧患与挣扎、他的从容与淡定、他的自信与宽厚、他的隐忍与解脱、他的幸福与释怀在吟诵。他用他拥有的一切的一切，一股脑地投入那一行行烧炙的噼啪作响的诗句中、金断玉碎的雷鸣电闪中、惊涛裂岸的狂烈中、飞流直下三千尺的洗礼中、大地龟裂的崛起中、阳光灿烂的包围裹挟中，是飞蛾扑火、物化升华、凤凰涅槃了……啊，真是久违了，如此令人通体畅达、叹为观止、醍醐灌顶、血脉贲张、瓦格纳式那史诗般大歌剧咏叹调似的朗诵，这种既使人感到稍纵即逝，又深浸于不能自拔、无我的伟大陶醉，只能在穆索尔斯基的大歌剧《鲍利斯·古多诺夫》中才能遭遇，只会在理查德·施特劳斯的大歌剧《莎乐美》里才能过瘾，只有在瓦格纳的《指环》和《漂泊的荷兰人》中才能魂从窍走……

于是，我仿佛又看见了李默然和他的北洋海魂邓世昌，话剧皇帝金山在他的《风暴》中的施洋大律师，郭沫若先生和他的"雷电颂"……于是，在今天，就在我眼前，瞿弦和这位早与他们在伯仲之间、足以比肩的隔辈的朗诵大家，用他那裂帛断金之声，时而蹄奔马疾的节奏，忽又缓如溪流的乐韵，再一次锁住我的心扉，扣住我的心弦，擂响我的耳鼓，钩紧我的魂魄：

　　黄河之水天上来
　　排山倒海
　　汹涌澎湃
　　奔腾叫嚣
　　使人肝胆破裂

大象无形

它是中国的大动脉

在它的周身

奔腾着民族的热血……

  哦，似有琵琶的弹拨之韵，从遥远的黄河上游逐浪而来，从起始的"轻拢慢捻抹复挑，初为《霓裳》后《六幺》"到渐渐强烈的"嘈嘈切切错杂弹，大珠小珠落玉盘"之间，让我在黄河惊涛裂岸、大雾弥漫的朦胧之中，陡然瞥见了一头歪驴、一只葫芦、一袭破衫的醉吟先生白居易。然而，当我定睛再看，便瞬间释然。原来是唐朝诗圣李太白面对着黄河的巨浪，又是一斗烈酒灌下，气出丹田："黄河之水天上来，奔流到海不复回……"顷刻之间，就连举家东迁、远在夔州的杜甫都不得不惊叹："李白斗酒诗百篇，长安市上酒家眠。太子呼来不上船，自称臣是酒中仙"……此刻，耳边响起瞿弦和浑厚的朗诵声……

啊黄河

河中之王

它是一匹疯狂的猛兽发起怒来

赛过千万条毒蟒它要兴风作浪

冲破人间的堤防……

嚯，管弦乐交织成肉体的群声，大合唱筑成了器乐的交响，朗诵声遁入了铜管乐的切分音符，率领着提琴、长笛、木管和竖琴等，同心协力地与定音鼓构成了回旋在黄河两岸那压抑着愤怒、远雷滚滚的沉响……就在此刻，就在这天露兵戈之相、大地微颤、烽火长城狼烟四起的空当，一匹瘦马，一只羌笛，一个名叫王之涣、字季凌的长髯老叟，自远方悠然而来。他的口中念念有词："黄河远上白云间，一片孤城万仞山。羌笛何须怨杨柳，春风不度玉门关。"他叨叨完之后，一阵清烟，飘逸而去……

但瞿弦和的玉碎裂帛之声，仍在继续：

啊黄河

你哺育着我们民族的成长你亲眼看见

这五千年的古国遭受过多少灾难自古以来

黄河边上

展开了多少血战让累累的白骨

堆满你的河身……

黄钟大吕似的天籁之声，犹如滔滔黄河巨浪，令听者心潮澎湃，歌者热泪盈眶，时间穿越回望……毛泽东窑洞灯下奋笔疾书，青纱帐里的游击队员神出鬼没、百步穿杨，平型关下板垣师团重创，台儿庄大捷使日军尸陈遍野，百团大战令敌人闻风丧胆，太行山上"谁敢横刀立马，唯我彭大将军"……就在这时，黄河浪里一叶扁舟，一位老翁，几声嘶吼："九曲黄河万里沙，浪涛风簸自天涯"……于是，这个汉中山靖王的后裔，曾任监察御史的刘禹锡，一阵仰天大笑，旋即便逐波而去……而瞿弦和那激情汹涌的宏声大诵愈加难以自抑：

> 啊黄河
> 你可曾听见在你的身旁
> 响彻了胜利的凯歌你可曾看见
> 祖国的铁军
> 在敌人的后方
> 布成了天罗地网
> 他们把守着黄河两岸不让敌人渡过
> 他们要把疯狂的敌人
> 埋葬在滚滚的黄河……

我的天呵，摧枯拉朽的大合唱在这一气呵成、朗朗大诵的音乐律动中，放射出小号、圆号和大号齐鸣的金光万道，交响乐用它那野火的不尽燃烧、血海四溢的纵横高歌，将人类的血肉之声托举上无与伦比的峰峦，朗诵者那节奏如鼓、气贯长虹、声震瓦砾的洋洋洒洒的朗诵，淋漓尽致地将自己的灵魂插上了金色的翅膀，腾飞冲天，一览众山小……

但瞿弦和的朗诵，此刻已进入"化"界，那首当代千古之诗竟被他吟诵得地动山摇、经天纬地，令人叹为观止：

> 啊黄河
>
> 你奔流着
>
> 怒吼着
>
> 昔法西斯的恶魔
>
> 唱着灭亡的葬歌
>
> 你怒吼着
>
> 叫嚣着
>
> 向着祖国的原野
>
> 响应我们伟大民族的
>
> 胜利的凯歌……

当瞿弦和高高举起双臂，双眼噙满了无比幸福和欣悦的泪水，定格于台北中山堂舞台上的那一瞬间，我看得十分清晰，一束无形却金光万道的圣光，穿过剧院的顶穹，在浩渺无极的空间里，徐缓而无比温柔地从他的头顶上方，直着射了进去，顷刻之间，他的整个身体，就被那渐渐溢散开去、凤凰羽毛似的万丈光辉全部吞没……

在暴风骤雨般的掌声中，在"黄河之水天上来"的前川大瀑中，在众声欢呼喝彩的浪潮声里，我仿佛看到，在这个当代伯乐的身后的原野上万马奔腾。在辽广无极的高天广宇中，无数雄鹰展翅翱翔，那一望无际的蔚蓝的大海里，海龟群舞，鲸鱼蹿跃，鱼类狂唱……我还确切地感到，在这位我生命中的贵人周边，拥满了无数个曾被他的"恩泽"沐浴过的人，那一切"尽在不言中"的千言万语……

于是，我便在他那铅华洗尽、完满谢幕和华丽转身的一瞬间，猛地触到了我意识深处那片从未开垦过的"处女地"，即老子的"柔弱胜刚强，鱼不可脱于渊"之不可示人的"国之利器"，还有我那"参禅悟道"稍嫌晚矣的心灵"秘籍"，即"普天之下，最美的音乐听起来似无声响，却能使人回味无穷。朗朗乾坤，最美的形象看上去似无踪迹，却无处不在，更能使人刻骨铭心……"

于是，那个一头瘦驴、一只葫芦、一袭破衫、满身酒气的老叟，又贴近我的耳畔再度喃喃低语：

白日依山尽，黄河入海流。欲穷千里目，更上一层楼。

瞿弦和何许人？

"大音希声，大象无形"者是也！

妈妈桑

十多年前,我独身一人前往美国太阳城,巴尔迪摩市的皮博迪音乐学院留学进修歌剧。在著名的汽车城底特律转机时,看到主要进出口除了英文语标,剩下便是日语。后来在美国待得久了,发现美国人对中国的了解的确可怜。除了长城和紫禁城外,剩下的只有粤菜和川菜了。再后来,我发现有很多的美国知识分子,都会来两句广东话,再者就是日语了。有一次给美国人包饺子,等他们吃完了却还在问:馅儿到底是怎么进去的?……所以,在那时的多数美国人眼里,只要是小眼塌鼻、身形矮小瘦弱的,大都被看成日本人,至多也就是韩国人了。所以他们对所有东方血统的小老太太的称谓是:

"妈妈桑。"对我这个进修西洋歌剧的东方彪形大汉，总是问：你真是中国人吗？在他们与我告别时，总是一个东洋式的鞠躬后，嘴里念念有词：撒油那拉。简直让我啼笑皆非。而今天，能说一口汉语的美国人，比比皆是。

初识"妈妈桑"，是在我们音乐学院音乐厅前的小路上。小老太太瘦弱矮小，仿佛一阵风便能将她刮向天外。从那时至今，我都分不清，总有一种让人感受着太阳般暖融融笑意的"妈妈桑"到底有多大岁数。但她留在我记忆深处最清晰的印象，就是她有一双锥子一般尖锐、洞察秋毫又含而不露的眼睛。

刚到美国，英语不灵，饮食不惯，思乡心切，自卑得要命，终日过得枯索无味。一天到晚，除了英文强化训练，剩下的声乐课不是糊弄了事，便是在其他理论课上，一路昏昏沉沉，在梦中那漫漫的回家路上，辗转反侧，不知所云。稍有空隙，便去学院门外的花园里，看露宿的酒鬼和乞丐捉虱子和骂人。寂寞的日子，学习的压力、令人反胃的饭食、陌生的生活环境，逼得我常常学着丧家之犬的狂吠，一有空闲，便全身焦躁不安地在城中的各个角落里，毫无目的地瞎转乱逛。这时，"妈妈桑"的出现，使我像一个狼突豕奔、走投无路的人看到了一条阳关大道，一个行将被淹死的人抓住了一根稻草。

"妈妈桑"在音乐厅里听我唱过后,嘟嘟囔囔地赞美着我说:"我的天哪,中国大陆的今天,竟有这样的低男中音?"说完,她那双鹰隼似的锐眼,竟不敢和我对视。整个瘦小孱弱的身形,浸透在一种仰望和绝对诚服的羞郝中。少顷,她低着头喃喃地用"广普"对我说道:"任何时候,需要我帮助,就给我打电话……"她的"广普"说得吃力和费劲儿,仿佛在搬着一架根本无法挪动的三角钢琴。几天之后,我从当地华侨的口中知道,这位被人们叫作"咪咪"的小老太太,是大华盛顿地区的著名钢琴教育家。由于酷爱声乐人才,早先只是专门扶持从台湾赴美的声乐家,并不计任何报酬,为他(她)们组织独唱会,并担任义务伴奏,积极为他们联系各种演出机会赚些收入。时常为他(她)们烹饪广式美食,留宿她家终日练唱和发声,尽力祛除这些人在异国,那剪不断、理还乱的伤心忧事,挥之不去的思乡之情。于是,1988年春天里的我,一个初到美国,终日活得不想再活的大陆青年歌者,便在"妈妈桑"的阳光沐浴下,成了这位后来让我一生刻骨铭心、异域邂逅的华裔母亲,那第一位被"领养"的大陆歌剧"儿童"。

"妈妈桑"出现在我眼前的一瞬间，就让我对她的外貌竟有些诧异，对她的年龄也不能准确地判断。不到一米六的小个子，单薄瘦弱的身材，谢顶的头上，加上五官长得十分幽默，给我一种童话世界里的人物印象。如此相貌平平和孱弱的小老太太，在任何一个场合中，绝对不会让人过目不忘。只是她那双慈祥而温暖的眼睛，总是在微笑之后，瞬间掠过一种睿智和刺人心魄的犀利，让人觉得她内心深处蕴含着过人的敏锐和坚毅。在我们告别时，她紧紧握住我的手，仰着头微笑地看着我，用万般吃力的中国话对我说："人们……都叫我'妈妈桑'，下个星期六……我来接你……到我家去唱……唱歌……我从来没有听到过……有任何一个中国人的嗓音，像你一样温暖……"

　　我说："谢谢你，'妈妈桑'。"

　　她又说："你刚……来美国，一定常常想家，想家了，就给我打电话，我开车来接……接……你……给你烤鸡吃！"

　　我笑了，被她那极其吃力的中文和滑稽的神态弄得忍俊不禁。一个星期之后，"妈妈桑"没有食言，从她家那个著名的拉克维幽住宅区，开车近五十分钟，到学校来接我去她家。"妈妈桑"的车开得飞快，在通往华盛顿的九十五号公路上疾驰着,犹如一辆勇往直前的坦克。"妈妈桑"那辆半旧的"亨达"银灰色小车里的音响中,放着德国的艺术歌曲演唱大师费舍尔·迪斯科录制的CD,舒曼的套曲《诗人之恋》。我望着公路上被她甩在后的各种车辆,眼前疾快掠过的路标和两侧移动的树墙,在心里诧异,眼前这个弱不禁风的小老太太,开起车来何以这样的风风火火、所向披靡。

"妈妈桑"在车过山坡上那座耸立着白色尖顶摩门教堂的岔路口时,被交通警察的车拦下,停在路旁。她向两个虎背熊腰,屁股上挂满电棍、手铐和短枪的警察交出驾照后,像一个顽皮的小女孩,叽里咕噜地和他们说着我尚不能完全听懂的鸟语。我全身缩在座位上,心情紧张得像揣着一个小兔子,活蹦乱跳着。狗熊似的警察,从本上撕下一张罚单时,"妈妈桑"就用极其可怜的目光注视着他们,将双手合十,祈祷般地紧紧握住放在胸口。这时,奇迹出现了,当"妈妈桑"又是一阵鸟语之后,警察手中的罚单像焊在了半空中一样,竟再也没有递将过来。

在后来的十几年里,我和这位华府鼎鼎大名的钢琴教育家、声乐艺术指导"妈妈桑"的交往中,她总是以平静而安详的印象,永驻于我的记忆中。但是由于驾车的急躁和过猛,让她多次有惊无险,最终以两次较重的车祸,使她数根肋骨折断,腰髋挪位,提前进入了卧床不能平躺、站不能直立的佝偻状态。尽管这样,她依旧准时给少年童子钢琴学生上课,从不间断,仍旧为了自己创办的国际华裔夏季实验歌剧院,每一年度的整出歌剧排演孜孜不倦地工作着。记得多年以前的一个秋天,我从她家附近乘地铁去华盛顿国际机场,准备飞往巴黎参加独唱音乐会演出,在过关检查证件时,突然发现护照遗忘在她家里,于是急忙电告。大约过了十多分钟,"妈妈桑"出现在候机大厅,那一路的疾驰,她在路上连闯红灯的焦急,让她在见到我的一瞬间后,双手扶住机场大厅里的一个金属垃圾桶呕吐不止。多少年过去了,当时的"妈妈桑",双手按在离我不远处的那个金属垃圾桶的边缘,随着那一阵猛似一阵的抽搐和剧烈的呕吐,将我眼前那个全身扭曲、颤抖不止的小老太太,折磨得活像一只被掏空了五脏六腑的老干虾。至今,那件事,让我仍有一种难言的内疚和惶恐不安……

"妈妈桑"的飞车载着我,拐进一个石碑上刻着"木头天国"标志物后,便驶进她家的那座被森林般绿荫环抱、遮掩着的平顶别墅屋前,停在路旁的空地上。木质的平顶房屋和石头砌成的墙壁显得陈旧,在我的眼里,有一种年久失修和缺乏精心保养的颓唐。我们沿石阶而上,进入屋子里,眼光所及便是过时旧暗的用具。室内的一切,墙上的挂饰,都如同主人一样衰老。"妈妈桑"招呼我坐在一张嘎吱作响的老式沙发上,从冰箱里取出水果和橙汁款待我。由于渴极,我将一大杯橙汁仰着脖子,一口气饮尽,就在这时,我便发现了一个细节。只见小老太太又给我斟满一大杯鲜橙汁后,从壁橱上取出一个喝威士忌的小玻璃盅,小心倒满橙汁后,便小口啜着慢慢喝尽。整个过程显得既小心翼翼,又竭力不让品尝滋味的快感、解渴的爽朗轻易逝去。我将"妈妈桑"的举止收入眼底之后,心里便徐徐升起一种淡淡的自责。随"妈妈桑"走进她的地下室,我即刻被她的音乐工作室里的布置深深吸引。两架黑漆脱落的小型三角钢琴跃入眼帘,钢琴上叠满了各种曲谱,四壁上挂着曾和她合作过的男女声乐家的照片。被拆除的壁炉里,放置着组合式录放机,墙角四周是一捆捆老式的纹路唱片,书架上是满满当当的各种盒式磁带和歌剧录像带。从那一刻起直到今天,在这个满满记载着音乐奉献和华人歌唱家履历的袖珍世界里,在我对"妈妈桑"所有的记忆中,拥满了美好的感念和充实的温馨,以及对她那慈祥而无私奉献的深刻感激……多少年来,我和"妈妈桑"在华府的各种场合,不知有过多少次难忘的音乐会合作和音乐排练,她从不曾索取过我一文钱。每当我在异国他乡因惧怕孤独，而用各种借口，不愿在周末回到学校宿舍楼去，就赖在"妈妈桑"家里饱食终日，大快朵颐。"妈妈桑"总是笑眯眯地承受着、默认着，至今让我每每都有一种泪湿眼眶的感激。"妈妈桑"以教钢琴为生，她的丈夫，一个早早退休的联邦税务法官，却从不过问她的一切。她的三个孩子早已成人并工作。"妈妈桑"的家境中等，却对我们这些来美不久，尚无固定收入的大陆音乐家竭尽慷慨和赞助，自然得如同母亲与孩子。多少年来，那许许多多受到过她的恩泽，得到过她的资助，通过她赚得金钱，吃过她家的美食，住过她家床铺的人，数不胜数。

有一位从中国东北赴美留学的女高音，因经济拮据，长久思乡，为了生活和学费，又不得不去中餐馆打工，久而久之患了抑郁症。除了工作和上课之外，便把自己关在公寓里很少和人交往。自从她和"妈妈桑"认识之后，在她家一住就是半年。"妈妈桑"因赏识她的嗓音，待她像自己的亲生女儿一样。不仅免费辅导她的英语，管她吃住，为她举办音乐会，寻找周边的声乐爱好者跟她学声乐，解决她的生计问题，甚至为了她和一些华裔歌唱家四处筹款，组建国际华裔青年实验歌剧院。在造价昂贵的歌剧舞台上，充分显示了她的艺术才华。几年以后，当这位女高音在华府的亚太裔居民中蜚声内外,完全可以靠教学生度日之后,在"妈妈桑"担任琴师和奉献的教堂里受洗,成为一名虔诚的天主教徒时,她声泪俱下,称"妈妈桑"是她的再生父母。当时的场面十分动人,在场的有许多人,无论是否是教徒,都被她发自内心深处的感念和演唱的《万福玛利亚》,感动得潸然泪下。

事后,我十分好奇地询问"妈妈桑",为什么会对那位女高音超出对自己亲生女儿,那种几乎不可思议的关爱和无私的给予时,"妈妈桑"沉默良久后,没有直接回答我的问题,竟口气缓缓地,向我讲述了一个有关自己的童年故事:

"在我六岁的时候,父亲死于旧金山金矿开采的塌方事故中,母亲为了生计,就在旧金山中国城里开了一个小杂货店,领着我和姐姐相依为命。那时的旧金山,不像现在这么繁华和安全。到西部淘金的流浪汉、偷渡客、地痞流氓、逃犯和马帮枪手比比皆是,所以那些黑社会中的各种势力,为了自身的利益,杀人越货,帮派之间的仇杀和火并时有发生。一到天黑,各个店家就早早打烊关门。由于社会治安的混乱和法律的不健全,当地的警察便成了店铺人家唯一可以信赖的保护神。我至今还清楚地记得,那个经常在我们那条街上维持治安的大个子黑人警察，常常因保护我们母子的生意和周边人的安全，在与歹徒搏斗中负伤。所以我母亲对他很好。有一天，那大个子黑人警察，喝醉后来找我的母亲求婚被坚拒后，他就对我母亲说，假如他下次再来求婚，我母亲还是不同意，他就不活了。又是一天傍晚，我们刚要打烊关门，那个警察又来了，好像和我母亲发生了激烈的争执后，拔出手枪，对着我母亲的额头就开了一枪。我母亲连哼一声都没有来得及，就躺在地上，脑浆和鲜血流了一地，把我的鞋子都湿透了。我和姐姐趴在母亲的尸体上，吓得竟忘了哭。大个子警察看到我们和躺在地上已经断了气的母亲，愣了好一会儿后，当着我们的面，用手枪对着自己的口腔开了一枪。直到现在我还记得，他的身体向前面倒下，将小店门前的木头柜台重重地撞翻。母亲死后，我和姐姐在亲戚们和一家美国人的教会帮助下慢慢长大。在教会里，我从一位善良的修女那儿学会了弹钢琴，并至今以此为生。你从未失去过父亲母亲，所以，你根本不会知道做孤儿的滋味。"

听完"妈妈桑"的故事，我像是受到了夏日里突如其来的雷霆暴雨，痴呆了许久，竟没有说出一句话来。不知过了多久，方才转缓过来，嗫嚅地问道：

"她是孤儿?"

"妈妈桑"用那双瞬间变得犀利的眼睛,飞快地看了我一眼后,重重地点了点头。

"妈妈桑"依旧常常在周末,开车来我们音乐学院,接我去她家那座老宅练唱演出,或烤鸡给我果腹。我像一个有了鸦片瘾的人,在头晕目眩的英文强化学习中,在枯燥乏味的背谱默诵歌词中,似乎只是为了周末的这个盼头。"妈妈桑"似乎对我常常打搅和赖在她家的眷恋,以及从不付分文的钢琴伴奏,有一种大智若愚的无知和宽容。这使我常常想起雨果笔下的《悲惨世界》中,那个偷了神父家中的银烛台,被警察扭送面对主人的苦役逃犯冉·阿让,不仅被神父的巧妙和善意特赦,而且在他日后的人生中,竟能独善其身,痛改前非。冉·阿让式的感恩,使我每每面对"妈妈桑"的慈善与大智若愚,对她时常有一种唯有仰望般的神圣。在我抵达美国的第一个圣诞节的前夜,"妈妈桑"应华府名流,全美豪华家族酒店集团企业的老板妇人凯瑟琳之约,去她家欢度平安夜。那一路张灯结彩,深藏在雪树银花中的花园洋房,向我彰显着浓厚的圣诞气氛和童话般的神奇。那是第一次在异国过圣诞节,所以给我的印象太过深刻。凯瑟琳家的平安夜大型Party不仅极尽奢侈,而且更为奇异独特。我第一次在她家的夜宴上，看到那么多气质高贵、趾高气扬的美国年轻女人和贵妇。品尝着那满桌一路排开的美国传统美食，第一次改变了我对美式西餐那种本能的排斥。那一道道同样丰富却在风格上与中华烹饪、口感截然不同的珍馐佳肴，与我们音乐学院餐厅里的伪"美国西餐"作比，竟有着不折不扣的天壤之别。女主人别出心裁地在一棵巨大的圣诞树上，用中国式的牙签悬戳着无数个脱皮煮熟的大龙虾，将整个圣诞树装点得果实累累，令人目不暇接。那些让人眼花缭乱的粉红色虾仁，以及密布于空隙间闪闪熄熄的各种彩灯，交相辉映，产生出一种奇异的效果。

就在我挤过人群，端着香槟，走近虾仁和彩灯交织的圣诞树，准备取虾食用的当儿，听到了树的另一侧，漂亮妖冶、浓妆艳抹的凯瑟琳和"妈妈桑"的一段令我终生难忘的对话："'妈妈桑'，我只想核对一个事实，那个今晚您带来的高个子中国年轻人，自从来到华盛顿，每次跟您上课，您为他伴奏，就从来没有付过您任何学费？"

"是的。"

"这不是剥削吗？"

"请你注意你的用词，他这样做，是我主动提出的。"

"他应该知道这是在美国，不是在中国。"

"那又能怎样呢？这是我们个人之间的私事！"

"我的上帝！他是在占您的便宜，掠夺别人的财富！"

"我不这样认为。他们从中国大陆来美国求学，多半都得倾家荡产，除了学校那点可怜的奖学金，几乎一贫如洗，要是换了你，能忍心让他们再付学费吗？"

"真不可思议，您怎么会有这样的逻辑。您是靠教钢琴和辅导声乐为生，倘若人人都利用您的善良，您还怎么生存？"

"他和一般人不一样，有特殊的声乐才能，眼下，又没有任何的经济资助人，我不可能再向他索取任何报酬。"

"我还听说，他和一些从中国大陆来的声乐学生，常常在您家练完了之后，您还给他们做饭吃，有时竟还给他们钱，并且常常留宿，这是真的吗？"

"不错，我一听到他们的嗓音和歌声，就什么也顾不上了。为了他们的才能和前途，就是倾家荡产，也在所不惜。"

"您这样做到底是图什么？"

"什么也不图，就因为我的根在中国。就因为中国人在美国搞艺术，唱西洋歌剧太难生存。"

"你想过没有，有一天他们成功了，赚了大钱，可能很快就把您忘记了,您这样做值得吗?"

"值!只要他们一天不放弃,我就一直尽我的力量帮助他们。直到我闭上眼的那一天……至于他们的将来是否会报答我,那是他们的事,我从来不会为这样的事费脑筋!"

"……"

"妈妈桑"和凯瑟琳的对话,叫我忍不住鼻子发酸。这时,"妈妈桑"又反问凯瑟琳:

"你和你丈夫是全美国有名的亿万富翁,你也是百老汇音乐剧和歌剧的爱好者,能不能拿出些钱来资助我?为这些有才能的孩子,排一部完整的歌剧。"

"您想排一部什么歌剧?"
"普契尼的《托斯卡》。"
"您说我能不能主演《托斯卡》?"
"不可能。"
"为什么?"
"请原谅我的坦率,您的音量和技巧不能胜任这个角色。"

"那我将遗憾地告诉您,我没有兴趣资助。"
"的确十分遗憾。不过我会竭尽全力促成此事。"

"您将从何下手集资呢？"

"先去中国城的几十个中餐馆，挨家挨户地跑。不行的话，就求助政府的少数部裔文化基金会和全美华人妇女协会。"

"假如我说服丈夫，赞助您二十万美金，条件只有一个，我必须主演《托斯卡》。"

"那我们还是谈点别的吧！"

"妈妈桑"用柔中带刚的话，斩钉截铁地结束了她们的谈话。这时，我才发现眼中的泪水溢出眼眶。"妈妈桑"那平素总是佝偻、孱弱的瘦小身躯，在我眼中陡然高大起来，直到此刻，我才真正明白，"妈妈桑"这位在一般华人眼里，总是那么平凡温和的小老太太，为什么会在多数美国人心目中广受尊重和爱戴。

平安夜已到子夜十二点，有人在欢呼声中"碎"的一声，向屋顶射飞了香槟酒盖，Party中人声鼎沸，进入高潮。这时，凯瑟琳从人群中朝我挤了过来，笑容可掬地走近我，态度恭敬得近乎谦卑地问我：

"客人们提议，请您唱几首美国百老汇音乐剧的著名歌曲。"

我经过少许的犹豫后，强迫着自己温和地回答：

"我刚到美国不久，音乐剧中的选段学得不多。还是等来年的平安夜再唱吧！"

凯瑟琳听完后，一脸的尴尬表情，嘴里嘟囔着些什么，颓然化入群中去……

"妈妈桑"曾是一个藏身于巨轮货仓的底层漂洋过海，偷渡金海湾的难民后代。她那被称为"烟仔公"的父亲，在她不到五岁时，就惨死于淘金矿塌方的矿难中。她在六岁时，又亲眼见到了年轻的母亲，被那个五大三粗的黑人警察用手枪在近距离将天灵盖轰碎。她脚上的那双母亲千纳百缝的绣花鞋，在被红白相融的鲜血与脑浆浸湿的一瞬间，使她悟出了什么才是真正意义上的悲怜和自强。在她与长她三岁的姐姐相依为命的度日中，在后来一拨又一拨，新移民高学历、高薪层的优越感中，这位曾在洋人和富人蔑视中成长、衰老的小老太太，培育了一批又一批杰出的华裔钢琴家……"妈妈桑"被自己即将独立制作的意大利歌剧普契尼的代表作《托斯卡》，常常激动得长夜难寐。那种最初的资金原始积累，如同手工业作坊似的歌剧创作，从事无巨细到异想天开，使她在一家家中餐馆里乞讨似的求助，一次次惨遭拒绝的碰壁。但是，面对一位年逾七旬、一心只想完成一部造价昂贵的西洋歌剧的小老太太，我只有沉默着、同情着，却爱莫能助。然而，夜深人静的时候，在"妈妈桑"戴上老花镜，于一盏祖上传下的老式台灯下，一美元一美元，一摞又一摞零散的支票数弄着……

我看着她白发苍苍的头上渗着汗水，皱纹密布的脸颊上露出满意的笑纹时，真恨不得躲到一个没人的地方，狠狠地哭上一场。我常常在难抑的泪水模糊中，重温着广厦耸立的中餐馆，她那些蹒跚的步履，哀求似的化缘，并在那些老板对她的冷嘲热讽中，强抑我对她那种惊人的忍耐，既无法言叙，又难以逃脱的同情。我在"妈妈桑"每有收获，便像一个小姑娘似的喃喃自语的慰藉中，痛恨自己不能像个男人。"妈妈桑"依然故我地执着，为了我们能演唱整出歌剧饱受屈辱。"妈妈桑"不让我骂人、动粗，是她不愿意看到我这个七尺男儿，因为她而热泪盈眶。"妈妈桑"总是对我说："你是一个歌剧演员，应该高贵。我若是再年轻四十岁，你不嫌我长得丑，我就立刻嫁给你，等你拿到绿卡再和我离婚。那样，你就可以去欧洲唱了。"我说："'妈妈桑'啊'妈妈桑'，别去化缘了，我快崩溃啦。你看那些洋人对您多尊重啊，可……可……我们的那些同胞呢？这歌剧我不演了还不行吗？！"这时，"妈妈桑"总是拍拍我的脸："不行啊，我的孩子，你唱得多迷人啊。假如我能如愿以偿，看到你在台上演唱《托斯卡》中的警长斯卡拉皮亚，还有我的那位东北来的女儿唱歌剧主角'托斯卡'，让我干什么都行……"

"可这歌剧少说也得好几十万哪！"

"还差一点儿就够了，真的，就还差那么一点儿。"

其实，我比谁都清楚，那造价最少也得五十多万美金的整出歌剧，只能在职业的双管乐队、合唱队、舞台美术、服装及工作人员所形成的群体工作中，才能完成得让人基本满意。而且排练和演出一部较有规模的歌剧，要让观众不觉得寒酸和捉襟见肘，没有一两个当红叫座的明星、一些唱功演技相近的配角同台，票房自然不佳。然而，在美国，象征主流文化的特征歌剧，除了一些驰名世界的剧院能在政府文化拨款中得到一些资助，一般的民间剧院，全靠当地热爱歌剧艺术的人士捐款，否则，终将极难生存。"妈妈桑"如此鞠躬尽瘁、忍辱负重，率先在中国华裔商人和中餐馆老板中募捐，终其目的是想扶持华裔青年歌剧家，有个完全不受洋人歧视的歌剧演出平台。在多数华人眼中，捧场西洋歌剧，根本比不上去外国旅游，去中餐馆里美食一顿来得实惠。"妈妈桑"不达目的誓不罢休的执着，最终在一家享誉全美的中餐馆——"华夏第一楼"门前，险遭不测。

"妈妈桑"被一个面相凶煞、满脸横肉，外加一脸疱疹的肥胖女人连推带搡、扯着脖子尖叫的厉声中，推了出来。她在回身观望的跟跑中，一只脚被门前那只青面獠牙的石狮子绊了一下，往前跌撞了几步后，便一屁股坐在人行道上。肩上的挎包飞出一丈多远，包里的各种物件，天女散花一般飞扬。门前站着的我，看到这种情形，五脏六腑中，仿佛一下被人在汽油上丢进一只火把，腾地燃起一股蓝蓝的火苗，并将身体狠狠地撞向那个离我不到几米远的胖女人，在我将她双臂一提，运气举过胸前，放在前面的狮子头上时，午后的骄阳在我的五官里，炸裂成一团团火焰金花。胖女人在几个恶骚的饱嗝，发酵着韭菜酸臭的响屁之后，吓得嚎叫不止。她的瘦丈夫手举菜刀，撩动着两根老黄瓜似的罗圈腿，急风似的朝我奔来。还未经交手和搏斗，他便已经是青头紫脸的熊样了。当他看到一个一米八三，怒目圆睁的大汉横立眼前，那个坐在石狮头上，四处颠倒歪斜，寻找着平衡的支点的胖女人时，那张窄长而精瘦的马脸，陡然短促了不少：

"怎么啦？"

我以一个汽缸爆炸似的巨大音量，吼声如雷："你问问她！"

说完，我竟将自己一双如豆的小眼瞪得形同牛卵，在胖女人的脸上凶狠地剜割。胖女人在我雷霆之怒下，目光一指已立起身来的"妈妈桑"，嗫嚅地说：

"我就轻轻推了她一下，她就……"

"你得给她道歉，不然我就让你坐一晚上，你信不信？"我再次大声怒吼，震得周围人一阵集体点头晃脑。

马脸男人自知理亏，待在一旁傻看，胖女人眼光乞怜，鼻里嗫动着急喘，围观的人群集体肃然。

这时"妈妈桑"缓缓走近我，用她那鸡爪似的枯手，力道千钧地掐住我的手腕，拽我挪步，默默地将那一尊尊石雕扔在身后，悠悠地离去。一时间，四周的楼宇、车水马龙的喧闹，连同越积越满的人众，全被这位透着道风仙骨的小老太太震慑得顿时哑然。

为了圆梦，"妈妈桑"果然在全美华侨史上史无前例地制作了一部大型歌剧。她那种四面募捐、八方求助、咬紧牙关、忍辱负重的执着，终于感动了好心的善人。一位刚故去不久的八旬老太，年轻时代曾跟随"妈妈桑"学过钢琴，因仰慕她的为人和品德，在临去世前通过自己的律师，将一张三十万美金的支票专门捐给她，用于制作歌剧的专用。没过多久，"妈妈桑"的发小"李基金会"的董事长，又从旧金山寄来一张十万美金的支票，其中包括给我那一万美金的歌剧培训资金。但遗憾的是，小老太太在偌大的华府那数以万计非富即贵的华裔中，在几乎将腿跑断，汽车轮子开爆几个，电话几乎打烂的募捐中，仅得美金不过一万。"妈妈桑"在给我的电话中，对资金的收获欣喜若狂，她说着说着，竟像个小姑娘似的，在电话里哼起了《托斯卡》中女主角的咏叹调《为艺术，为爱情》，仿佛已经亲眼看到，歌剧在乔治·华盛顿大学的那布勒斯那剧院公演大获成功。

我在一个周末参加在"妈妈桑"家里，最后一次为歌剧晚餐捐款活动中，首次见到那个胸部平扁、满脸凶相、烟瘾极大、长相酷似一头母狼似的歌剧女导演。更想象不到在后来的合作中，竟受到她三番五次的骚扰和莫名其妙的刁难，竟险些让我当众举起排演场的一张道具椅子，狠狠地砸在她的头上。多少年后，我一直被"妈妈桑"何以容忍这个雄性激素过剩、女性荷尔蒙失调，一紧张就咬手指头猛吸烟的干瘦女导演，对中国年轻歌剧家，那百般刁难和无理寻衅，变态疯狂似的怒骂以及中断拍戏，拒绝合作下去的武断。仅仅是因为她是乔治·华盛顿大学艺术系里的表演教授，抑或是这年歌剧制作的排演，由于必须请她导演，才能几乎免去那布勒斯纳剧院的所有场租？再不就是她的艺术创造力的确不凡？导演手段和观念果真不同凡响，使观众别开生面？我想这些都不是最主要的原因，直到我与她在合作五部歌剧之后，于威尔第那部根据莎士比亚的话剧《温莎的风流娘儿们》改编的歌剧《法斯塔夫》初排时，被她无情除名，至今仍是云里雾里。

普契尼代表歌剧《托斯卡》在乔治·华盛顿勒斯纳歌剧院的排练，终于到了难以进行下去的危机之中。那个母狼似的女导演，不断示意"托斯卡"的扮演者、东北大嘴女高音的演唱停下，瞪着一双凶狠的狼眼，吼叫着朝她宣泄着不满，闹得其他演员不胜烦躁。无论是她和画家卡瓦拉多西的爱情戏，还是仕罗马警察局局长，以枪毙托斯卡的情人为要挟，迫使她向自己献出肉体的表演，都在导演的眼里一无是处。令我不可思议的是，母狼女导演并不是美国歌剧导演界的名流大腕，为什么总是要和大嘴东北姑娘过不去。她难道真的失去了理智，非要置被"妈妈桑"视为亲生女儿似的东北姑娘于死地。人家在唱腔的完成、意大利语的吐字以及工作态度上都无可挑剔了。至于她的表演，是有些呆头呆脑、反应木讷，连台步走得都略微跌撞，犹如一个吊在半空的大粮袋，但她毕竟尽力了。你能对一个根本没有经过表演训练的人，寄予怎样的希望呢？尤其是在托斯卡用餐刀刺杀局长那场戏中，这个东北大妞几次失控用道具匕首，狠狠地扎在我的胸前，痛得我叫也不是躲也不是，简直哭笑不得。而她进而又被办公桌绊倒几次。但这毕竟是一个以培训华裔为主的青年实验歌剧院。倘若在社会上公开招聘职业歌剧明星大腕，那将与"妈妈桑"制作这出脍炙人口的歌剧目的背道而驰。《托斯卡》这部最能代表意大利歌剧旋律之王普契尼的才华之作，让世界所有名歌剧都无法企及。它那完美无缺的悲剧结构，以每一个人在规定情景中有机的悲剧归宿为张力，极为细腻完美的人物塑造，堪称世界歌剧名作中的精品。《托斯卡》的剧情简单，但背景深远、人物关系清晰，紧紧围绕着同一个事件而丝丝相扣。《托斯卡》主要矛盾冲突峰回路转，悬念迭起，音乐极尽缠绵连贯，张力内敛，紧张豪放，将悲剧的特质推向极致。画家卡瓦拉多西是罗马圣·安吉罗大教堂的职业画家，有一位惊艳绝伦、歌喉夜莺一般、并极爱吃醋的女朋友托斯卡。她的美艳使那个人人谈虎色变、残酷骄狂的罗马警长垂涎三尺。终于机会来了，阴鸷的警长将窝藏革命者的画家卡瓦拉多西捕到警察局密室严刑拷打时，却让手下人将托斯卡请来，让她眼看着血肉模糊的情人备受折磨，以此来逼她满足自己的淫欲。托斯卡不忍情人死于酷刑和被枪决，最后同意了和警长的交易，以肉体做交换，取得警长"用假枪弹执行死刑"的手谕，计划在卡瓦拉多西假死后不久，双双逃出罗马。但她万万没有想到，就在她得到手谕后，用餐刀将朝她扑来的色魔刺杀，飞奔到刑场将天机告诉情人后，等待她的却是士兵对卡瓦拉多西真枪实弹的射杀。于是，托斯卡，这位罗马历史上确实有过的一代名伶，站在圣·安吉罗的大教堂顶端，朝广场上那铺满石头的硬地上纵身一跃……

排练休息时，那位一路上紧张得满头大汗，全身僵硬有如"落枕"的东北大嘴妞，冲进临近一间琴房，大声哭了起来，惊得那些美国同行面面相觑、瞠目结舌。就在这时，我看见小老太太"妈妈桑"和母狼女导演鱼贯而出，向走廊另一端的一间琴房走去。我尾随其后，进了隔壁一间琴房，屏声静气地听着她们在里面情绪激动的对话。

"请你立即停止对她的刁难！立即停止！"

"这样的演员我没法排戏。"

"请问她是一个职业演员吗？我们这个歌剧院是一个职业剧院吗？"

"这些中国人怎么这样笨呢，简直不可思议！"

"请你注意自己的言语，我也是中国人的后代，你若照此下去，明天这个剧院将不复存在！"

"那……那您想怎样？"

"不想怎样！耐心对待他们，将戏排好。请问，我们付你多少工资？他们又是多少？"

"我……我试试吧。"

"不是试试,而是必须执行!"

我的心里替一向孱弱、温和的小老太太"妈妈桑"欢呼喝彩,怎么也无法想象她竟能够面对母狼导演,以自己坚强的意志、铁一般的硬气、简洁的话语,将那个自命不凡、潜意识中深藏着对中国人蔑视的凶悍"母狼"一下制伏。

母狼导演态度的大幅转变,使东北大妞逐渐摆脱了心理负担,将那首欧美普通观众都能朗朗上口的世界著名咏叹调《为艺术,为爱情》,演唱得光彩照人,才华淋漓。这时,警长在心里,已经有了对桀骜不驯的托斯卡绝对的把握与踏实的得意。他走到那张靠窗口的长形办公桌旁,一边用鹅毛笔在一张公函上飞快地写着手令,一边将笔杆上的羽毛,慢慢地碰触着托斯卡胸前高耸丰满的乳房,眼里燃烧着难耐的欲火……

我将至高无上的手令写好后,用警长专用的火漆印章,在上面用力盖上后,用一种阴险的淫笑,端详着眼前瑟瑟发抖的托斯卡,脑际浮现出赤身裸体、色香肉艳的一代女伶,在我身子底下扭曲的肉体和变形的俏脸,猛地站起身来,掐灭了两只燃烧的蜡烛,用最后的底气和着管弦乐的齐鸣，打击乐助势的疯狂交响，奋力地唱出：

"托斯卡，终于，你是我的啦！"

随即，我绕过桌子，向我垂涎已久、梦牵魂绕的美人，大步扑去……

"停！"母狼女导演狠狠地在观众席的黑暗中，用麦克风向我喊叫了一声。那震耳欲聋的回响，在空旷的剧院里，炸得我们的耳鼓嗡嗡作响。胸部平扁的女导演，狼似的从她的位置上，一路小跑地冲上台来，冲着我挥舞着双手号叫着："跟你讲了多少遍了，从桌子的左侧绕过去，你怎么就是不听？"

"这……这不是第一次和乐队布景舞台合成吗？"

"我不管！你要是再错，就走吧！"

我的脑子里被她尖厉刻薄的嗓音，溅起一股股蓝色的火苗。但为了"妈妈桑"和整个排演进程，我强压怒火。

"任何人在第一次舞台合成的时候，都难免出错。"

"你怎么这么笨啊，你要我在这个调度上，跟你讲多少遍？真是蠢！"

"你……你再说一遍。"这时，我已是气得浑身发抖，手指着她的鼻子低声吼道。母狼导演显然是已到更年期，那种不顾一切的歇斯底里，让她完全丧失了理智，她蹦跳着狂叫道："对，是的，你就是蠢！"

突然，她瞪着大大的双眼，眸子里的瞳仁因极度的恐惧，放大了几倍。因为她看见了一个怒气冲天、被完全激怒的狮子，将警察局局长的高背座椅，隔着桌子端起，高高地举过了头顶。"妈妈桑"不知何时走到我们的中间，在舞台面灯五颜六色的照耀下，用极为冷静和严厉的口气对我说：

"够了，把椅子放下，向导演道歉，不然你将从现在不再是斯卡拉皮亚了。"

小老太太以我从来没见过的凶狠，震慑得我乖乖就范。就在我放下头顶上的座椅时，她又对着惊魂未定的女导演说："你要对当面侮辱一个中国人有个了断，不然的话我们法庭上见！"

女导演的眼里顿然升起一种惊慌。她嘴唇嗦嗦着，半响没有说出一句话来，少顷，她"哇"的一声哭了出来，随即跑下台去。一天的停排之后，在我们当着"妈妈桑"的面相互道歉和解之后，歌剧重又开排。但从那时起直到此戏公演，"妈妈桑"那瘦小孱弱的身影，就没有再在排演场上出现过。

那个有着一张巨脸，阔嘴，貌似敦厚，其实却大智若愚的东北妞，将那把被罗马最优秀的工匠，淬火打磨过的"锋利餐刀"，深深地扎进我的"心脏"里之后，我听到胸部的肌肉里，发出一种奇妙悦耳的"裂帛"之声。随即，就有一种在辣热和凉爽之间的刺痛，像电流通过全身似的，侵占了我的全部知觉。我的四肢和意识，在触电的那种异感和战栗中，仿佛在刚从我心里抽出去的一瞬间，连同我的五脏六腑和整个骨架被一同带走，让我软软塌塌地瘫软在地板上。在朦朦胧胧的意识中，我隐约听到遥远的殿堂和走廊上，有丝竹管弦和金锣铜鼓缥缈的和声律动。伤口中渐渐地滑出一种带着铁质和鱼腥的暖流，随着四肢和全身，在完全解脱的睡态中，逐渐流尽淌干。啊，这是一种何等妙不可言的松软和融解，它温柔和酥麻的放射力，让我累极了似的沉沉睡去。就在我的感知和体内的一切，行将放弃一般渐去渐远的朦胧中，我听到那云游飘忽在远天的女高音传来：

"啊，去死吧！在这之前，你是个能让整个罗马都颤抖的人……"

大幕徐徐闭上，旋即，又在观众竞赛似的吼声、欢天喜地、纵情呐喊、以及雷鸣般的掌声中开启。我依旧躺在地上,一任泪水从我紧闭的眼缝中溢着,流进我的耳朵里。再没有什么可怀疑、可患得患失的了,演出无疑大获成功,它让我彻头彻尾地,从一种深刻的压抑和苦难中,完全地解脱出来……多达八次的谢幕后,回到化妆间,面对穿衣镜,这才发现,那个巨脸阔嘴,貌似憨厚却大智若愚的东北大姐,再一次因入戏后的失控,竟将那把铝合金制成的道具餐刀,刺穿我的锦袍和衬衣,扎破了我胸前的皮肉。

若干年后,我的翅膀长硬,不仅拿到学位,又在经纪人的推荐下,去德国一家国立歌剧院签约两年。临行前,"妈妈桑"在她家那个我熟悉得不能再熟悉的烤箱里,又为我烤了两只农场土鸡。看着我依旧狼吞虎咽地吃完,微笑地看着我说:"记得当初给你烤鸡,你还说吃不惯……"说完,竟独自彻底地纵声笑了起来。顿然,在这种中国人为亲人送行独有的仪式中,在这种母亲对儿子"吃饱了不想家"的传统送别中,我不知该说些什么,竟流出了眼泪……

不记得这是我多少次饱尝"妈妈桑"为我烤鸡的美味了。假如将她为我烤制的,每每要开车几十公里,专去农场买回的土鸡排列开去,恐怕那一线的距离,足以让我从她家步行回到巴尔迪摩的音乐学院……

在"妈妈桑"给予我的幸福而难以自禁的饱食中，我们淡淡地告别之后，我一去德国竟长达十年。十年中，我被逼大量地学习和排演歌剧，那种重不负释的日子，曾使我过得生不如死。一见到歌剧院，就禁不住想吐，一见到厚重的歌剧曲谱，就想撕烂。因为，德国的天气长久的阴霾，太阳一出便是奢侈，一顿纯粹的中国餐便是盛宴。因为，德国人的纪律、冷漠和傲慢，工作压力的窒息，又让我早就没了活着的信念。更因为，我在德国的车船码头，城市小镇中工作憩息，再也不曾重温"妈妈桑"为我烹制的，足以让我忘却乡愁的烤鸡飨宴……

光阴荏苒，日月如梭，我仍年复一年地，在夏季重返华盛顿ＤＣ，一如身在度假之中，在"咪咪"的实验歌剧院里排练歌剧。那日，当我一走进她的家里，似乎早有预知，我问她："怎么很久，没再见到你家的联邦税务法官了？""妈妈桑"平静地回答道："去年法官走了……""您……您怎么从来没说过？""妈妈桑"凄然一笑："你还记得，我总是不打招呼，就从地下室的车库里，悄悄地开车溜出去排演吗？"我心里似猛地被人用指甲划过。"妈妈桑"将目光投向窗外，那两边被树荫和花团锦簇的那条小路上，久久地眺望后，叹了一口气说："他在的时候，总是在这么大的房间里，很难一下子找到他。可他一旦走了,你不用找他,他就无时无处不在了……譬如,卫生间根本没人,你会听到抽水马桶声,好像有人用完后抽水的声音……半夜里,厨房里的冰箱的门,不时有人拉开关上,我的门前,凌晨时常有人走来走去……"

"妈妈桑"双目如炬,但又平静出奇的叙述,让我浑身毛骨悚然。但我深知,这是一个未亡人,对自己在另一世界中至亲的人,那种深入骨髓的思念。那最具典型的情形啊!难道不是吗?直到今日,在我公寓的那一排沙发右端,每到凌晨,起床小解,总能看到我那故去了近四年的母亲,仍旧实实在在地端坐在那里,栩栩如生地长叹,凝神气定地注视着远方。哎,亲人啊,倘若你们在天之灵有知,你们的亲属心里明白,你们总是会在他们最最思念你们的时辰,在准确的地点显灵和现身。

2008年,归国工作后的我,虽不能像在德国的每一个夏季,都能飞赴"妈妈桑"的身边排演歌剧,重温她的呵护,再食她的烤鸡。但此后,我也有机会再回美国,但终因在不同城市的演出,不能频繁地再见我梦中的"妈妈桑"了。在电话中,我明确听出她的声音老多了,有时说着说着,她的嗓音和话语,就被一口老痰狠狠糊住,让她挣扎半晌。再后来,我听从华盛顿回来的人告诉我,"妈妈妈桑"近来由于老迈，竟在不知不觉中又闯了红灯，被侧面驶来的车再次撞断了几根肋骨。我下意识地"哎呀"一声，仿佛那辆飞驶而来的车，直着撞上了我的肋骨。

再后来，我又听说，"妈妈桑"在被人骗走了她费尽周折化缘来的歌剧款六万美元后，一蹶不振了。但年近九十，腰身更加佝偻的"妈妈桑"，仍旧目光炯炯，眼如鹰隼。每每在向我叙述此事之时，显得平静似水，淡定如旧。每当有人再问起她：您还弄歌剧吗？她就莞尔一笑，自嘲地说："歌剧弄不动了。但音乐会还得接着弄！又有更棒的大陆青年歌唱家来到美国，但他们首先都得生活。中国的人口太多，但杰出的歌唱家不多……"于是，我眼前便呈现出一批大陆杰出青年歌唱家的名字：张建一、杨光、袁晨野、詹曼华、张丽萍、丁高和沈阳及各种各样的白海波和储洪发们。

耄耋之年的"妈妈桑"啊，您就是钢铁，是金子，您坚硬似水。您是所有受过您无私的关怀、慈爱与奉献的大陆青年歌者们永远的"妈妈桑"，您是每一位受到过您恩泽的滋润、心灵洗礼的永远不落的太阳。我们能有今天，我们能在这条充满荆棘的美声歌唱之路上走得这么久，没有您家的睡褟，没有您的琴声相伴，没有您的信任，没有您那一字排开，足以从华盛顿抵达巴尔迪摩的农场烤鸡，没有我们永远无法偿还的您的供奉和给予，我们到底能走多远？但您毕竟说得太少，做得太多。您毕竟已是耄耋之年了，就是圣母玛利亚，也总得休息一下，将永远不停的脚步稍做暂缓。作为一个天主教徒，您虔诚得那么彻底，无与伦比。您的无私奉献，使我们的灵魂和人生，稍有瑕疵，都会须臾汗颜。您在平凡中，为我们在心灵中筑起了一座永远充满了人性美的辉煌圣坛。我们跪下来恳求您要好好地颐养天年。因为我们永远不想失去您这样一位平凡而伟大的"妈妈桑"，因为，在没有您那阳光灿烂普照下的声乐之路上，我们也许会再度受伤、跌倒、困惑和迷失。我的太阳"妈妈桑"，您能听到我这个最早受过您的恩泽，以及您音乐哺乳的大陆歌者，发自心灵最深处的祝福和呼唤吗？

燃烧的重量
——读王华明和他的画

(一)

命运的跌宕起伏,生死疲劳的义无反顾,艺术追求的韧性与痴顽,从来就是支撑一个艺术家灵魂的纯粹的诺亚方舟!而岁月与时代,对一部作品的甄别与淘汰,从来都是极其锋利和残酷无情的!而这种甄别与淘汰,越残酷无情,就越能够激起一个真正意义上的艺术家在美学的高度上、自己的盲区里、陌生的领域中不断履险、攀登,创新的激情与超越自我的无畏和勇敢!而时下王华明的绘画气质、艺术风格、对色块的表现与领悟、直至其画面的宏大叙事、艺术感染力的直面冲击、观赏性的仪式感等诸方面，都证明了笔者对他和他作品的阅读和体验并非隔靴搔痒、空穴来风！因为，王华明当下的追求和画风，连同他对色彩色块的挥洒与把握、绘画灵性的禅悟，画面效果给人以直接的感染力，以其终极审美的追求，与时俱进的自省，不得不说是与后现代立体主义画家，自20世纪直到今天仍影响着整个世界的三剑客塞尚、凡·高和高更之间，竟有了些穿越时空、心有灵犀的异曲同工！京剧大师梅兰芳曾有警世恒言："学我者，死！"然，艺术始于模仿，着力于创新，以鲜明的个性成就画风者，当是一个艺术家最终的审美高度和自成一体的大雪无痕！

（二）

如果说塞尚的传世名作《静物苹果篮子》，是这位"印象派立体主义"的始作俑者最具代表性的作品的话，那么他这幅画的根本就决不仅是"一篮苹果"了，而是要着力表现这篮"苹果"上方所要承载的分量！而王华明的代表画作《天界之梦》，所表现的绝不仅是天界中的太阳喋血、残月弯弓、空灵的滔天之水、宇宙万物的博大深邃、有形无形的层峦叠嶂与天相示警的玄机和无极了，而是一种"燃烧重量"的直面承受，火海烈焰般的激情，胜似一切大自然力量的摧枯拉朽！而正是这种空灵和毁灭，这种貌似毫无力道又可毁灭一切的重量，才能将一切的坚不可摧的事物化为粉齑！这种"于无声处听惊雷"的静谧和爆炸，"凝固了一般的失重"和灭顶之灾的毁灭，从静动之间，人的视觉感受的安宁之中，旋律从弱到强的、递进的、不容喘息地迸发出交响乐之后，又复归于静止与寂寞的张力，才能更加彰显出燃烧的博大与不能承受之重，烈焰般的苍白与血腥，以及摧毁一切的温柔和势不可挡的重量与力道！这就不得不让笔者惊叹了，王华明何许人也，竟能在有生之年悟道？竟能与法国人塞尚暗合，无辜地将"线条"和"轮廓"一路模糊下去之后，将自由的"色块"的体量和厚重，与事物的层次对比中，接天通地般泼洒开去，终将自己"用色块形成线条和轮廓"的审美意识发挥到极致？这仅仅是在模仿吗？不，殊不知没有才情的艺术家只是模仿皮毛，而真正的艺术家窃取灵魂！故，王华明是幸运的，他明白该怎样去"窃取灵魂"！故，此人悟性了得！

（三）

具有震撼力和感人至深的艺术作品，从来都是一个艺术家美学的修为和独立思想的结晶。更是美学高度上的孤独和冷峻！王华明到底是谁？怎么就成了今天的王华明？他从哪里来？经历过了怎样的心路历程？他到底想到哪里去？是不是进过中国的"皇家"美术学院？是否亲吻过那些美术界俨然"罗马红衣主教"们的手背？在那些"画圣"的脚下匍匐过？在江湖上是否有人"罩着"？生命中有没有出现过"管仲"之类的伯乐？笔者一概不清！只知道他六岁学画，母亲是中学美术老师，祖籍安徽，在浙江金华长大，后来成为商人。一通"无奸不商"的昏天黑地后，又从江湖中爬上岸来，擦干湿身，重又画画。一路连滚带爬地"落霞与孤鹜齐飞，秋水共长天一色"般策马狂奔，眼下也人五人六地攻城拔寨，占山为王，竟也有了一方山头和根据地了！更让笔者欣慰的是，华明的血压虽偏高但并不碍事。身为画家，他的身段和心态却从不轻狂、高傲。他常对笔者说的一句话便是："再等等，再等等！我还会更好！"这就让我对他刮目相看了。一个人，若真的能在赞誉和吹捧之间，叫人家"再等等，再等等"者，无疑对这句哲言就真的心领神会了。因为有时赞美比批评更有强加于人的成分！华明是个聪明人，只要咬住青山不松口，再将"天道酬勤"吃个血脉通透，将来能出落个中国的凡·高什么的也并不是什么神话！但我祝愿他还是生前画作大卖，决不轻言"割耳朵"，因为吃不饱的画家既成不了高更，更成不了米开朗琪罗，因为作家画家都一样，体力活！但，一俟大成，当是"达人"和"话家"喽！

（四）

去做作，少修饰，无俗态，大巧若拙，已成王华明当下画作的理念及审美的终极追求！从他的得意之作油画《金岸》和《太阳之泪》便不难看出在画家的艺术记忆中，对"金色"的眷恋和刻骨铭心。沧海中一叶孤舟对金色彼岸的渴望和向往，似乎成了他生命的永恒符号。一个在幽暗的人生隧道里，靠着要紧紧地扼住一缕金色光芒的希望，最后成就了他终于挣扎着走出潮湿和阴冷的追梦者，终于看到了极地上的一派金色灿烂。这怎能不让他的灵肉欢欣鼓舞，从心底里击鼓喝彩、高歌唱合？如果说"黑色能镇住一切"（托尔斯泰语），那么"金色"当是人生中最华丽的景观、历尽艰辛之后的心灵史和泪流满面的瞬间。于是，王华明的色块、层次、构图、线条、连同他的呐喊、宣泄与敬畏和膜拜，完全汇成了一派金色的汪洋，以浩荡而颤抖的诗意、激情与深刻的思考，鸟瞰了人类的视野中所能覆盖的一切纬度！但，金色又是恐怖的，它曾让多少画家和冒险者稍有虚妄和不慎便在人生寻宝的采掘中陷入灭顶之灾！然而，华明是智慧的，他知道金色的块状是饱经沧桑后才能拥有的灵光一现。不仅要开合有度、百般呵护，更要以一个纯净无瑕的灵魂去可遇不可求地供奉着的！而他的另一幅画作《太阳之泪》，竟将这种对"金色"色块的膜拜和敬畏，具有强烈感染力和视觉冲击力的色彩表述，以一种深沉而博大的隐喻将太阳的眼泪唱得酣畅淋漓，写得惊世骇俗！宇宙与万物，人类的繁衍与赓续，一个个王朝的更迭，金色的浪漫与太阳温暖，不仅是一切生灵的精气和青春，更是光明终将战胜黑暗的象征和必然。一个艺术家的作品，能感动太阳，能够让太阳落泪，还怕不能使鬼神同泣、春秋无色、万物动情吗？于是我就想到了凡·高的《向日葵》，想到了他的自画像《没有胡子的凡·高》！想到了这个一生穷困潦倒，生前只卖出一幅画，终因不堪精神病的折磨，最后用手枪在麦田里打穿了自己太阳穴的画圣。也许正是凡·高那幅充满了希望的绝望、日后让他名满天下的《向日葵》，这才使王华明的《太阳之泪》没有白流！也许正是凡·高的那幅身后价值连城、生前无人问津的《没有胡子的凡·高》，启蒙了王华明对《金岸》的渴望和他那巨大的接力与悲情。从而导致了一位中国画家向一位后印象派画圣，在《麦田里的乌鸦》的聒噪中，用一种绝命的自嘲，从而引发出王华明对死亡的致敬后，这才从色彩的"暴力美学"中，找到了属于自己的精神家园、美学的支点和特立独行的画胆。

（五）

> 不是逢人苦誉君，
> 亦狂亦侠亦温文，
> 照人胆似秦时月，
> 送我情如岭上云。

华明的水墨画及人品，既有"西泠画派"的灵秀遒劲、飘逸律动，又有南人北相的细腻坚忍、豪气干云。当年，电视连续剧《红楼梦》剧组全国海选一号"贾宝玉"演员，他以第二名的身份落选。但，王华明是幸运的！他没有精神失常，心智也十分健全。至此，他就拥有了可以留给后人的皇皇画卷，即《金岸》《太阳之泪》《律动》和《金色之路》等。他就顿悟了什么才是"燃烧的重量"

和一个艺术家那"生命不能承受之轻"！因此，在芸芸众生的画家里，王华明就成了一个不折不扣的异数、一个独树一帜的行者、一个用色块和思想边走边唱的游吟诗人！

仅一步之遥，中国就会失去了一个杰出的画家，多了一位时下"面瘫式"表演的影视明星。这得祝贺命运的造化弄人。否则，人见人爱，到处给小鲜肉和"么么哒"的"公主病人"们签名留念，还怎么流芳百世？华明似患有"儿童多动症"，行步如飞，举止似"亨廷顿舞蹈症"，但一俟他谋定而动之后，便数月足不出户，狂画不止，且晨昏颠倒，又似一个废寝忘食的"劳动模范"。华明给笔者一个最深刻的印象就是，他是彻头彻尾的一个行动派，说干就干！2019年春节，千家万户都在"猫冬"，尽享天伦之乐、吃不完的年夜饭。他可好，驾车几千公里，一路杭州至东北漠河走马飞鞭。我在电话里问他，你去中苏边境作甚？他说他去干"行为艺术"要实地勘探。我说"你大过年的跑到漠河，本身就是行为艺术！"他用他那"声带肥厚"的沙哑嗓子对我说："这儿好冷，尿着尿着就结上冰了！"我想此人疯了，满眼的"行为艺术"？先锋派、后印象派、立体印象派、野兽派都已不再过瘾，他要把蛮荒、原野和广袤的大地做画布，用自己的肢体做画笔，做一幅前无古人后无来者的"苍天大地"之作！竟让我匪夷所思，目瞪口呆。至于他能不能做成？效果如何？能不能一气画完？今生今世能不能梦想成真？这一切都已经不重要了。因为在我看来，"行为艺术"就是行动，而"艺术"当是形而上的东西。任何艺术形式的结果和最高峰巅，没有"行动"，便从一开始就是扯淡！这时我就想起法国人高更最著名的行为，就是在他与凡·高激烈争论的时候，用桌上的餐刀将他哥们儿的一只耳朵几乎一刀完整地切下。而这位后印象派的大师，其理论精髓竟是："他把绘画的本质，看作是一种独立于自然之外的东西，是记忆中经验的一种创造！"这种理论，在笔者看来，竟与王华明目前的尝试和美学的追求，在某种意义上不谋而合，似约定俗成了！但笔者可以负责任地说：无论王华明再生气和冲动，他绝对不会去割任何人的耳朵，更无"精神病"倾向。这主，人情世故练达通透，待人接物开合有度，艺术追求百折不挠，待人对己诚恳真诚，做事许愿言出必行！因为，这哥们儿笑得很甜！

（六）

悟性，灵物也！不用则尘封，小用则小成，大用则大成，多用则通神！

中国的现代艺术始于何时、归于何处，目前根本无法定论。在泥沙俱下，浮躁不堪，一切朝钱看的雾霾之下，王华明还能常常"深山辟谷"，悠然见南山，采菊东篱下，作画不止，探索不辍，实属难能可贵。尤其是他对现代艺术的热爱不断升温，对行为艺术的锐意进取，执着和痴顽精神与日俱增，更是朋友有目共睹胜于雄辩的。这在他的油画《空谷泉音》《裸》与《生命的交汇》及《金色之路》等作品中，皆呈现得淋漓尽致、如汤沃雪。当《空谷泉音》那一股股温柔而刚烈的泉水，力透岩层，撞破石壁，一路披荆斩棘地涌出地面，奔流不息地去润物湿地，唱出了梦幻般的和声之时，画面上的色块、线条、轮廓、形态、层次和质感，便陡然地浑然一体，纵声咏出了波兰作曲大师潘德烈斯基独创的"音块"之交响乐的绝响。而《金色之路》上的那些悬崖绝壁上的凌空断裂，绵延不绝的山脊上的訇然崩塌，一如李察德·施特劳斯的歌剧序曲，和声织体的错位，不谐和音的比比皆是，貌似反音乐美学却以大扭曲大融洽告终的完美，就使这幅画的思想性充满了乐感，并使感官上的冲击力，愈加突显出生命的鲜活不可抑制！而《裸》这幅思想性极为突出的画，以其独特的构思，画者对死亡的解惑和神秘，深刻道出了对尸体和灵魂的拷问之外，竟用一种酷刑般的残忍和压抑、惨白病态的色泽，不仅道出了死亡是一切哲学的源头，更加强调了这一拷问,是任何人都无法回避的生命主题!当苍鹰40岁后,经历了自我的救赎,拔羽、去爪、磨喙之后,待150天过去,羽翼重获丰满,再获20年生命的蜕变之时,它将一飞冲天,翱翔天宇。从此,王华明的这幅最具有生命象征意义,观赏性极强,又极具仪式感的油画《生命的交汇》,就永远地被笔者收藏在心灵最深处的密码箱里了!

(七)

故,在笔者眼里,王华明已具备了大画家的品质和气象了,与他们不远了!就看他下一步怎么办?

真正的艺术家,能守住自己的"童贞"和"节操"者,才是一个能笑到最后的人。因为,"不忘初心",正是一个能成就大业的人的基本人格、意志与品相和命门!而现代艺术到底能走多远?毕加索和凡·高说了都不算,艺术家只有别无选择地去"殉道",守住一种"无我忘我"的"死士"精神,才能将心中酷爱的艺术一路赓续和接力下去。只有这样,也许有一天,你的作品才会价值连城。就连《娱乐至死》的作者,美国人波兹曼都说:"以前我担心抽象艺术,会毁于人们的冷漠。现在我的担心却是,抽象艺术会被人们的热爱毁灭!"所以,只有高原没有高峰的艺术，最终还是平庸，更不会流芳百世！

（八）

王华明天性乐观，才高八斗，激情澎湃，人缘极好！但殊不知："天才是个最靠不住的东西！一个再大的天才，终日躺在草地上，享受着太阳的暖意，微风的和煦，那温柔的灵感也绝不会光顾！"

王华明是个性情中人，善良热情，朋友很多，率真坦诚。但要想："成为艺术的贵族，就必须逃离上流社会！"华明离真正意义上的大家已经不远，但"谁最终能声震天际，就必须长久地缄默！"古今中外，概莫能外！而又有哪一个真正意义上的艺术大师，不是泰戈尔的那句名诗中的践行者："旅客要在外面生人的门口到处叩敲，最后才能叩响自家的大门，最终走进自己内心的深殿！"

才情卓异，天赋异禀，个性鲜明，不拘一格，当下痴迷于"行为艺术"的画家王华明，能不能成为中国的凡·高、塞尚和高更抑或是毕加索，已经不重要了。更重要的是他能不能完全静下心来？咬紧牙关守住寂寞？赤子画痴般地将已经拥有的"燃烧的重量"淬炼得更加厚重、更加猛烈些吧！因为，熊熊火焰的燃烧，既无重量又无形无状。但他能毁灭一切坚实的物状与重量！故，身在寺中的和尚不一定个个都能"悟禅"，而身在"沙门"外的香客倒有可能时时禅、事事禅。因为，不识庐山真面目，只缘身在此山中！

枯藤老树昏鸦
小桥流水人家
古道西风瘦马
夕阳西下
断肠人在天涯

诗言志岂不又是美术和画？子在川上曰：逝者如斯夫，不舍昼夜！"画如长歌，歌如绘画。画是静止的音乐，音乐就是流动画面！"而一个真正懂得珍惜生命、爱惜羽毛，以生命的殉道去承载"燃烧的重量"的艺术大家，是绝对舍不得浪费生命、虚度光阴的！王华明，你以你生命已经抉择的事业去熊熊地燃烧吧，因为你的画，只有在燃烧中，才真正地拥有重量！

大家闺秀

母亲终没能活过2009年春节,享年八十一岁,算是喜丧。母亲因长年的糖尿病,最终引起癌扩散及多种病并发,闭眼前痛苦万状,难以自抑;但她走时只有窒息,没有遗憾。

我紧紧地握住母亲松软无力的手,将嘴唇尽可能地贴近躺在病床上的母亲,轻轻地在她的耳边说:"妈妈,我走了,去演出……"昏迷中的母亲突然睁开眼睛,竭力地坐起身来,双手大大地张开,高高举起之后,紧紧将我的手牢牢地握住,清澈而焦虑的眼神带着电光般的犀利,直直地刺进我的心里。就在那短短的几秒钟后,那种令人无法忍受的尖锐和难以割舍的目光，使她又变回一个无力的老人，是那样无助与焦虑。从那一瞬间之后，我全身微颤，在终将无奈地永别母亲的彻底绝望中，体验了一次无法逃脱、刻骨铭心的沉痛！

是的，在所有认识我母亲的人中，都说我母亲是一个大家闺秀，笑靥常在，沉默寡言。在我对母亲的所有记忆中，剩下的只有她在衣食起居中的所有细节，其他的事物记得并不清楚。母亲吃饭前习惯用筷子先在汤里点上一点，仿佛基督徒在进食前的祷告。饭后，倘若碗中有残米，碟中有剩菜，总是逼着我带头食净。母亲是一个从十里洋场上海教会学校毕业的大学生，英文基础扎实，曾在20世纪50年代三门峡水库为刘少奇、董必武等伟人做过"速记"。虽有照片为证，但她从未提及。那时的母亲，慢慢地跟在国家主席和董老的身后，一身朴素的列宁装，戴着眼镜，笑容可掬，文质彬彬。时代变迁，母亲身上似乎从未有过所谓的时装。我在美国或在欧洲，每每为她添些新衣，但一有应酬她仍是一身近乎"列宁装"的装束。母亲身上从不戴饰物，仿佛金银珠宝会伤及她的皮肤。母亲长期被"失眠症"所折磨，她那床薄薄的旧棉被一直陪着她走完了生命的长路，并在火化的烈焰中，仍旧伴随着她，永远在天堂的那间属于她的小屋里，与失眠搏斗……

少年时代，我和弟弟淘气，装鬼扰邻，打架斗殴，偷着抽烟喝酒；春天河塘里捕蛇捉鳝，夏天水洼里摸鱼偷藕，秋天翻墙越宅去他人楼前屋下割取腊肉，冬天楼顶上扔大团的雪球，砸得路人暴跳如兽，将我们追得满街如狼似狗……而母亲则施以极具特色的文明"体罚"，在给我们兄弟洗澡之后，用食指和拇指在我们的屁股上来一个一百八十度的狠扭……两条带着水花冲天窜起的"野鱼"一阵尖吼，母亲那带着戏剧女中音的厉喊之后，则是我们呆头呆脑地匍匐于"描红"簿上，或"清晨即起，洒扫庭除"……

母亲绝不仅仅是传说中的大家闺秀。她的证明就是见怪不怪，一语中的。作为一个老《安徽文学》的小说编辑，她在错别字上的挑剔与发现培养业余作者的用心和宽容不成正比。大作家的作品，她敢退稿；小文人的习作，只要有生活和才华，她紧抓不放。有时，她为争取一篇名不见经传的作品得以发表，一句话可以刺得其上司从藤椅上蹿将起来。平素她常用"阿拉是上海宁"的"严酷"，让我那一辈子靠写字为生的父亲，每错一字罚款数元的方式，为自己获取一种旷世未闻的"亲情创收"……

"文革"后母亲从干校改造归来。由于种种原因，她不能再回《安徽文学》，而去省文化馆《江淮文艺》编辑部上班，便与编辑戏剧剧本结缘。青年时代的我，唇上刚有了些代表男子汉特征的胡须时，就听到她口中常念道："好剧本的结构特征在于：凤头、猪肚、豹尾……"那时，我只恋小说，不屑剧本。忽一日，母亲回家，兴奋地告诉我她发现的一个年轻作者，以一部大戏《失刑斩》荣获国家戏剧创作大奖。而日后，此人一发不可收，接连写出轰动全国的电影文学剧本《月亮湾里的笑声》《焦裕禄》等。于是，从此我对剧作家刮目相看。今天的剧作家，写电视连续剧能出大名、赚大钱。而当年的知青业余剧作家写剧本，只图城市户口，吃商品粮，进文化馆"高就"……

母亲在根本意义上的"大家闺秀"，是她根本不在乎什么是"大家闺秀"。我父亲随陈毅大军进上海，宁睡马路决不扰民的壮举，当时住在愚园路花园洋房里的她不曾看见。一个民族资本家的三小姐，与一个八路军营政治部主任，一个对日作战死于山东某县的农民的儿子结合，只有在中国革命特色的历史巨变中，才能具有如此戏剧般的呈现。倘若没有大军入城，倘若没有国共决战，倘若没有"南京路上好八连"，我那个头顶高粱花，满嘴"你揍嘛来"和"你漆嘛来"的爹，若想娶俺娘，简直就是天方夜谭。我那将几家工厂、数幢别墅、家产万贯的外祖父，尽数"换得"政协委员的头衔后,决不会因为父亲有"军管会"的胸牌、陈毅的部下、上海作家协会会员等光环,而心甘情愿地同意女儿下嫁于他。直至今天,我仍无法明了,是一种何等的缘分,竟让我父母能够这般既充满了戏剧性的结合,又绝非戏剧性地厮守终生的?在我母亲的追悼会上,年近八旬的父亲又谈及母亲将为其改错别字攒下的钱,留给他做出行"打的"的专用款,再度放声痛哭……

是文学,让我父母结合!而且这本身足以构成从土地革命直到国共政权易手的中国近代史的一部分。我想永恒的文学和特殊时代,组成一条多么惊骇而又壮美、能使他们永远都挣脱不开的无形纽带……

仍然也许是文学,是时代,抑或是爱情,也许更是中国妇女数千年来墨守的伦理和妇道,使父亲没有费大气力,在50年代末,就让母亲自己放弃了上海户口,抱着我这个原本可以向全中国人优越感十足地说"阿拉是上海宁,依拉是外地宁"的一岁孩子,投入了三门峡水利工程那"火热的"生活中。那时的母亲是否有怨言,我无从知晓。但从父亲后来的只言片语中知道,她刚到河南时,面对风沙和钢筋混凝土以及土豆,着实是哭过几场……

但那又有什么用呢？上海有太多的东西，三门峡没有；三门峡有太多的东西，那时在全国都绝无仅有。她没有离开，不是不想走，而是这里有她的丈夫、有她的儿子与从一而终的妇道。三门峡大坝上有风沙，有铺天盖地的"大跃进"和火热的生活，也有炙手可热的政治运动。但是，已经够沉默寡言、谨言慎行的母亲，还是一不小心犯了"政治错误"，被有关部门关进了禁闭室。

在河南三门峡的一年之后，母亲产下次子，我的胞弟，这就是后来靠流行歌曲和主持节目红遍大江南北的"孙铁嘴"。胞弟孙国庆出世生不逢时，那时的中国正值"三年困难时期"，苏联人紧着逼债……坚韧的母亲遍体浮肿，举步维艰，竟为一瓶从苏联专家处求来的牛奶，脚步蹒跚地来回十几公里。那种一步一喘气，坐坐走走，腿上一掐一个坑地挪步，让日后的我们，不管对母亲怎样的回报，终将自责仍旧远远不够……

后来，多少个亲人与朋友的聚会上，有人再提母亲真是一个不折不扣的大家闺秀，她那淡淡的莞尔一笑，似乎是在排斥着一种不太友好的揶揄。仿佛是在分辩和抗争："大家"是说得上的，闺秀？没有这命！外祖父从卖水果到办工厂发大财的时候，恰逢她出世。于是，外公认定陈家财运是她带来的，她就是财神。从此，宁波人那客人来访家宴上女孩子不准上桌的规矩，便在母亲儿时的满地打滚中宣告废除。母亲在外祖父结发之妻亡故后迎娶二房的婚礼上，看到过民国时期的大名人黄炎培和上海滩赫赫有名的"白相人"杜月笙，但她却极少提及。倒是时常和我讲述自己的生母，是如何勤俭持家、朴实敦厚、善良助人的。唉，母亲呵母亲，您总是那样的沉默寡言，不善辞令，连自己的家世，竟对自己的长子都藏得那么深……深得直到美国约翰·霍普金斯大学皮博迪音乐学院决定给我全额奖学金，因没有赴美的保人而急得不知所措之际，您才悄悄地给在华盛顿的堂兄写信。您是被"文化大革命"那随时都会因"海外关系"审查和批斗，以及"里通外国"的罪名，吓破了胆、惊坏了魂呵！可是您忘了，以您的淳朴、认真和老实，在"文革"中，"军宣队"竟破天荒地让您出任革命专政队的队长。他们当时肯定是喝高了，竟然忘了您出身于一个资产阶级家庭，是一个要被无产阶级改造的对象呵？可见，淳朴、真诚和厚道，在任何时候都能胜于各种政治运动的规则，还有那最难读懂的人心……

倘若没有陈毅的大军占领上海，倘若没有我父亲这样的军人睡在马路上，倘若没有"南京路上好八连"，倘若没有"华东文化部"，倘若没有我父亲在行军的路上孜孜不倦地背诵《康熙字典》，倘若没有《红楼梦》和托尔斯泰与巴尔扎克，倘若没有解放初期上海文化界的周末舞会，还有我父亲双手紧紧地抱牢我母亲的大衣，用农民子弟兵的目光专注地盯牢舞池里我母亲的"莲花舞步"，那么，他们最终的结合纯属子虚乌有。但是，历史从来就没有"倘若"。

与后母的不睦，让我母亲很早便结束了"钟鸣鼎食"的生活，早早地唱起了：解放区的天，是明朗的天……共青团的徽章早已磨旧，资产阶级的家庭出身，让她永远止步于"中共党员"的门前，能留下的只有是"阿拉是上海宁"了。"上海人"是什么？中国的"犹太人"，节俭、现实、计较、认真和讲究！

母亲的节俭，表现在一日三餐的用粮用菜精确计算。我常常在饭菜不够吃的时候大发脾气，母亲向我平静地说：隔夜的饭菜吃了不好……

母亲的实在体现于，无论父亲和我对体验到的事物是怎样的夸张和"忽悠"，她只是淡淡地问道：你的歌剧合同签了没有？母亲的现实更在于，我无论去何地买菜、购物，回来后，她总是好奇地询问：买的人可多？母亲的计较是：儿子给钱，她去购物，找回零钱，如数写好，连同收据、发票和字条完璧归赵。母亲的认真极是可笑。一口夜，她发现枕下的五十元钱不翼而飞，楼上楼下一通好找。我怕影响她休息，便在她枕下放入一百元钱。凌晨，她又推开我的卧室的门，推醒我道："这不是阿拉的个钞票……"我愠怒着道："我不这样做，你怎么能睡觉？"后来，钱在床缝里找到，她才放心，认真地将钱还我，笑着说："老了，什么都寻不着了。"她的讲究更是奇妙，卫生间里有她专用的脸巾、脚巾和澡巾；床前桌上，有她专门摆放的各种药物和茶杯，以及糖尿病人专用的胰岛素注射器；吃饭时，不管多么干净的餐具，食用前她依旧不厌其烦地再用餐纸擦拭一遍。那年，我和弟弟双双考入中央音乐学院，有人说："小小省城，一家共两兄弟，一届考入中国最高音乐学府，他们的大舅子肯定是院长。"母亲听后，莞尔一笑，自言自语道："让依拉去说……"说完，便又投入她的工作：将桌上一字排开的个个红包里，放入仔细数好的糖果；随后，平静地放进手提袋中，慢慢地走出家门，从容地迈向单位。

母亲胆小。70年代中期，我和弟弟随父母去淮南煤矿下放改造。父亲与矿工下井挖煤，母亲在"掌子面"上为工人发放矿灯。入夜，大同煤矿矿井的警报器一叫，母亲就两眼发直，神情冷得令我胆寒。又是一夜，母亲急促地推醒我，说床下有人。半醒的我，汗毛倒立，趴在地上，用手中的电筒向床下照去，一双闪亮而无辜的眼睛，正友善地与我对视。原来是我养的一只老母鸡钻进了床底。

母亲沉着。60年代末，一群被人指使的红卫兵，半夜冲进我家，抢走存折和其他，强行扭走我的父亲。他们稍后返回，我母亲拉着我和弟弟藏进公共女厕所，才躲过一劫……后我们得到通知，父亲被人痛下黑手，已在省立医院外科病房深度昏迷。母亲领着我们，奔立于父亲的床前。我以为头上缠满白色绷带的父亲已没了呼吸……事后，母亲彻底放下尊严，破例向邻里借钱送父亲赴京告状。

母亲身上也有"软肋"。无论我日后留学欧美何等风光和荣耀，孙国庆唱得名满天下、踌躇满志，母亲总是乐在心里，对外人却很少提及。当同事朋友对她说："老陈，你的两部最伟大的作品，就是你的两个儿子。"于是她便笑得无比彻底，随后便认真地说："到阿拉屋里厢恰碗（吃饭）。"

母亲很少有眼泪。但是当她一提及自己的父亲，就会暗自流泪。母亲的床前一生中只有一个人的照片，那就是我那个一辈子都令她谨小慎微的外公，她觉得自己一生都欠这位永远默默地注视着她的老人，至于欠了父亲什么？她似乎永远无法说清。

躺在病床上的母亲，被癌扩散的病痛折磨得不成样子。化疗后的母亲，腹部鼓胀，全身浮肿，头发蓬乱，常常呕吐不止。每一次我去看她后，在走廊上都要全身发抖，默哭不已。并发症和癌扩散，将母亲的五脏六腑搅得乱七八糟，她都能强忍着没有叫出声来。但呼吸的困难和心脏饱受压迫，让她一经护理的翻身，就双目圆睁，随着急促的呼吸，轻轻地喊出："我的天呐，我的天呐！……"母亲可以忍受几次手术给她带来的刀割与伤痛，就是不能忍受喘气的窒息和心脏的慢摆与压迫。母亲的生命也有过回光返照。那天，母亲室外的阳光明媚得令人齿寒。母亲斜靠在床头，一脸的慈祥和幽默，小老太太满头白发，神采奕奕，温暖至极，美丽至极。我坐在她的身边，握着她的手，像一只又回到她身边的小绵羊，款款地问道："妈妈，您觉得今天怎么样？"她微微一笑："还可以……"随即，就将目光投向极远的深处。我又问："您还做梦吗？"她点点头后，缓缓地说："每天清晨，就有一个黑衣人，对着我的耳边说：跟我走吧……"猛地，我的心里一沉，知道她已经什么都明白了。因为那时，她已经不再和我说要回家了。

在我生命的跨度中，年龄不足三十便远渡重洋，留学欧美，深造歌剧；真正重归故土，已近二十个春秋。这段岁月中，以往健康、丰腴的母亲，虽依旧风度翩翩，文质彬彬，但已是一个患糖尿病多年的小老太婆，每天得靠各种药物和餐前注射胰岛素过活。母亲的老态和病状是，说上半句话的时候，下半句就忘得接不上来；想要去做什么，到了地方，又不记得该干什么。但是，我的歌剧合同和团里演出的日程，她却记得十分清楚。母亲与我，从我孩提直至成年，几乎没有电视剧里和生活中应有的母与子那般经典的亲昵和慈爱的动作与感情交流。但每当我偶患感冒和小疾，母亲总是将药和水端到我的床前桌上逼我服下。有一次，我去文化部拜访一位同学，临离开时，发现口袋里的钱不够回程，便向其借人民币二十元。回来后，将此事告诉母亲，但我却又常常忘记还钱。于是她便一次次嘱咐我给同学还钱，不依不饶。从此这事便成了我的心病。我从小到大，错事不少，她对我从未厉声指责，但只是淡淡几语，我的额上竟有细汗沁出。我不止一次告诉母亲，我在外国唱歌剧的生活，是多么枯燥和寂寞。她默默地听完后，总是轻轻地说："讲完了吧，好，去吃饭吧！"我在北京的所有重要演出，只要她去看过，好的，她什么也不说，顶多一句感叹："那……开玩笑了……"不甚好的，她欲言又止地说："好好保护嗓子，这是吃饭的家什。"于是，我明白了，这场演出必定不咋的。我的每一部小说、每一个剧本，不论优劣，她的点评总是那么寥寥几语："怎么讲呢，比好的差，比差的好！"但是，当我把台湾联合文学出版社出版的长篇小说《黑蝴蝶》给她阅后，她脱口就说："这是中国的《茶花女》，假如拍成电影，好看！但，你是揭露阴暗面的，在中国，难！"前年，刚写完打印出来的歌剧剧本《成吉思汗》给她看完，她高兴地说："是个好剧本！典型的凤头、猪肚、豹尾，观念新，想象力丰富。有的地方虽跳跃性太大，这不要紧，只要好看……"

沉吟了一会儿，她又缓缓地说："你爸爸说你的唱词，假如是抄袭别人的，会吃官司。"我的天呐，在我几十年的创作生涯中，这是母亲最高的评价。而我的父亲的点评，更让我吃惊和匪夷所思。怀疑我抄袭别人？母亲见我神态怪异，淡然一笑："我和你爸都老了，跟不上时代。你，留过洋，演过很多歌剧，不要怪你爸爸。他对你，哎！士别三日，当刮目相看了！"母亲的这番话，不仅肯定了我在文学上多年的苦营求索，坚定了我的信心。实际上，直到今天，我对自己含辛茹苦的文学创作，依旧是花非花、雾非雾……母亲啊，母亲，知儿莫过母。您知道我自小要强，自尊心更强，每每对我总是点到为止。我天分不如孙国庆，我悟性也不及孙国庆，我的才情比不了孙国庆，我运气更是不及孙国庆，可您应该实实在在地告诉我，我不是一个聪明的孩子啊，就知咬碎了牙地刻苦。但您倘若告诉了实情，我不会怪您，因为对谁，我都不服。可是您总是那么郑重地对我说："孩子，你不笨。"但是，我过的、求的依旧是个苦。不如我的人都成了，为什么就我不成？这时，母亲眼里那种罕见而犀利的光，又直着射进我的心里，她几乎是咬紧牙关地对我说："您怎么就没成？只要你一上台，就换了一个人……有的人啊，那叫有眼不识泰山！"我的天呐！每每母亲的这句话，立即就让我从一个懦夫又重回一个壮士、一个英雄、一个伟大的大丈夫。

2008年12月19日上午10点，我刚刚走进了山西樟村煤矿矿区，弟媳何宏的电话就来了："孙禹，你母亲今天上午走了。她的后事你放心，有你父亲和我。"一时，我不知所措，仰望天空，心里一片空无。我记得那天孙国庆也在外地电视台做节目……一个因为平凡，才显得更加不凡的母亲；一个因为平日里沉默寡言，而又有千言万语来不及说给丈夫和两个儿子的母亲；一个每一次生产，都因胎儿过大，而不得不进行剖腹产的母亲，一个从不讲大道理，自己就是道理的母亲；当她永远闭上眼睛的时候，亲生儿子竟然不在她身边。倘若没有她在进入深度昏迷前对父亲的嘱咐，"儿子忙是好事，不必天天来看我。"假如没有母亲这番话，我将终生不能饶恕自己！

  2008年12月26日凌晨，在凛冽的寒风中，在驶往长城脚下凤凰岭墓地的灵车上，按中国人的传统惯例，由长子双手捧着母亲的骨灰盒，一路替她老人家送行。我怀抱着那个镶嵌着母亲遗像的檀木骨灰盒，心里宁静而温暖得出奇。因为，儿子怀抱的是他最爱、最崇敬、最懂得他的母亲……灵车驶进山区的小道，不远处的大山和墓地渐渐进入视线。不知怎的，我忽地又看见了母亲病床上枕头旁的那份旧报纸《作家文摘》。倏地，怀里的骨灰盒便由弱渐强变得滚烫起来。于是，我和在病床上的母亲的对话，穿过时空和阴阳之界，又一次开始：

  母亲：这次演出，你去哪里？
  我：山西樟村煤矿。
  母亲：你们老板去不去？
  我：假如没有急事，瞿团长一般都去。
  母亲：一看瞿弦和的面孔，就知道是个好人，像个弥勒佛。
  我：他是我的恩人。
  母亲：你进团时，答应过人家以团里的工作为主。
  我：是的。

母亲：你要信守承诺。

我：妈妈，您放心，我是个男人！

当父亲将一盒最好的奶油蛋糕放在母亲的墓碑前，嘶哑着嗓音说："老陈，生前你有糖尿病，医生不让你吃蛋糕……现在……你可以尽情地吃你最喜欢吃的东西了……老伴呵，我和孩子们走了……好好休息……明年清明……我们再来看你……"

当我们的灵车在山道上转弯的时候，一阵寒风刮倒了母亲墓前的花圈……我想，那是母亲舍不得我们离她而去的呼唤。此刻，余光中的诗句再次走进我的心里；长大后，乡愁是一方矮矮的坟墓，我在外头，母亲在里头……于是，我泪流满面，在心底里痛哭不止。

写于2009年清明节

纵马青海湖

　　越野的吉普车,犹如一匹鬃毛耸立、全身银白的骏马,在通往冬季的青海湖,那坦荡的令人愤怒的路面上狂奔。没有缰绳在握,我却兴奋地紧握双拳,没有坐骑于马背上的节奏律动,我的心里却被万马蹄破贺兰山阙的壮怀激烈拥满……

　　冬季的沙原、沟壑、远山,眼前掠过的古刹、庙寺、招幡,滚滚尘土带着苍凉的乐感,席卷和搅动着牦牛、羊阵和牧人与守望者,那世代的祭奠和期盼,青海高原上那稀薄的氧气和过剩的紫外线,刚刚教训过一个身高八尺的壮汉,随即又用它们不可回避的尊严,企图让一个留洋多年的"声乐传教士",领略它那温柔的凶悍。寒冬腊月的青海高原,并没有"大漠孤烟直"的苍凉,也没有僧人那不绝于耳的诵经唱念,更没有刚劲似水的"花儿",那燃烧着的鲜红牡丹。

天地苍原之间,烘托与奉献于我的唯有猎奇、激越、荒凉和不尽的震撼,英雄无悔,西出阳关,多少个百听不厌的古老传说,宛如悲情交响乐的推波助澜,将我这个数载自我流放洋邦,持节遥望西部故土的声乐大侠,逼得感动莫名,泪盈眼帘。

孩提时代,家在江南,断桥流水,春雨绵绵。母亲用一副眼镜,字里行间捉虫驱蚁、雕龙绣凤,暮年,用尽了一个文学编辑的蜡炬成灰泪始干,也终未成就自己的长子留洋西方的一串盘缠;父亲的故乡燕赵自古多出慷慨悲歌之士,古稀之年,仍在爬格子的自娱和使命中,塑造着自身的文胆。人生啊,看似缓慢、匆忙、淡泊和年复一年,其实水滴石穿,得意与失意,尽在坚守、放弃、咬牙前行的不言之间……

越野的吉普车,犹如一匹鬃毛耸立脱缰的野马,驮着我们几人,在那平展的令人怀疑的路面上疾奔,洒脱的快感,逼我只想对着放眼的辽阔,雄性大漠中的深处,无声放歌和狂喊,全身心解放和自由,让我痛快淋漓地有一种鸟瞰大地的飞扬和解脱感。功名利禄、声色犬马，都市假面舞会、垃圾文化的海鲜大餐，被放眼而去的扎实和敦厚，用生命与大自然的顽强与流畅，荡涤着我的胸襟，洗礼着我那东西方文化与人格错位，忠孝不能两全。

  青年时代，告别残桥遗梦，红豆南国，北上求学。最高音乐学府中的恰同学少年，关不住我的大梦敦煌，禁不住我的"西部情结"，抑不住我向往的青藏高原，更斩不断我对盐水之畔青海湖的悬念，威尔第和普契尼歌剧西洋咏叹调中，不知何时掺进了几许信天游的悠远、青海花儿的婉约、蒙古长调的舒缓和秦腔的豪放。那学府高堂里的民歌先生，沙哑的嗓音宣泄着他对我们这些数祖忘典之辈的愤世嫉俗！但他终未料到，二十载光阴，数度春秋之后，在那一排他眼中的不肖子孙中，有一个觉悟了的文化修士，在今天这个声乐文化市场永久性疲软的无奈中，带着国际声乐大奖归来，将浮华和虚妄抛于脑后，尘埃落定，终于找到一条民族乐魂的文化之根复归之路。这时，我想，我那个年逾古稀的母亲，依旧用一副极端近视的眼镜，不停地在我这个"老光棍"的人生稿纸中捉虫驱蚊、雕龙绣凤……在一次次经历了手术刀割除体内病灶的同时，用安眠药伴着一个母亲对儿子依旧孑然一身的抱憾，对着漫漫的长夜，梦呓般地喋喋不休着：一个中国母亲的儿子，他的文化胎教，终究还是炎黄之根、民族之魂、华夏文胆。

车马疾奔，如电似风，坐在后排的青海省音协副主席、作曲家张启元先生，他口中的王洛宾旋律《在那遥远的地方》，似乎仍在我耳畔默咏。那位永远伫立于金银滩头的"西部情歌王子"王洛宾的雕像，仿佛又浮现在眼前，仰望这位改编了七百四十多首西部民歌的文化巨人，是他将唯美的情操和乐感播种一样撒遍在那一望无垠的青海高原！多少年过去，这里的人们，将他在心里像神一样地供奉着……人类可以对生命流逝扼腕长叹，却无法将那些融生命的精华于歌声和旋律的动感之中、传扬民间艺术的巨人从镌刻在心灵深处的丰碑上抹去。王洛宾的塑像洁白无瑕，凝重而飘逸，记载着一个无法撼动的事实，那就是一个给人们带来过艺术大美之享受的人，不经历大灾大难，似乎从根本上失却了被人们世代讴歌的逻辑和理由。也许台湾作家三毛，曾涉足高原深处，真的追逐过"情歌王子"的足迹，奈何后王洛宾时代，拥有全国千万粉丝，在媒体的"发酵"下，掀起过的王洛宾热，又有多少真挚？但这都不是民间为王洛宾塑像的根本缘由，而唯有能使百姓和苍生对生存的苦甜与希望，无法抑制地放歌和咏唱的人，才是大理石雕像纯洁和永恒的质地。

车轮滚滚，犹如马蹄阵阵。另一位也置身后排的张姓编导，名曰岩红女士，舞蹈出身，快人快语，职业的历练，使她精神抖擞、站姿挺拔。这位英姿绰约的青海卫视一级导演，不胜酒力，却在我们路经金银滩的小镇，名曰"王秀英"的土菜馆里，为了气氛，竟连干数碗青稞白酒，颇有巾帼的豪气。油炸土豆片上来了，软硬相宜，口感香溢。白肉土鸡，酸菜粉条在火锅的沸腾中，不肥不腻，让我这个海外游子大快朵颐，形同饿鬼。冷拼盘、牦牛肉、冻豆腐、花生米，教我这个自诩游吟大侠的人，放弃了文明的吃相、教养的幌子、绅士的做派，将一切与地域美食的精湛与民俗生存文化博大所相悖的伪装通通剥去……美食、美酒、诚恳的笑意，土菜、小镇、干打垒，农家那浓郁的待客情趣，使我这个人谓声乐的传教士大有一种恍如隔世之感。

西部边陲，古之朝廷重犯诤臣的流放之地，大漠孤烟，一望无垠。无论人类怎样进化，现代科技怎样波及，不毛之地的先天不足，离离原上草、一岁一枯荣的日月更替，在我的意识里早已根深蒂固！但眼前的盛宴、主人的殷实、朋友们的从容和共识容不得我怀疑和少见。民以食为天，眼前的具体和意念中的反差，逼我汗颜。人行万里才有多少里？读书破万卷才有多少卷？又岂能与这亲身的目睹相提并论？是的，来了就吃饱喝好，走了，想了，就常回来看看！这正是高原人家那心中最真实的对联……

车住，马停。眼前是长长的木桥，洁白的塔寺和精致的藏包。"在那遥远的地方，有位好姑娘，人们走过她的毡房，都要回头留恋的张望……"王洛宾老先生的梦中情人，健康美丽的卓玛塑像，身着藏族少女的华装裙衣，骑着高头大马，凝视着远方。多少年过去，经历了多少游人、墨客、雅士的目光洗礼，她依旧准备纵马扬鞭，循着从金银滩一路传来的情歌，向一位青春和年轮在他身上失却了应有意义的沧桑老人策马奔去……大理石塑像与塑像之间的彼此眺望和静动之间的张力，也许永远是不为人知的。而世俗中的男女情愫一如有了贪婪和利益的细菌，心灵之间便自然地就有了一堵无法逾越的天堑。无论是藏传佛教的经典中，还是在西方基督教和天主教的教义里，普度众生的博大之爱，永远是在人性之爱的基石上弘扬光大的。因为只有生命和人类，才能构成天地之间最有神奇力量的灵性和创造。

我在冰凉而坚实的藏族美少女雕像前，双手合十默默祈祷，但愿上苍赐予我的卓玛和朱丽叶、祝英台与孟姜女，千万不要是一座突破美国电影票房亿万大关的数字雕像，以及《泰坦尼克号》中的虚妄和长江三峡上的神女峰巨石……在青海卫视资深摄影师李先生的视觉审美中，摄像机镜头前，我确信他的法眼，是绝不会错过我从内心深处溢出的那种既普通又独特的虔诚觉悟的！

越野的吉普车，犹如一匹鬃毛耸立、浑身淬火的骏马，在通往冬季的青海湖，那弹跳着阳光的路面上风驰电掣。马师傅高超的驾驶技术，犹如一个卓越的蒙古骑手，不仅将骏马统驭得疾速而稳健，更使马背上的人有着大船在宁静海面上顺风游走的舒坦。凝视着窗外后移的山峦和峭壁、牲畜和沟壑，心里不知该感念筑路人的造福，还是马师傅那绝对职业性的驾驭艺术……起伏的山峦线条中、两座矮峰之上，仿佛有两个小小的音符对称而孤独地彼此相守相望。摄影师李先生一拍我的肩头告知，那便是当年衔唐王父命，出使西藏，缔结汉藏百年和亲的文成公主，曾栖身和回望大唐的住所日月亭。唐王李世民为了社稷和大唐千秋伟业，挥泪惜别自己的最幼的女儿文成公主，将戍边的平安和唐朝的礼仪乐韵一起放上文成公主那孱弱的双肩，融进一个养在深宫人未识的娇女子的泪眼之中……

大漠万里的沙尘，戈壁千里的风暴，不毛之地的茹毛饮血，异域他乡的陌生和严峻，数载遥遥无期的蹉跎与跋涉，成就了大唐太平盛世的百年国运，开启了汉藏文化交融、通商贸易、信仰民俗等诸方面的"高原丝绸之路"，但却使传说中倾国倾城之貌的文成公主,那多少个"长夜难寐"的女儿梦万劫不复……回望那两座双峰上的古亭,千百年孤独过去,我似乎仍旧能隐约听到,文成公主拨奏的唐乐古琴里,竟然有了些蔡文姬曾低吟浅唱过的"胡笳十八拍"之遗韵,一款款王朝更替的古曲旧歌便缓缓地朝我袭来……

开窗收进些高原那吝啬的氧气,忽闻寒风中飘来大漠深处那几缕青海"花儿"的纯粹,顿时,那张皮肤黧黑,满头卷发,一脸正气和童稚的面影,掺着清亮和爽朗的嗓音,便从我有些疲怠和混沌下去的意识中冉冉升起……2007年的圣诞节,在西宁市的一家正在装修的旅店,由一位也正在装修自己的主人邀请,参加了一个自我留洋以来平生初次的平安之夜。现在的国人喜欢洋节,仿佛洋节过后,人便从骨子里彻底洋了起来。平安夜的PARTY并不寻常,有酒无宴,但平添了许多新的朋友,当众歌唱对我早已稀松平常,但却引发了青海省音协主席马玉宝先生,让我刻骨铭心的一曲"花儿"清唱。透亮婉转的歌喉,始于引而不发,归结到激情澎湃、荡气回肠。活活将高原的民间声乐特产"花儿"歌颂得"破红爆彩"。民间曲调和歌咏,一如我的"西部情结",不闻不问时倒也无妨,一旦触动便欲罢不能、魂牵梦萦。那种纯朴和直白、真情和坦荡，在被浮躁和利欲熏心扭曲的大都市里，如今，是很难信手拈来的了。后来的马玉宝先生，由于和我的缘分与知音，不仅安排我去十二艺术高中讲课，又默默促成青海卫视的朋友们，为我布置了青海湖之行……兄长般的情谊，与其说是被我的演唱与小说和散文打动，不如说是对一个中西文化传播者的那种深邃的希冀与人文关怀……作为省音协主席，地主之谊会让人温馨感怀，而对一个同行的歌声与文字神韵，一个海外游子的真诚善待，更使人刻骨地感受到了他那种超越世俗的情谊和惺惺相惜……少小离家老大回，乡音未改鬓毛衰……近二十年的海外漂泊，受尽世人冷眼和寄人篱下的滋味，一旦重返故土，最受不了的是被人忽悠和诓骗，最受不住的是知己的宽厚和善待，诓骗尚且可以使人原宥和忘却，但情谊却无价，更让人煎熬着"此恨绵绵无绝期"的重逢和期待……

驰骋高原戈壁大漠，思绪如尘，感慨如风，吉普如骏马，狂鞭似利箭……正要混沌迷糊过去的时候，车内有人轻声一喊："看！"在我顿然警醒的视野里，一座庞大而全身裹金的菩萨雕像，通身散发着蹦跳的太阳露珠，不可抗拒地跃然眼前。骏马吉普车并不减速，似一只被惯坏了的牦牛犊子，直着闯进了这座在冬季里人迹罕至的藏传佛教的古寺之间。人们推门踏地，摄影师便扛着机器忙着采景，其余的人四处闲转……

十六岁的住寺小和尚卓米迎上来的一瞬间，他的微笑很从容和平凡，颧骨上紫色的红晕和那双明澈的双眼，惹人怜爱又使人宁静怡然。李先生的摄像机和镜头聚焦他的一瞬间，卓米缓缓掉转身去，用背部和无言拒绝了他这个年纪本不应该回避的猎奇和预感。

"有法号吗？"

"有。"

"叫什么？"

"卓米。"

卓米又用那平凡的微笑和令人过目不忘的从容，算是应答了我的问题和悬念。

"你喜欢吃肉吗？"

"喜欢。"

"和尚也可以吗？"

"藏传佛教的和尚可以。"

"寺庙里有肉吃吗？"

"没有。"

"那你怎么办？"

"回家。"

"家在哪里？"

"离这不远。"

"你怎么回家?"

"我有摩托。"

"你喜欢女人吗?"

"不喜欢。"

"为什么?"

"我正在修炼。"

"修成正果以后呢?"

"更不能有女人。"

"为什么?"

"修炼不容易,守住就更难。"

我的苍天,一个年仅十六岁的孩子,只要练就了信仰和目标,再加上要用一生去厮守的责任和使命感,竟能如此的老成和坚定。卓米的生命刚刚起步,不管他的命运在未来的岁月中怎样蹉跎和变迁,但我们对话时,他那双清澈的眼睛里,向我投射来的坚定和坦然迫使我的怀疑和笃信全都成了一派枉然。我的遐思,此时被不远处传来的击鼓咏经声中断。

"一次念经多长的时间?每天几遍?"

"每次三小时。一天四遍。"

"你每天如此烦不烦?"

"不烦。"

"真的？"

"真的。这是我每天必须要做的事情。"

我再次呼叫苍天。回首自身放逐近二十年的西洋歌剧生涯，无论是在欧美，还是在故土，有时那几部歌剧、几种外语的交错轮番背诵，应急之时，竟在每天用上十几个小时的枯索猛练，大有生不如死、苦不堪言之感。而对眼前这个脸上稚气未脱的少年，在定力和煎熬之间，我的隐忍和悲剧英雄似的自恋和使命感，犹如坚硬的冰雕在突降的热流中顿然溶释和疲钦。无论是谁，只要对信念不忠不贞，谈何持久？谈何定力？谈何意志如磐？这与学识、阅历、人格无关。

"小小年纪，你为什么要出家？"
"因为我的哥哥也是和尚。"
"你渴望当方丈和庙寺的住持吗？"
"不想。"
"修炼成果后，你最想当什么？"
"走家串户的僧人。"

"为什么？"
"替许多许多的藏族人家驱难超度。"

我的心智被他那极朴素的语言震撼了。我无言以答,在混沌又空无的沉默中迷失了,竟是那般的茫然……这时,卓米领着我向寺庙一座砖房的后面,那座伞状帐篷构成的绳索建筑物走去,一条条挂满彩旗的粗壮绳索,一头深深扎进地层,另一头却极其执着而肃穆地扣住那根支撑此物的大梁顶端。午后的阳光,将这座以绳索和彩旗控制的神龛,激动地抖出一派斑斓。李先生肩上的摄像机如同法眼,紧紧锁住我和卓米,不停地细究探索。这时的卓米,已不再用背部拒绝着那镜头对我们的分析与解剖。

"你怎么学会的汉语?"
"自学。"
"父母是干什么的?"
"牧民。"
"你知道北京吗?"
"知道。"
"纽约在哪里?是哪国?"
"不知道。"

我的心里,仿佛被他的答语轻轻撞了一下,鼻腔里顿然有些发酸。我凝视着眼前这个绒绒的寸头、融融的眼神、柔柔的笑意,十六岁的少年和尚卓米,肺腑之间竟升起一种说不明白的感动。我下意识地取出一些钱来,向卓米直着递了过去。

"卓米，听着，你和我讲了这么多我从来没有听过的话，这是对你的感谢。"

卓米将目光转向一边后，又慢慢退后一步，一脸的与年龄不相称的严肃。

"钱，我不能拿。你要真有心意，就去大殿捐给佛祖吧。"

我有些焦虑地疾说：

"孩子，这是给你的，供奉佛祖，我会再捐。"

卓米十分同情和理解地注视着我，在令人心悸的淡淡微笑中他又退了两步……

捐赠了佛祖，又用心用力地拉动了牦牛皮带，滚转了藏传佛教的通圆法器后，我从大殿中跨出那道高高的门槛。不知何时，卓米的身后早已围上许多比他高猛的同寺弟兄，温良而痴痴地注视着我，微笑而固执地沉默着。我曾向卓米允诺要给他我的手机电话号码，但不知为何，卓米在我们分手时却没有向我索要。是的，我忘记了，在我们徜徉寺庙的时候，对活的空当，卓米曾告诉我他的手机丢了……我像一个兄长、一个父亲，恋恋不舍地向卓米说："夏天，我会再来！"……卓米没有替我祷告，向我作揖，与我告别时，只是用他那独有的微笑，那双清澈的大眼，那颧骨上显著的暗红紫色，连同他那十六岁的稚嫩和坚定,温和与安宁地目送我登车,远去。

骏马如车,纵车如马。我预感,我们此行的目的地快要到了……不知怎的,我的心里有些感伤,人生的历程中,每一次的进发,其过程总是激动人心,使人猎奇与丰富多彩的,但抵达目的地的现实,不管它有怎样的旷世精绝、博大壮观,但终究是顿失了其在人们想象中的悬念和梦幻。一如人们总是渴盼着收获、得意与成功,但梦圆和拥有了,反倒觉得以往的煎熬和折磨、等待与蹉跎充满了失重的空泛和茫然……当张岩红导演在我的困乏中喊出一声"青海湖到了!"的时候,我便倾力睁大了双眼:那一望无际的冬季冰湖上,渺无人迹,辽阔平展。只有那一路朝着湖面冰层上,被寒风裹挟着的茫茫枯草,无声而欢快地向那片死寂的开阔之地,疾疾地逶迤而去……一路的纵马狂奔,疾车如驹,沿途的滞留、景仰、饱餐和激情与猎奇,竟是为了眼前的这凝固、辽远与静谧?张导演以女人特有的敏感觉出了我的失望,她尽心地告诉我:"冬季的青海湖,让人看的是宁静与苍凉、冰雪的悠远……你夏天再来吧,那广阔而深邃的湖水,蓝得叫人无法形容,深得叫人心里发颤。湖岸上的沙滩是金颜色的,没有沙的地方,都是一望无际的深绿草毯,浪漫着疯长直到湖畔……青海湖的湖水是咸的,只有一种很小的鱼类才能在水中生存,这种鱼叫黄鱼,一年只长一寸,长到巴掌大小就不再长了,用这种鱼来熬汤,鲜美无比……"

其实,一路上我早已对青海卫视的几位老师那细心的呵护、专注的讲解、详尽的介绍感激不尽了。我何德何能,竟让这几位在整个青海新闻界、音乐界人脉旺盛,成就突显的资深人物,一路劳顿,忍寒受累陪同若干小时。我从对青海高原之风俗人情、典故、文物、传说考证的朦胧和浅陋到清晰与扎实,不正是在他们那对故土的深切的眷恋中,得以具象和深刻的吗?不知其他初次造访青海的艺术家,是否也会有我同样的幸运和福气?这仅仅是对我在西宁其它方面抱憾的一种补偿呢?还是一种对一个东西文化传播者的厚望与期待?我想两者皆有吧。冬季的青海湖,对我们这些有着拍片任务在身的人只能点到为止。

不是说不到长城非好汉吗?那么,不到青海湖的人呢?虽不能以是否英雄、侠士论事,但作为一个炎黄子孙,起码能说明他的远足和对中国西部高原的感受,只能靠想象和耳闻区别旁人口中的阅历去自娱。若要了解西部高原的生态状况、地域结构、历史形成、人文景观、民俗风情、三江源头的发祥,必欲先去青藏高原,后登西藏之世界屋脊。我曾在面朝青海冰湖的沙山上疾步奔走,缺氧的肺部和大口喘息的节奏紊乱,竟让我宛如一条被风浪甩上岸去的大鱼。我曾在西宁平安夜的舞台上引颈高歌,不能自主的气息支配,险些让我中断,我曾不止一次听闻,有些歌星大腕在高原上一曲终了,竟然要立即用氧气瓶续气救命。然而,经历了青海冬湖之旅的我竟比任何一个时期都更加渴望着有朝一日去放歌世界屋脊,因为经历了近二十年岁月的西洋歌剧苦旅的我,对故国的一切都充满着一种剪不断、理还乱的猎奇与眷恋……

车轮婆娑,马蹄徐徐。窗外那一群群一簇簇,沿青海湖岸那方圆千里湖畔,缓步疾走的藏传佛教徒们,将头脸嘴腮用布衣紧紧捂住,只露双眼。据说他们常常要规律性地如此步行,凛冽的寒流,餐野露宿,大漠的风沙,煎熬而枯索的历程,没有任何人逼着他们以如此周期性的执着,用八天一轮的时间,年复一年虔诚地环湖走完那些他们原本没有任何理由应该走的路程。但多少年过去,各种卓米和卓玛,还有他们的兄弟姐妹、父老乡亲,依旧固执地携起手来,不假思索地,彼此在时辰已到的无声相约中上路。

这种多少带有些悲壮色彩的行为,也许在我们这些被现代都市文明、信息爆炸、科技泛滥所宠坏了、搅乱的人们眼里,愚昧得不可思议?但是我从他们那胼手胝足、前倾后躬的艰难步履中、奋力跋涉的身形里,似乎悟出了一种深厚而沉重的真实，那就是：在他们的心底里，无时不供奉着一种早已溶入血液中的信仰，为了这种永远充满了憧憬的信仰，他们无暇旁顾，他们万难不惧……而我们这些自诩为见多识广、阅人无数、学贯中西、养尊处优，所谓文明到骨子里的现代都市人类，无论从肉体到心智、灵魂到意识，从哪一点上你就真的敢说：我，比他们活得快乐轻松和真实……我，比他们活得更加无所畏惧……

大漠的雄风裹挟着稀薄的氧气，慷慨地灌进了我们的车窗，又将我那沉沉欲睡的大脑和身心焕然一新，风中又似有遥远的"花儿"悠悠地飘来：上去高山望平川，平川里有朵红牡丹，看去容易摘去难，摘不到手里是枉然……于是，我们愈加纵马狂鞭！

「为神父的祈祷」

你用骨节嶙峋、经络暴突的大手紧紧捂住心口的同时，那张米老鼠似的脸上没有痛苦。一缕西斜的阳光，从教堂的天窗外射在你的脸上，将你那张在我印象中永远那般苍白的脸，辉映得血色饱满、神采奕奕。面对眼前黑压压的教徒，你仿佛振臂高呼：圣母玛利亚，保佑你的孩子们，让他们为欢乐而生存……此刻，我深知，你什么也喊叫不出。只有更加努力地攥紧胸口的道袍，拼力而深切地喘息着，通体流汗。空灵深幽的浩渺空间，仿佛一阵清风拂来，由远渐近。人们听到一种奇妙的人的混声及和谐。于是，所有的人都在小心翼翼地追寻和判断着，这种唯有从天国才能传来的悦音。

不知谁轻声地呻吟一下："哦，勃拉姆斯的《安魂曲》。"于是众人便万般驯服、景仰地咏唱起来："呵，慈祥和万能的圣母呵，您与我们同在，万福玛丽亚……"就在这一瞬，神父分明看见圣母玛利亚怀中的圣婴，慢慢离开母体，向前方缓缓飘去，带着迫人心魄的魅力和乐感，渐渐融入人群。神父仿佛极其疲惫地合上双目，松去紧捂心口的手，那高大、慈祥、威严的庞大身躯訇然倒下，竟没有半点蠕动。呵，亲如我祖父一般的神父呵，用他蜷缩得像一个句号的身体，在大地上画上象征他生命八十余载的一个深刻符号。合唱渐渐地由弱变强，仿佛暗夜里的篝火越燃越烈，在火焰中，时隐时现着神父那硕大的头颅和秃顶、饱满而夸张的大鼻子、那双闪动时快捷而有些狡黠的眸子，还有那张生动得如同米老鼠似的大嘴……

1999年1月7日那夜，我从梦魇中惊醒，通体大汗淋漓，将睡衣浸湿。打开天窗，眺望满天星斗，我的心被震撼得久久无法平静，整个夜空如同被洗涤一净，星斗竞相辉映，仿佛彼此倾诉心声。于是，我从心底里呼唤着：今夜星光灿烂……久久不能入眠。1999年1月8日凌晨，我怎么也无法矜持和平静了，挨到近9点，立即给我的经纪人神父海塔士博士打电话。博士的美国朋友答："神父自昨夜在教堂里做弥撒时倒下去,直到现在仍在医院里昏迷不醒……"我至今不解,那时我竟平静得出奇,极其理智而又可笑地说:"我可以和他说话吗?"对方说:"没有人可以和他说话!"我有些木讷地撂下电话,机械地重复着说:"我是唯一能和他对话的人啊,不是吗?"那时,我预感神父海塔士博士将油枯灯尽,很可能要永远离我而去。我一下慌乱起来,像一个孩童一样喃喃低语:"你不会的,不可能走的,你走了,我怎么办?"可是,我是那样无告地慌乱啊,慌乱地自己狠着劲,将他往多么阳光明媚的地方去想象、去琢磨。下午6时左右,我从法兰克福国际机场登上燕莎航空公司的客机,直飞美国华盛顿达拉斯机场。由于时差,飞机很快进入夜间飞行。我的胸口堵得厉害,心仿佛被只手紧紧攥牢,我感到从未有过的缺氧,我呼吸困难。我渴望打电话给他。我忍受着难耐的不舒服,一直飞到华盛顿。

10日之后,我从华盛顿返回德国,确悉你已撒手人寰,竟一下子不知如何去悼念你。鬼使神差,我信步走到维尔斯堡最大的天主教堂里,目光呆滞,心中万念俱无,面对祈祷台,我麻木地跪拜下去。呵,又是那个勃拉姆斯的《安魂曲》在空荡荡的教堂中回响起来。我分明看见圣母怀里的圣婴被你化了身,安详、静谧地熟睡着,没有一丝一毫的忧虑和不安……合唱犹如自高山而泻的温泉覆盖了我的全身。我泪如雨下，心里有说不出的感动。我的心在对我说：一如我祖父一般亲爱的神父哟，终于该轮到我为您祈祷了。

初识神父海塔士博士是在电话中。那时，我渴望着找一位多一点温情和关怀，少一些冷漠高傲嘴脸的经纪人。电话中，我问他说不说英文。于是他那如坦克履带隆隆滚过似的男低音便擂响了我的耳鼓："你希望用什么语言和我讲话？"我顿感汗颜。那时我刚来德国不到一年，德文讲得必定前后倒置、鸡飞狗跳。最能传导感情和思想的也唯有英文了。他似乎也没有逼我非说德文。更不像德国的有些经纪人，你和他（她）首次对话，若德文不爽，他（她）们会让你极为难堪。人家才不管你是来自红色中国还是赤色高棉。那种感觉有点像秀才遇到兵，有理说不清。神父的并不计较，着实让我松弛了不少。当然，后来我才从别人那里知道，他本人出生于美国，祖籍匈牙利，很早献身神学事业，并在"二战"时做过美国驻日本基地的随军神父。更有趣的是他早年便去意大利罗马红衣大主教梵蒂冈身边，亲耳聆听这位举世闻名的红衣大主教的教诲，便从那里得到神学院博士学位。这样一来，他似乎很轻松地便熟稔了三种语言。母语匈文，出生之地英文，以意大利语攻下博士学位。

  在后来的日子里，我们在法国相见，他竟然和人家侃起法文，而且发音相当正宗。再后来他开始评判我唱的俄文歌剧咏叹调《阿列寇》，就更使我惊诧了，他何时又会俄语。当然，德文更不在他的话下，因为他的剧院和音乐经纪人公司是在德国的教育和文化名城海登堡。每到周末，这个长相非常近似迪斯尼的大腕米老鼠的神父，便被德国许多城市的教堂请去布道、讲经和做弥撒。我不止一次地想象着，他那犹如坦克履带隆隆碾过大地似的男低音，一定会迷倒许多孤芳自赏、顾影自怜的德意志女性。可是，我却从未听他向我提及过一桩有关他的罗曼史。我在基督教和天主教对神父约定俗成的法规中，迷糊了好几年后，终于才明白了天主教的神父是不能结婚的。我随着越来越对海塔士博士的了解和爱戴后，不由得深沉地叹息，人的精神和肉体，在人生这漫长又短暂的生命长河中，多半是在相互拼杀和搏斗的状态中度过的呵。我认识神父时，认定他已七十出头。那么，他是如何在生命的七十个岁岁年年自我搏斗中，去完成自我胜负的呢？一个人无论他的信仰和使命多么崇高和恒远，但毕竟逃不出人性的范畴，神父舍弃对另一半的追求和拥有，并在生命接近晚年的时刻，竟让我觉得他青春无悔，别无选择，这本身不就是一种"修成正果"的成就吗？是的，随着我对他的了解愈加深切，我对他便更加感到神秘。但是，这种愈加神秘和扑朔迷离的悬念却被他对我超乎寻常的慈爱、关怀和看重而渐忘。

勃拉姆斯的《安魂曲》已经渐远，我仍跪在祈祷台前。举目望去，教堂穹顶上那些神采摄人的安琪儿，都在用笑意举行着一种无声的、合唱的庆典。凝视着那些永远摆脱了烦恼和无忧无虑的精灵，我告诉自己，应该放声为神父咏唱一首无词的歌……

那天晚上，我们并未约好，但你来了。我演完法国歌剧巨匠比才的歌剧《卡门》中的斗牛士，你轻轻敲响了我化妆间的门，像一个羞涩的大儿童开始和我对话："哦，孙，你的斗牛士看上去很高贵、很英俊……"我竭力掩饰着不悦，内心独白：你还是一个唱低男音出身的神父呢，竟然不对我的声音有评价？过了几个月你又来了，又像一个硕大的米老鼠，几乎是用那个秃顶顶开了化妆间的门。那时，我正陶醉于自己首次拿下瓦格纳代表作之一《帕西法》中的阿莫佛塔斯一角而自豪自恋的感觉中。你嚅嚅嗫嗫、不合时宜地说："你肯定阿莫佛塔斯对你来说真的就那么合适吗？"那时，我用鹰隼一般的目光盯牢眼前这个不谙世故的老神父，心里充满了藐视和厌恶。心里暗想：

一个做梦都不敢想象能唱如此瓦格纳歌剧中大角色的三流经纪人，也配对我指手画脚……你似乎窥破我的内心独白，目光畏葸，悄然离去。后来，在我的一出出新戏的上演中，你都跌跌撞撞地从海登堡准确无误地赶来。似乎并不在乎是《茶花女》中的小角，还是《迷娘》中的卢塔里奥，抑或是《图兰多特》中的铁木尔，甚至还是那个德国儿童和成人一样心爱和欢呼的旷世奇作《汉斯与哥莱朵》……但是我发现，自瓦格纳的《帕西法》之后，你便很少来我的化妆间和我搭讪。演出后，我仍旧喝大杯的"皮尔斯"啤酒，仿佛雄狮一样大口咀嚼着牛排，但没了你的存在，我总觉得缺了点什么。

在德国萨尔布吕肯州立国家剧院工作了两年后，由于种种原因，我不得不结束了那里的工作。在我又犹豫再三是否接受东德一家剧院的邀请时，神父海塔士博士竟又神出鬼没地出现了。他将我拉进一家意大利餐馆，为我叫好一份意大利通心粉"湿巴盖弟"和一大杯"皮尔斯"啤酒，用我从未见过的那种不容置疑的口吻对我说："没什么可犹豫的，去施特拉颂这家剧院继续深造，进而拓展你的剧目。也许现在，对于你这样一个优秀的青年歌唱家说来，去东德仿佛流放，但是你面前有《唐·卡拉斯》《卢恩格林》《阿依达》在召唤。作为一个歌唱家，再没有什么能比他得到他渴望演唱的角色更幸福的了……"就这样,在那时,我踏上东去的列车,达汉堡,转柏林,停瓦施道克,从萨尔布吕肯至施特拉松竟要坐十多个钟头的火车,我恨不能将你那硕大的鼻子咬将下来,以抚我心中的不平衡,以劳我终日在火车上的疲惫和压抑……一年之后,当我带着已成我"囊中之物"三个伟大歌剧角色的喜悦,再次与你在这间意大利餐馆里相见时,你咧开米老鼠似的大嘴畅快地微笑。你那个与众不同硕大而生动的鼻子仿佛为你的微笑喝彩,如同一只醒目的红色灯笼辣椒赫然矗立在你苍白衰老的脸上……

尽管在我歌剧角色的画廊里,又平添了三个重要的角色,但十多个小时的旅行,东德许多城市的落后和陌生,以及东西德因生活水平的差距而造成的对外国人的冷漠和排斥,终日让我的心情犹如那里的天气,阴霾和潮湿得似乎发了霉一般。我恰似被流放西北的苏武,天苍苍,野茫茫,风吹草低见牛羊,大有一种茫然不知何处所归的绝望。一天下午,房东的电话响了,我慵懒地拿起电话,于是,神父那坦克履带般沉重的男低音,便如同夏日暴风雨前的阵雷滚过我的心田:"孙禹,听仔细。明天上午,我将带着葡萄牙国家歌剧院的艺术总监卡斯特罗先生,专程从柏林过来,听你的《纳布寇》,好好休息,我有信心,你一定会拿下扎卡利亚这一角色的。"我听完后，竟然激动得没有说再见便放下了神父的电话。我何德何能竟能让圣卡罗国家歌剧院的艺术总监屈尊来到东德这个曾经美丽得不像话的海滨城市，聆听一位背运的中国歌唱家演唱。我深知卡斯特罗先生昨日刚考过柏林国家歌剧院的演员。

　　那是个阳光明媚的上午。沿海的冰在初春阳光的温柔亲吻下缓缓地开始融化。那座平素在我眼里外形丑陋和猥琐的剧院，在这晴朗的一天，恰似洗涤一净，又像一个脱去尘埃，换上美丽衣饰的村妞，光彩照人，秀色可餐。在钢琴伴奏将谱子摆上琴架上的一瞬间，我从内心深处便认定，《拿布哥》中的"扎卡利亚"一角，非我莫属。我不知道，在将来我的人生中，还会有多少次可以称得上所谓辉煌的瞬间。但是在那个阳光明媚的上午，我面对着仿佛时刻都在为我祈祷的神父，阅遍世界歌剧大家风范的卡斯特罗先生，我不折不扣地缔造了辉煌。神父张开缺牙的大嘴，彻底满足地仰天大笑着，但我分明听得出来他在竭力抑制着自己的兴高采烈。卡斯特罗似乎也很兴奋，他上唇的那撮精心保养的黑色胡须一再激越地蠕动，他问我来年的春天有没有时间去圣·卡罗唱《拿布哥》，那眼神好像怕我稍纵即逝了。我向他表示了深深的谢意，并说他能到德国极北部这个小城来,寻访一个失意中的中国歌唱家,我会永远感激他。他确乎有些不安地向我表示,这是他的工作。当神父用一位慈祥的老者对后生所表现出的杰出无比欣慰的目光,又一次盯牢我的时候,我仿佛触到了我那神交已久的祖父那慈爱而温暖的目光。

我依旧是跪在祈祷台上,双手平和而松弛地摆在台面上。幻觉中的《安魂曲》已离我远去,我渴望平静我的心智,暂且远离神父灵魂力量对我的掌握和笼罩。但是几秒钟后我便清楚地意识到,我的努力和向往是多么虚弱和无力。凝视着圣母玛利亚的大理石雕像,我突然有一种被遗弃的孤独和忧伤。我有些怨哀地对着冥冥中的神父的幽灵喃喃地低语:你为什么竟然不和我招呼一声,便这样迅速地撒手人寰。我顿失一个像祖父一样的长者的呵护,该怎样不知所措。你想过吗?难道我承诺过?我必定要在1999年1月的某一天,去接受一个我决不相信的现实吗?一个无神论者凭什么要为一个从一开始便将自己交托给神掌管的人祈祷?仅是为了你每次在我去考试前的祷告?"上帝保佑你,圣母与你同在……"你凭什么似乎不费事便征服了一个来自东方古国,时刻为自己民族有着灿烂文化历史而深刻自豪的年轻人,一个成吉思汗般的大汉和斗士。

还记得吗?那是在柏林国家歌剧院的一次考试。我仅仅有些娇嗔说希望你和我同往,于是你便出现在柏林动物花园火车站的站台上。

刚从穆索尔斯基的代表作《鲍利斯·古多诺夫》的排演场,走进德意志国家歌剧院的考场,不禁让我在嗓音的疲惫和对世界一流剧院的敬仰中,竭力地寻找着某种适应和平衡。那时,我亲爱的神父呵,你不该在我上场之前对我说:"勇敢地去唱,唱得像一个斯巴达克斯!"你真是老糊涂了,剧院的考场岂是杀敌的战场,艺术的大敌是有勇无谋,歌唱的真谛是以柔克刚……你就是那样一句听来准神父的祝愿,却教我像一头公牛一样将考场当成了格林纳达的竞技场。我唱着意大利作曲家威尔第写的成吉思汗咏叹调,仿佛不是在歌唱,恰似金戈铁马、真刀真枪去征服欧洲,去攻战罗马。兵临城下,久攻而不果,尚且还可以运用孙子兵法,兵不血刃。可是我是在歌唱,孔勇有余,智慧不足呵。我竭尽全力歌唱,竟一败涂地,如强弩之末,只有招架之力,全无应变之功呵。柏林国家歌剧院的歌剧总监,算是看在一个年轻歌唱家被他的经纪人相伴亲历考试的份儿上,"屈尊"与我谈话:"你有多大?你是塞缪瑞蜜吗?你现在便竭尽全力,将来如何是好?"铁青的脸,愠怒的神情。我抑或沉浸在成吉思汗征服欧洲的壮怀激烈中,难以自拔,当即顶了回去,"站着说话不嫌腰痛，假如你每天十个小时的排练，又得坐十多个小时火车来柏林考试，你就不会说这番话了"。柏林歌剧院歌剧总监被我顶撞得瞪大了眼睛，竟然说不出一句话。神父仿佛一个夜行的路人，猛地撞见了鬼似的惊慌失措，他忙着站了起来，用手按住我的双臂，一副不知所措的模样，那双七旬之多老人的手呵，直按得我的双肩疼痛难忍。

在去车站的地铁上，我们彼此难耐地沉默着，谁也不去看谁。抵达动物花园车站时，我忍不住娘们儿一样喋喋不休起来："有什么了不起的，不就是柏林歌剧院吗？我就不信那里的歌唱家有什么三头六臂……"这时神父用一种唯有野兽才有的目光，鄙视而刻毒地逼视着我，半晌，他像疯子一样指着我的鼻子说："你以为你是鲍利斯·克利斯朵夫呵，夏利亚宾吗？我告诉你，你什么都不是，你离一个伟大的男低音歌唱家还差得远呐。"

神父似乎被自己暴跳如雷的失态吓坏了，戛然而止。但我却像被醍醐灌顶一样强烈地震撼，呆愣在那里。南去的列车开来了，似乎和谁都毫无关系地慢慢停在站台上。神父似乎为自己的失态有些羞赧地登上了列车。不幸的是，他又一次准确无误地将自己的手提包遗忘在站台上。当我将他的"命根子"交还到他手上时，他的目光竟不敢和我的眼睛对视。半晌，他似乎从牙缝里挤出一句话来：

"一个东方人,只有踏踏实实,不计任何得失,才能最终占领世界歌剧舞台……用你们中国的谚语来说,这也许就叫作'卧薪尝胆,十年磨一剑'吧。"少顷,他沉重地叹息了一声:"在西洋歌剧世界里,一个东方人要出人头地,光有过人的才华是远远不够的,更重要的是要有耐力和耐心,要比一般洋人付出百倍的努力啊!"我依旧沉默着没有应对,神父在不安地偷觑着我,有些魂不守舍。仿佛两个好得过头的朋友,乐极生悲。卖饮料的人和小车路过我们面前时,神父有些故意讨好似的为我买了一听可乐。我接了过来,仍然不与他的目光对视,被水银浇铸一般凝住。他嘴唇喏嚅着没话想找话,一副可怜兮兮的模样。其实那时,我心里溢满了感激。我想告诉他:我懂你的心,我不会辜负你,但是我毕竟比你年轻……面对眼前这样珍惜你的,一如保姆一样呵护你的经纪人,你所有的矜持和傲慢、娇嗔和自命不凡,唯有一种解释,那便是恃宠放纵,十足的小家子气。

  教堂顶塔上的巨钟轰鸣着响了几下,方才将我的思绪从深邃的缅怀和沉思中唤回现实。我缓缓从祈祷台上站起身来,准备回家。倏地,我仿佛看见正前方的神龛里有你的影像。你根本无视我的存在,自言自语着,我好累呵,真的好累,好累……于是,你侧面躺下,一个巨大而舒展的哈欠后,慢慢合上你目光渐微弱的双眼,准备彻底地睡上一睡。但是你似乎觉得神龛太小很不舒服,很不能尽兴。你一如有时急着找我,却又不知我在中国、美国抑或是在德国,你嘟嘟囔囔起来,仿佛一个临睡前闹觉的大儿童。终于你决定不睡了,又费了不少劲立起身来,朝自己也不能确定应往何处而去的方向,忧郁着脸,固执而郁郁寡欢地离去。在你将要跨出教堂大门槛时,你似乎被绊了一下,一个趔趄险些倒下。我习惯地快步上前紧紧地扶住了你。你有些愠怒地甩开我的胳膊,看也不看我一下,奋力地挺直了有些驼背和前弓的胸膛,似乎和自己拼一个高低似的昂首离去。于是,我从你永远不服老的神态中和你那毕竟近八旬老人的胸膛里,听到了五脏六腑和肋骨搏斗的喧嚣声……

去波恩国立歌剧院的考试,世界歌剧界著名的大导演、20世纪最伟大的戏剧男高音玛丽利尤·答·莫纳寇的儿子,姜卡罗·答·莫纳寇,竟让我和你足足等了半年之久。我万万没想到在我唱完拉赫玛尼诺夫十九岁时所写的传世之作《阿列寇》咏叹调,这位在世界歌剧界名满天下的大导演,竟激动地起立鼓掌,冲着台上的我放声叫喊:太棒了!他欲罢不能,冲着后面隐在黑暗中的一排座椅连声呼唤:"海塔士博士,海塔士博士。"我惊诧住了,空荡荡的剧院里，竟没有一点回音。于是，我走下台来，与这位院长大人的随从和他本人，在黑暗中一排一排座椅地朝后面寻去。我们终于在最后一排椅子上找到靠在椅背上昏昏睡去的神父，口水徐缓地从他那永远酷似米老鼠的大嘴里流出。他满脸一百个放心和无比幸福的神情。

我在波恩国立歌剧院的走廊中踱步，心里忐忑不安。不知这位院长大人和神父将达成什么协议，将授予我什么伟大的角色？一个小时后，神父从一楼楼梯上哼着小曲走了下来。我迫不及待地问："他将给我什么角色？"神父意味深长地，眯起眼睛盯了我一会儿："走，先去我家，我给你看几样东西……"

神父将我拉到他用大镜框装饰起来的那几张巨幅歌剧广告前站定，仿佛像布道一样庄严地说："有位老人，年轻时渴望成为一个唱遍世界、鲍利斯·克利斯朵夫似的男低音歌唱家，但因为种种原因，他一生只演了一些小角色……他演的角色虽都很小。却从未看不起自己！不仅如此，他还屡屡得到指挥大师和大牌歌唱家的赞扬。托斯卡尼尼、费舍迪斯科，哦，对了，还有那个整个世纪只诞生一个，全人类的歌剧奇才玛丽亚·卡拉斯呵……"我听着这些如雷贯耳的名字，不由得瞪大了眼睛，终于在这些巨幅广告那很不起眼的地方，看到了这样的名字：佛朗克·海塔士。最后，我的目光终于在一幅红衣大主教梵蒂冈为他颁发学位证书的照片上定格。神父虔诚地亲吻着红衣主教的左手，无比景仰。这时神父为我端来一盘不知何时煮熟的"湿巴盖迪"，望着浇着番茄汁的意大利"大餐"，我忙接了过来，馋涎欲滴。于是他便和我讲述了一个故事，"二战"之后，他终于有机会应俄罗斯圣彼得堡大教堂的同学邀请去那里布道。他为了此次圣彼得堡之行，竟激动得彻夜难寐。布道彼得堡并不足以使他因梦想成真而神魂颠倒，关键他觉得自己终将有机会亲目所睹，亲耳聆听圣彼得堡那原汁原味的俄罗斯歌剧《鲍利斯·古多诺夫》《依格尔王》和《伊万苏萨宁》。他永远不能忘记，刚到的那天晚上，他就在同学陪同下看了《鲍利斯·古多诺夫》的演出。当沙皇在晚祷的钟声和为他送葬人们的烛光中气绝时，大幕仿佛充满灵性和乐感。在人们根本没意识的情形中徐缓而忧郁地闭上。将悲剧的气氛渲染到了极致。全场演出结束后，人们除了为主配角演出大获成功而欢叫鼓掌时，并没有忘记用充满无比敬仰的热烈掌声，逼迫着那位头发雪白的司幕，走出台来谢幕三次……听完这个故事，我的心久久不能平静，一个月之后，我在法国尼斯歌剧院制作的歌剧《蝴蝶夫人》合同上签上了我的名字，飞赴那里，去扮演一个仅十分钟不到的角色：舅舅"邦搓"……每天演出后，当我情绪万般抵触为"邦搓"上台向观众谢幕时，我便想起了那位圣彼得堡歌剧院拉了一辈子幕的司幕老者……

　　一阵略带檀香气味，羽绒一般柔和的管风琴旋律，挟着紫罗兰的色泽，惊动了清雅、静谧的教堂，我依旧跪在祈祷台前，整个意识已经失去了对时间的把握和感知。不，准确地说我已经匍匐在扶手台上，似分娩后的产妇一样精疲力竭。哦，神父呵，你何时又翩然而至了呢？你头顶着玫瑰色的光环，通体穿着玄色的新衣，脸上洋溢着无比幸福的圣光。你像刚刚进过圣餐，硕大的米老鼠似的嘴旁，一如既往地挂着多少次在我眼前晃动的米粒。它晶莹剔透、精致异常。由于你脸上的生动和可爱，它仿佛也变得多动和不得安宁。倏地，你仿佛一下发现在祈祷台上长跪的我，你脸上的每条皱纹里，都争先恐后地向外倾泻着慈祥和欣快……在我拼力地高举双手，渴望着要紧紧将你拥在怀里，绝不再放你离我而去的时候，顿然，我眼前的一切又化为乌有……

　　为了引诱你来我的乌尔斯堡市"中国歌曲独唱会"，我将一张很大的广告招贴寄给了你。不知为什么你很有点反常，竟一连几天没来电话。我憋不住了，往海登堡给你挂电话，你竟多次不在。我从心底里埋怨：这么老了还满世界地跑什么跑？关于这个话题，我不止一次问过你，你每次回答我时总似乎显得约定俗成："我拥有的是一个小经纪人公司，凡事不自己跑，生意便让那些大公司给抢光了。"我说："可你的身体……"说到这，他猛地瞪圆了眼睛，愤怒地用他的巨大鼻子指着我说："多管闲事，我不老！不老！我的身体还OK！"几天以后，你终于回电话了。电话里，你像一个没有吃饱、没有睡好的童子军，闹情绪似的叽里咕噜说了半天，到底我也不肯定你是来还是不来。那天晚上，我正在走台，透过玻璃的拉门，我一眼便看见你那硕大的脑袋和伟岸身材，在人群中和朋友们兴高采烈地交谈。独唱会开始后，我每唱完一首歌，你便忙得不可开交，又是跺地板，又是喝彩，你又似乎控制音量，但依旧轰隆巨响地议论着，闹得台上的我真替你不好意思！

  演出结束后，还未等我最后谢完幕，你便冲上台来一把也是唯一一次将我紧紧地拥在怀里。于是，我在你的躯体和衣服上，嗅到一股只有樟木箱里存放多年的衣服才特有的淡淡的旧樟木的清香，你似乎粗鲁地拨拉开几个想让我签名留念的观众，缠着我硬要我将几首你极爱的中国歌立即翻译一遍。我照你的意思做了，你似乎还是不甘心，又恳求我将其中几首再小声给你唱一遍。我有些不耐烦，更有些费解，一贯绅士风度的神父，今晚怎么啦？但是我还是唱了。你是那么专注地听着，俨然对歌词非得使劲听才能心领神会。"我住长江头，君住长江尾，日日思君不见君，共饮长江水……"于是你的眼眶便涌满了泪水。

"我深深地爱着你，这片多情的土地，我踏过的路径上，阵阵花香鸟语……我拥抱村前那百岁的杨槐，仿佛拥抱妈妈的身躯……"一颗豆大的泪，仿佛经历了少许的挣扎，从你那已经变得有些混沌的双眼中滚落出来，跌在你浆洗雪白的衬衣领上。你轻轻地当胸捅了我一拳说："这小子，唱得这么感人，中国歌曲怎么这么乐感而深情……哦，还有那语言，仿佛它本身就是音乐，音乐……"第二天清早，神父便来了电话。他仍旧意犹未尽，深沉而坚定地说："假如我的生命可以重新来过，我一定要找一个中国女孩来做我的助手，而且我一定要学中国话……"我手握电话怔了半响，还想和他说些什么，对方已经挂断了。我万万没想到那便是最后一次和神父的会面和交谈。假如我知道，假如我坚信我的预感，我会再次拨通你的电话，为你更加缓慢而婉转地低吟浅唱："我住长江头，君住长江尾，日日思君不见君，共饮长江水……""天上飘着些微云，地上吹着些微风，微风吹动了我的头发，教我如何不想他……"

哦，神父呵，一如我从未谋面，却神交已久的祖父一般的神父呵，在这阒然无人、神秘寂静、空灵缥缈的教堂里，你当着圣母玛利亚的神像，面对一个已经祷告了半晌的中国后生，再认真地告诉我一声，你是不是又去某个城市，某个国家剧院看戏和联系工作了吧？你抑或是真正地离开了人间？假如你告诉我实情，我绝不会哭泣的……我静静地等待着，盼望着来自浩渺空间的回声，但四周依旧死一般宁静。于是，我为我所无法解脱的孤独和无助，而泪如泉涌……

你用骨节嶙峋、经络突出的大手，紧紧捂住心口的同时，那张米老鼠似的顽童脸上，充满了幸福。一缕最新的阳光，从教堂的天窗外俯吻下来笼罩在你的脸上，将你那张自我认识你以后，永远是那般苍劲而执着的脸上，辉映得精血旺盛，仪态万方。面对眼前为你送行的黑压压的人群，你双手高举，振臂高呼：圣母玛利亚，保佑你的子民，还有那个来自东方古国北京的大儿童吧！让他的梦想成真……当你目光炯炯，印堂发亮，双手冉一次举过头顶的一瞬间，那唯有人类的混声才能缔造成的、辉煌的勃拉姆斯的《安魂曲》，再次在人声的海洋中升腾飞扬。你用你的心灵以及对生命由衷的祝福和颂扬，引领着这人声汇成的交响的海洋，来完成你所理解的声乐艺术的不朽和永恒。人们争先恐后,排山倒海似的引颈高唱,万福玛丽亚,你与江河大地同在,你与天地万物同辉……于是神父那饱满挺直、夸张幽默的大鼻子上,金光万道、于是神父那硕大而秃顶的头颅上,愈发显得灿烂辉煌。

怀念吴树声叔叔

  读着父亲从安徽合肥寄到德国，纪念吴树声叔叔的悼文，我的手禁不住微微颤抖。我一向自诩是一个"男儿有泪不轻弹"的七尺汉子，竟然被泪水模糊了视线。当我逐字逐句读完父亲这篇深情的文章时，我周身的感官，仿佛被一把金色小号所奏出的苍凉而孤独的旋律所笼罩。倏地，吴叔叔那张清癯而充满个性的脸庞以及略显消瘦的整个形体，被雨后那绚丽缤纷的彩虹簇拥着，款款向我走来。于是，在我那幽静和沉睡的记忆深处，便涌起一股柔和、典雅的温泉……

  那是一个对我来说，能否成为一名军人，便是不是一个真正的男子汉的年代。种种原因,我在父亲几乎跑断腿的奔波中,还是与当兵无缘。一天,我母亲告诉我,福州军区文工团来安徽合肥招文艺兵,吴叔叔向他的战友(带兵人)力荐我。记得那是在安徽省军区招待所,面对着几个高大威猛的准军人,我竟然毫不怯场。隐隐约约之中,总觉得身后有吴叔叔的面影,还有他带着浓重胸腔共鸣的山东口音:"小禹,你行!我是不会看错人的。"我浑然不知,他在何时便开始用这种肯定的语气已经在为我设计未来的歌唱生涯了。自然也无从考察,他凭什么便单方面认定,我将别无选择地靠我自己"雄狮怒吼"一般的嗓音唱遍天下。那时,他是我母亲所在编辑部的主任。在他初次用不容否定的口吻向我母亲宣称,我有一副超人之嗓音时,连我母亲都有些惊诧:亲生儿子这般过人的资质,竟然自己都并未给予必要关注和及时发现?!

那时,我在梦里都渴望做一名军人。面对着我膜拜的、来自福建前线的军人,我唱了也是样板戏中的军人的咏叹调:杨子荣的"甘洒热血写春秋"。我初次被自己从墙壁上反弹回来、带着金属般的声音惊呆了。继而更诧异的是,一曲唱完,来自前线的军人竟呆若木鸡,久久凝住似的。一周之后,我母亲告诉我:"人家看上你了,死活要带你走！"于是，我就再也睡不踏实。一闭上眼睛便是：军装、营帐、"北洋水师"和"雄赳赳、气昂昂"跨过鸭绿江。仿佛歌唱要入另册，战死疆场才是无愧生命的一种永恒和唯一归宿。不知怎的，此事犹如一阵夜风掠过，便再也没了下文。

  我在稀里糊涂的盼望和等待中，渐渐被痴迷美术和排球摄走了心魄。"为国捐躯，战死疆场"的雄心壮志，随着家人和吴叔叔都不再提及，恰似一片远去的云，渐渐飘逝了。后来，似乎听我母亲含混地提及：是她再三斟酌，放弃了让我去当兵的选择。后来的日子，别的都已淡忘，但冥冥之中，吴叔叔那般无比坚定的确认，我终将能成为一个歌唱家的信念，仿佛一个不灭的信号，在我的潜意识中闪闪失失，似乎是扎下了根去。他的确认，之所以在我的心目中能构成权威性，那便是在我父辈口中，他是演过革命歌剧的。至于歌剧是一种什么样的形式和文艺载体，我毫无经历，更没有常识。只是觉得能唱歌剧的人很了不起。在我当时的概念中，歌剧应该不同于庐州府的"刀匕戏"和安徽的文人墨客们为之骄傲得似乎有些癫狂的"黄梅戏"。我想，歌剧抑或是要有"真玩意儿"和要"动真家伙"的吧？！

  粉碎"四人帮"后的第二年，弟弟孙国庆首先戴上了

"中央音乐学院"的校徽。那时，"中央音乐学院"的校徽标志着在我们那个以旅游胜地黄山的闻名遐迩、古井贡酒的如雷贯耳和徽菜传统的耀祖光宗，远比科技人才和人文素质，是否执全国之牛耳更为重要的农业大省里，竟有西洋歌剧人才的存在。望着在我眼前晃动的校徽，我心里交织着一种复杂的感觉。因为那时十八九岁的我，正是马鞍山市话剧团的一名学员。我的偶像并不是李双江、刘秉义、夏利亚宾和保罗·罗伯逊，而是金山、于是之和李仁堂、邦达尔·丘克……西洋歌剧对我犹如夜空中两颗相隔极其遥远的星座，相安无事，永世不会相撞。然而，每当我在楼道里走着，便被那共鸣极佳的回响诱惑着，时而唱性大发。这时，吴叔叔便像一个幽灵出现在他家门口，微笑而执着地对我说："你应该去考中央音乐学院！"他那种比我自己更明确、更自信的神态和口吻，常常让我汗颜和局促不安。因为那时的我不仅不识五线谱，而且常被习大提琴多年的弟弟称为"柬埔寨"（即"简谱债"）之外，所会哼哼的歌曲几乎均是听会和顺着收音机模唱的。并且，一首歌断然是从头唱不到尾。吴叔叔似乎并不在乎这些，我每次唱着经过他家，他竟是如此固执和不厌其烦地，坚定不移地重复着对我的厚望。再后来，当他的这种由不得我不重视的"固执己见"，又受到其他几位专业人士的共鸣时，我只有揣着茫然和猎奇的心思北上赶考去了。即便是在北去列车上的不眠之夜,还是徘徊在北京电影学院、中央戏剧学院和中央音乐学院这三所大学之间,在我所编织的梦中,仍无被音乐学院歌剧系录取,并在将来成为一个国际性的歌剧演员的半点感应。在我收到音乐学院的录取通知书,告别马鞍山话剧团,回到合肥重见吴叔叔时,他并没有为自己的神掐妙算得以兑现,而有丝毫的得意之色。只是仍旧用那种绝对有把握的口吻对我说:"你妈妈给我们编辑部发的喜糖,我吃到了。好好学,你能成,也应该成!"在那个岁月中,我母亲的编辑部里的同事们经常互发喜糖。

五年之后,我在毕业公演的西洋歌剧《费加罗的婚礼》中饰伯爵。那时,我突发奇想,假如我的将来,也能练就此种"三年早知道"的特异功能的话,岂不也成了奇人了吗?!自然,那时的国人为了长命,虽对气功和特异功能尚未有足够的悟性,但是清晨即起大灌凉水、甩手疗法、猛喝鸡血、纵饮红茶菌等,倒也是如痴如醉、趋之若鹜。人与人之间,是否确有"缘分"存在?我从未认真品味。但后来,在我生命中太多的"奇事"发生,让我不得不重新审视和琢磨这所谓"缘分"二字。

也许是吴叔叔第一次听到我"吼叫"的嗓音后,他便在一个阳光灿烂的早晨,郑重其事、宣读国书一般对我母亲说:"你儿子,学美术虽刻苦,但没有过人的才华。付出再多,收效不大。但我敢肯定,他将来一定可以成为一个不可多得的杰出的歌唱家!"在我母亲有意无意将她主编的话在饭桌上随意而不甚连贯地透露出来之后,我心情的失落和怅然、孤独和无助,绝不亚于被智者一语中的。因为那时我曾酷爱美术。而今天每当我失意时,独自漫步于异国都市里,那些被黄昏笼罩、被教堂枯索的钟声所淹没的大街小巷中,那种当年诀别美术的失落,依旧叫我沮丧……在告别了我省大画家鲍加叔叔家里那间充满了油画芬芳的画室,我还来不及缓过神来,重新给自己定位和选择的彷徨中,不知怎的,一下子便将美术的渴望匆匆埋葬在雪地里,在柳絮中,在三伏天的日日夜夜里……那种梦想成为列宾和达·芬奇一样的油画大家,也为自己留下一幅《伏尔加船夫曲》和挂着永恒微笑的蒙娜丽莎之渴望,顷刻之间灰飞烟灭了。从那时起,以"倔"而出名的我,便无法躲避对吴叔叔的好奇。我不仅偷偷从父亲已封存的书架上,翻出在"文革"中他那被打成"叛徒哲学"的长篇小说《在狱中》细读,甚至常常在人家写批斗他的大字报,以及他反击的大字报栏前驻足,欣赏着他那笔走龙蛇、力透纸背的书法……连我自己也很奇怪,从那时起,吴叔叔的言行就常常让我比他人更为重视。

不知从何时起，我就已经将他视为一个与我很有关联的人了。毕竟他的观点和对我的判断，不仅对我本人，甚至对我父母都有很大影响。因为，在当时的文联大院里，吴叔叔无论书法、绘画、文章和歌唱，这几项综合性的全能，是很少有人可以与他相比的。况且他还有一位画技更精的夫人顾美琴女士。直到今天，我在欧洲的这座德意志联邦共和国北方的城市里，读着我父亲的文章，才知道吴叔叔身上如此之多的才艺竟大多都是自学而成的。锱铢积重，冰冻三尺。一个人靠自研自学便能成就如此这般造化，在我的心中是要被永远地敬重的。吴叔叔在我从艺的道路上，以他不容抗辩的固执拨正了我人生中的偏差，让我从里到外焕然一新。从那以后，每每再见他那双微笑的双眼时，仿佛便有了许多哲学的味道了。它们仿佛在重复着这样的哲言："艺术是需要有天资的。假如一个人在某项艺术事业的选择上天资不足、才能不够，只有自寻烦恼。如同一艘马力不足的驳船，是无法和远洋巨轮相比拟的。"但是，在我五年的音乐学院歌剧系的学习和深造过程中，我并未将那种被纠正偏差、焕然一新的生命动力，全部投入到如何使一个中国的夏利亚宾早日诞生的奋斗中去。更不幸的是，大学五年中，我又染上了至今不治的"文学痴呆症"。

记得有一年暑假的一个晚上，我为了写作不致汗湿稿纸，在我母亲编辑部同事下班后，躲将进去，反锁上门，在房顶上悬着的那个吊扇下，嗅着"编辑爷"改稿用的墨汁香臭味，开始了我的文学之"路漫漫其修远兮，吾将上下而求索"。约莫十一点钟，编辑部的门被打开了，吴叔叔走了进来，我忙着要站起来。他似乎对我借用编辑部写稿又是"三年早知道"。他挥了挥手让我别动，告诉我他忘了一篇未及审看的稿子。突然，他的双目似被火焰灼烫一下圆睁起来，紧紧盯住我手中食指和中指间夹着的一根香烟，足足有五六秒钟凝住不动。过了一会儿，他缓缓抬起头来，目光如同一把刀子，锐利地在我脸上剜着。他嘴巴嗫嚅着确乎想和我说点什么，但不知为什么却感到十分艰难。我下意识地将那还有半截的烟掐死在烟缸里。在他的身影消失在门口时，我实在觉得，他整个人在被一种很严重的失望心绪压迫下变得缩小了许多。

　　在那以后的日子里，我每逢写作依然还要吸烟。已经早已戒烟并以写作为生的父亲，为劝我不要吸烟道理说尽、狠话说绝，但我依旧不改。吴叔叔仍旧细心去发现和培养一个又一个年轻作者的同时，也发表我的习作。但我发现，在我后来回家度假的几个夏天里，吴叔叔注视我的目光中，便平添了几许耐人寻味的内涵。多少年过去了，一个月光如练的仲夏之夜,在美国旧金山湾区,一个华人为我独唱音乐会成功所举办的聚餐会上,一位冯玉祥将军的后裔递给我一张图片,上面排列着三个不同的肺:未经污染的肺部血管清晰、脉络鲜明;被污染的肺丑陋脏黑,杂物丛生,令人毛骨悚然;被癌细胞遍袭的肺,仿佛一块失去全部弹性和真实感的橡皮死块。这时她轻轻在我耳边说道:"你在自毁你的前程……"她的话在我心上,如同静谧的原野上滚过一阵惊雷。那天晚上曲终人散,我凝视着这冯玉祥将军之后送我的图片,长久地发呆。间或,在我的眼前,父亲每当我吸烟时,那满脸"豺狼虎豹"似的凶狠表情不时地掠过。于是,我又忆起吴叔叔初次发现我吸烟时的目瞪口呆。一瞬间,我似乎顿悟了,他那双变得有些令我琢磨不透的目光中所蕴含的深意。那天凌晨,我终于止不住又接过朋友伴着笑脸递来的一支烟。在我将它点燃后,猛吸几口,奇怪,这"万宝露"怎没了它应有的滋味?顿时,我藐视自己的毫无毅力。我在"我完了"的绝望中猛醒了过来,一边用纸巾擦着额角流出的汗,一边欣慰地告诉自己,我这次的烟是戒定了。旧金山两年后的一个初春的日子里,我在华盛顿一位药理博士家里,怀着一种博大的责任和使命感,光荣地加入了美华国际反烟大同盟。然,我在后来的日子里,也确实领略了大同盟的神圣感,但多少年后关于抽烟,我又故态复萌。

尽管吴叔叔几乎是发现我是可以以歌唱为生的第一人，但我断定，他也许终生都没有机会，亲耳聆听我在豪华的音乐厅里放歌，在辉煌的歌剧院里演唱西洋古典歌剧中的各种角色。但又正是他，在我毕业后被分配到中国歌剧院，用了五年的日日夜夜，仅仅演了一部歌剧的惆怅中，再次以不容讨论和商量的口吻对我说："小禹，你是学西洋歌剧的，为什么不去西方国家深造和唱大歌剧呢？你一定要去，走出去，那才是你真正的英雄用武之地！"他说到"用武之地"时，显然加重了语气，楼道里的共鸣被他的声音振动起来，发出黄钟大吕般的回响，显得那样庄严和神圣。仿佛天神在授予我一个不容推辞、任重而道远的光荣使命。我的全身一下子被这种带着宿命意味的神秘气氛所震慑。我的灵肉被一种"天将降大任于斯人也"的严峻紧紧地罩住。这种在我生命中犹如被电击一般既庄严又带着浓重使命感的震慑，在我出国后十年异国生活的漂泊和孤旅中，唯有在我主演西洋大歌剧中的国王和红衣大主教时，才能畅快淋漓地得以重温。有时，我感觉这些都是发生在梦中。

当庞大而轰响的交响乐伴着洪水滔天般的合唱，铺天盖地席卷而来的时候，我已经无法感到我的自身存在了。我觉得我是意大利歌剧泰斗威尔第用他的乐魄拥推上舞台的西班牙国王菲利浦二世、罗马的红衣大主教，我是俄罗斯民族歌剧作曲大师穆索尔斯基，被他那雄浑苍凉和悲壮的笔牵引上了舞台。用极度恐惧而又残酷的心态、多疑而又暴躁的情绪、错乱而满眼幻象丛生的精神世界来诠释着双手沾满皇位继承人的鲜血，终日活在疑神疑鬼、神经濒临崩溃边缘的俄国沙皇鲍利斯·古多诺夫……吴叔叔犹如一个先知，如同威尔第歌剧《纳布寇》中的大祭司匝卡利亚一般，以不容置疑的口吻和信任，在我人生几个重要的时段，小心翼翼地指示着、宣告着我将等待的福音，收获的福祉。至于需要以什么样的奉献和如何准备，才能坦然地去迎接那种奇妙的福音，去牢固地拥有那种终生受用不尽的福祉，他却从头至尾未曾点拨我丝毫。仿佛我仅仅需要按他所告诉我的"终极目标"一路走将下去，本身便会福星高照。难道不是吗？

我常常这样自问。假如一件事的机缘巧合不能称为"奇"的话，那么在我颇为精彩的人生阅历中，多次的传奇事件，就不能不让我笃信：冥冥之中，有一种我说不清楚的东西在保佑着我。请问：有谁，在考上中央音乐学院时竟不识五线谱？有谁，在拿到了美国约翰·霍普金斯大学皮博迪音乐学院的奖学金和录取通知书时，竟还对英文发怵？又有谁，在比利时皇家歌剧大赛获大奖的前夜，竟将玻璃墙当空地穿越而过,结果被送进医院,在左眼的上角被缝了十二针?……我永生难忘,当我走上台去,不知所措地从评委主席手中接过奖状和奖金,迎着海潮一般的观众的狂呼"中国,孙禹"时,我一边流泪,一边反复地想着:我是怎样才从遥远的中国走来,最终走上了这个辉煌和高贵的领奖台……

我的双眼又落在父亲悼文中那段让我心悸的文字上:"似乎是怕打扰别人,你在人们熟睡的凌晨,悄悄地走了。那支燃烧自己,照亮别人的烛光同时也熄灭了……"吴叔叔那清瘦而飘逸的身形和面影再次占据和拥满我的视线。十年后,我这个"人在洋邦"整整漂流了十载的游子又重归故里。在那个我在异国他乡曾多少次梦魂萦绕的"宿州路九号"大门口,一眼便认出您在老伴的搀扶下,吃力而轻飘飘地朝我走来,脚下仿佛踩着两片祥云。从那时到现在,我始终记不起您穿什么颜色衣服,只是深刻地记得,您整个人的颜色仿佛被碘酒久久地浸泡过,泛着暗涩的灰黄色泽。您看到了我,表情显得很意外,略带点惊讶和激动。您努力地朝我微笑着,睁大了眼睛。您的老伴笑盈盈地看看您又看看我,千言万语尽在不言中。您停在我面前,用眼里全部的慈祥和笑意抚摸着我的脸庞,拥抱着我的全身。我明确地感到,您嘴巴嗫嚅着,在做极大的努力想告诉我，您此时此刻极想和我说的话。但结果让您自己很不满意。您有些歉意和羞赧地仅仅吐出一两个单字："好！好……"我简直不敢相信自己的眼睛，病魔竟能让您虚弱成这个样子。老伴扶着您怀着言犹未尽的深深遗憾，又像刚才那样吃力而又轻飘飘地离去。就在您和老伴就要拐进楼道时，您似乎和自己有些过不去似的，有些挣扎般地缓缓转过身来，又朝着仍在凝视着您而呆站的我投来深深的最后一瞥。这平静、安宁、踏实的一瞥，犹如高山出平湖的水面上，悄然掠过一纹涟漪，一瞬间便速疾地消逝了。那时，我的心里，每一个角落都被一种难以形容的感动充盈了……

3月下旬的一日，我在法国地中海沿岸的一座名城——尼斯，用演出意大利著名歌剧《蝴蝶夫人》的空当，给家里打越洋长途。电话里，我父亲告诉我：你吴叔叔走了……放下电话，我呆坐在窗前，放眼那一望无际仿佛永远蔚蓝的地中海久久发愣。不知过了多久，在天海一线的远方，缓缓驶来一艘通体洁白似雪的客轮。当这艘被海水映衬得更加洁白的客轮驶近的时候，它倏地发出一声嘹亮的汽笛长鸣。于是，我觉得浩瀚无垠的大海深处，由弱至强，由远而近地传来亨得尔那庄严而空灵的"弥撒"圣曲。于是，汹涌的海涛恰似浩荡而辽远的混声大合唱，将我整个人彻底淹没了……

吴叔叔,您安息吧!作为一个普通的人,您的仙逝和善后,也许平凡得犹如草木花卉,秋天凋落,春又复生。但是您的仙逝,不啻在我们父子两代人,还有许许多多得到您帮助和提携的作者和朋友们心中,耸立起一座值得永远纪念和仰视的丰碑。由于您的平凡,在平凡的人们心中,这座丰碑愈加显得真实和高大。我想您留在我父亲心中的丰碑,是您以您的人格和人品,以及几十年的相互了解所铸造的。而您留在我心中的,除了丰碑,还有一种用言辞所无法倾诉的、刻骨铭心的感念之情。这种深刻的感念,在我今后的人生中,每当我取得成就,再创辉煌时,它都将会如同灿烂的旭日一样,冉冉东升……

永远活着的微笑

  站在洪朝煌医师的遗像前,洪太太默默地燃亮了两支蜡烛。我拿起飘着缕缕轻烟的一炷香,缓缓地举起,准备向遗像深深地拜下去……日夜兼程,坐汽车、乘飞机从北京到旧金山到华盛顿,飞越半个地球,我仿佛就是为了这一瞬间。当我再次凝视着遗像时,我忽然像被一种奇异的神力牢牢抓住。遗像上的一切仿佛变得生动起来,满脸大儿童似的微笑,倏地传出一个让人感动的和弦,那操着台湾口音的普通话,又似乎开始自嘲般唠叨起来:"孙禹是职业歌唱家,别人怵他,不敢唱歌。我是妇产科医师,我不怵,我唱。"我仿佛又置身于那间挂有"独乐乐不如众乐乐"条幅的客厅里,他那种感染力极强的笑容。将他家那间周边摆满白色沙发的客厅，泼染上一层温暖祥和的玫瑰色泽。

我双手举着的那炷香，依旧烟缕袅袅，并不因为我的手微颤而失去了它的徐缓和典雅。一个活灵灵的人，真的是一下子去了，就再也不回来了吗？在我今后的歌剧生涯中，每当一部新戏的首演，他还会像以往那样排开紧张的工作日程，前来观览并拍摄录像和剧照吗？华盛顿以华裔为主体的夏季青年实验歌剧院，还会像以往那样，年年收到他捐助的一笔数目可观的款子吗？他周边的护士和工作人员们，还能够意外惊喜地收到他赠送的歌剧演出票吗？那座被五百棵白杨树环抱的故居里，还能传出他唱卡拉OK时，那种令人忍俊不禁的自嘲和雄赳赳气昂昂的高亢吗？

我无论在哪一个国家歌剧院首演之后，也无论演出成功与否，一碰到他那种奇异的微笑我便踏实了许多。在德国伟大诗人歌德的故乡路德维斯堡，当我唱完威尔第作曲、歌德作词的不朽歌剧《露易沙·米勒》，他笑了，笑得虽有些过分稳健、含蓄，却没有半句的夸赞和吹捧，仅仅说："饿了吧，我们去吃饭，挑一家你最喜欢的餐馆。"尽管那次演出是和意大利伟大的男中音歌唱家瑞纳·布鲁松首次同台。在圣卡罗国家歌剧院，我又与另一位意大利伟大的男中音歌唱家乔治·苍卡那罗同台演出威尔第的代表作《纳布寇》。演出后，我们一同去一家葡萄牙风味饭店吃饭，洪医生为我在这顾客拥挤的餐馆里寻找一把椅子，足等了有半个小时。在德国著名的大学城——乌尔斯堡市，我首次主演了俄国民族歌剧里程碑之作《鲍利斯·古多诺夫》。首演后的招待酒会上，我和洪太太费了不少力气才在人群中找到了正和歌剧院长又是该戏导演的克林博士热烈交谈的洪医师。他们一高一矮，欢快地交谈着，他的微笑再一次笼罩了我。那次他破天荒地当面对我说了一句赞美之词："你的导演说，全台演员只有三个人德语吐字最清楚，你是其中的一个。"第二天早晨我去宾馆看他们，一进门，便看见洪医师正用一本德英词典，对照着我昨晚演出的报评，逐字翻译着、查找着，形同一个淘金的痴人……

我背对着遗像，接过洪太太递过来的一杯茶，听她讲述洪医师脑出血病发的前后。洪太太似乎非常随意地说了一句："只有等他走了之后，我才真正感到他的力量……"难道不是吗？1998年1月11日那天晚上，"孙禹旅欧美十年歌剧生涯回顾独唱音乐会"的上半场，我竟是那样充满艰难和危机感，那样一种声带失控的绝望，喉咙燃烧似的燥热，心里全面认输般的悲哀，使我硬撑着，强作欢颜地唱完了上半场！中场休息，我坐在休息室发痴。然而当莫扎特的《费加罗的婚礼》序曲，在交响乐团的演奏下奇妙地响起，好似一阵清新的海风吹来，我仿佛得到了一次彻头彻尾的沐浴，清爽甘美的泉水在我的体内贯穿、循环，无论是我的意识还是感官，似乎重新经历了一次诞生……然而三天之后，我接到洪太太从美国打来的越洋电话，洪医师就在我独唱音乐会的当天晚上离开了人世。我对着电话痛哭失声，俨然一个疯人，反复地说："他走了，我才真正明白他是个多么好的人。"因为我和他有约，我的音乐会在祖国举办的一天会相逢在北京：去一望无垠的大草原上领略一代天骄的壮怀激烈；去万里长城感受不到长城非好汉的一览众山小；去故宫感受那安得广厦千万间的雄浑、巍峨；去十三陵寻觅大明的遗韵风骚……就在你的梦即将成真的时刻，你竟匆匆离我们而去，如同一阵风吹灭的一盏油灯。

1998年1月24日，午后太阳苍白惨淡。你的追悼会在一座圆形的教堂里举行。我走上台去，摊开威尔第《安魂曲》的谱子，准备以一个职业歌唱家的嗓音去安抚逝者的亡灵。这时，洪太太几天前在越洋电话中的话语再度从冥冥的空间中响起："孙禹，我问过昏迷中的洪医师，他希望能再次亲身听到你的歌声。"当我的一颗硕大的泪珠摔落在《安魂曲》的谱面上,钢琴伴奏出第一组富有阳刚之气的和弦,于是一股热浪从我的腹部猛然贯穿过我的喉管,奔向那永远不可知的浩渺空间……

长哭当歌

李维渤老师,您就这样默默地走了吗?李老师,我本想请您去美国,去欧洲最好的歌剧院,看我演剧,分享我的快乐,但是您再也不会给我机会了。李老师,怎么办?我唯有痛哭当歌!李老师,我知道您不会怪我,但我还是止不住那愧疚泪水,滚滚长流……说到底我还是一个让您失望的学生啊……因为我无法让您复活!李老师,您真的走了吗?走得是那样平易和随和,像是怕打搅了别人,静静地一个人去了,走得像您那句影响我一生的话:"你们的李老师,永远不求人!"

李老师,还记得我在中央音乐学院大学二年级时,一次声乐课后的琴房里,您跟我提到您的父亲,那时他是继任美国驻华大使司徒雷登的北京燕京大学校长。您告诉我,日本人侵占北平时,三番五次想叫您父亲出去为他们做事,却都被老人家拒绝,最后家里无以继日,只有靠变卖地毯和钢琴维持生活……李老师,您还不知道吧,我真的听进去了,印象极其深刻,几十年了,这些事情就如锥子一样,在我心灵的石碑上镌刻着,硬硬地扎下了根。后来,我在欧美的歌剧世界里闯荡,多少次都艰难得无所适从,一想到您父亲的故事,就立即安静从容了许多……

李老师,刚进中央音乐学院时,我在几十名同学中,音乐基础最差,没有老师愿意接受我,是您接受了我,并点化了我:声乐的最后升华不是嗓子而是脑子……而那时的我,却不务正业,恃才傲物,万般皆下品,唯有文学高。可您只是对我失望,却对我不舍不弃,仍对我希冀依旧。

1988年,我也被出国大潮卷向美国,临行前,您的一句话,竟让我至今对声乐充满了执着,您说:"声乐像马拉松,起跑快的人未必能到达终点,只有坚持下来的人,才是最后的赢家……"在举目无亲的异国,多少次我都想认输,正是您的话点拨了我,又让我继续前行,绝不言败,咬牙挺住!

李老师,今天我在异国,在那个享有"艺术皇冠上的钻石"之称的西洋歌剧世界里,已足足十九个年头,奖章、喝彩与鲜花、风光、荣耀与掌声,早已对我不再是诱惑,但是,我怎么也想不起您在任何时候当面夸过我。但我每取得一点成绩,哪怕是一场微不足道的演出,我看得出,您都从心底里高兴,您总是抽出时间,甚至以八十岁高龄尽量赶来,不为别的,就因为我是您的学生、您的作品我仍在歌唱。

十九年前,我因为在首都天桥剧场主演歌剧《原野》。令我万万没有想到的是,在天桥剧场,从排练到公演,您竟从那么远的石家庄,一路赶来,骑着一辆破车。连续几场,您坐在剧场的角落,静静地从头看完,似乎怕打搅我,之后又一路而归,还是骑着那辆破车……当我从同事口中得知您用往返几个小时的车程来看我演出,散场后,您又默默地独自归去,只留给我一个远远的背影!那时的我真想冲着曲终人散的空旷剧场连声大喊:"我的老师出身世家,是周总理召唤归国的一代声乐教育大师啊!"李老师啊李老师,您为什么就这么平易和不讲究啊,以您的身份、博学和成就,值得为一个不争气的学生,如此屈尊和辛苦吗?但在《原野》演出后的日子里,我们再度重逢时,您对我说《原野》男主角仇虎,对于低男中音来说就是威尔第的《奥赛罗》，这句评语就是您对我生平唯一一次当面夸赞呵……那时，我并不懂得什么才叫高尚的人格。可现在，我懂了，我珍惜了，可您却……我再也没法控制自己，剩下的只有悔恨和泪水！

李老师啊李老师，倘若在我的生命中没有经历过您，体验过您，感受过您，景仰过您，我也许压根儿就不相信这个世界上，会有学富五车、成就卓著的人，还能做到清心寡欲，名利淡泊。在我眼里，您似乎除了声乐教学，全然不知这世界上还有什么叫快活？您不仅教我声乐多年，从来分文不取，而且认真得屡屡叫我没辙。那年我回国看望您，一心只想请您吃顿饭，聊表寸心，但是您说您有规矩，凡学生来看老师的必由老师请客，李老师啊李老师，您"吝啬"得连这点机会都不给我，回来后，我……我真的好难受。但是，每当我取得一点成绩，您仍旧当着我的面不夸不说。可是"背"着我，您总是跟别人说："孙禹现在懂得用功了，他的西语语感不错，因为在国外靠唱吃饭，来不得半点马虎。他到底还是我的一个好学生……"

李老师，以您的成就和著作、人格和师德，只要您哪怕有那么一点上心和运作，世界声乐大赛的评委席，全国各种声乐赛事的裁判宝座，央视追踪文化教育名人的镜头，大小报刊上的文艺副刊版面，无疑都能聚焦于您的博学和人格,不是吗?在您桃李满天下的学生中,有屡次获国际声乐大赛金奖的得主,名满中国的美声大腕,也有央视主管艺术栏目的重要人物,有在海外经商而富甲一方的高足,就因为您的一句人生箴言:"你们的李老师,从不求人……"就将自己应得的地位、名誉和物质财富,一把牢牢地锁住,坚守着自己的一片"净土"。但是您却对教学育人、声乐学术一丝不苟,近乎"愚钝"!我怎么也搞不懂,您竟能面对声乐名利场,心如止水、视而不见、万般超脱!您的坚守和"愚钝",在很多人眼里不可思议,判若另类,可谓不食人间烟火……是您辜负了名利场,还是名利场辜负了您?

然而,您终究是中国声乐界的脊梁,试问当今中国又有多少人,能拒绝电视镜头、拒绝红地毯、拒绝财源滚滚、拒绝有本事没本事都巴望着活它一个好快活!师不为利,又何以为名利所困?良知不被世俗所浊,又何以与巧取豪夺之辈同流合污?所以,李老师,您就是我们学生心目中的"神圣"与"良心"。虽然,我不能够使您对我彻底地满意,但您的教诲,足以使我受用一世……我敢起誓,您的一生和业绩,不了解您的人,无知无畏,一旦了解,定会崇敬备至。因为只有懂得信仰的人,才会懂得真正的崇敬,因为他们崇敬的不是浮华和显赫,而是精神和良心、学问和境界！一个人抑或是一个民族，什么都可以没有，就是不能没有脊梁、不能没有良心、不能没有境界，更不能没有责任和高尚的品德。

李老师，您还记得吗？二十多年前，还是在一堂声乐课之后，我认真地问您："李老师，您为什么在取得了两个硕士学位之后，立即回国？"您淡淡地笑了笑回答："我的国籍是中国。"您的回答是如此明了，让我觉得一切都很神秘，面对这种明了，竟是那么的没有悬念……直到今天，在异国漂流了十九年后的我，也渴望回家时，那种直白、明了的谜底终于揭破，一个经历过漂泊的中国人，还有什么比"我的国籍是中国"更会让七尺男儿泪流长河，更能震撼一个遍尝孤独的漂泊者。

敬爱的李老师，学生不肖，连您的遗体告别仪式都没有能赶上，连和您见最后一面的机会都错过了，我不悔恨、痛哭又能干什么？但您毕竟走得是那样的从容不迫，因为您按照自己的意愿，心满意足地走完了一生，留下的是学生一辈子受用的人格、著作、师德与超脱。

我泪流满面地写下悼念您的文字时，视线模糊的眼前，又再次呈现出您那慈祥而红光满面的脸庞，以及您那熟悉得不能再熟悉的声乐示范动作，我压根儿都不能相信一个阳光灿烂、高大而健康的老人，会这么轻易地和我们永诀，连同您琴房里那张破旧的大沙发，以及那张沙发上时时传来的惊天动地的"打哈欠"声乐练习，连同那个竹编外壳超大的热水瓶，连同您一辈子的声乐教学精髓：声音轻重机能的融会、贯通、调和……李老师，倘若人生还有来世，我别无选择还做您的学生，弥补您对我学生时代的失望，了断我对您深深的抱愧，偿还您对我的泽厚恩深……

李老师啊李老师，还有一件事，我还没有来得及告诉您啊，当西南大学音乐学院院长、您的学生我的师兄戴雄，在电话里告诉我您走了的消息之后，我竟久久地在椅子上呆坐，半天无法立起……他想在当年10月再度邀请您来重庆，参加为我举办的交响声乐独唱会。多少次我和他谈起您时，彼此的心都会陡然贴近了许多，而今我只有将此次音乐学会作为您的学生为您献上的一个迟到的花圈，一首发自心灵深处的歌……这首挽歌我们从来都没有试过，但在之后您的每个忌日，我们都将咏唱那首"此恨绵绵无绝期"的长哭当歌……

悲情吴侬皆成歌

离离原上草，大漠孤烟直……

苍凉、广袤、灰黄的西北戈壁滩上，一辆兰州某旅行社的巨型巴士上，除了一名马姓导游和一名司机，剩下的只有三名乘客。沿着先人马帮踏过的丝绸之路，商旅穿越今古奇观的河西走廊，掠过沙地上那一丛丛根须深刻、顽强生活的草本植物。两男一女的三名乘客，仿佛久别重逢的挚友，一面眺望着远方祁连山顶连绵起伏的雪峰，一面像唠嗑似的谈古论今。那位气质雍容、淳朴的女士是河南师范大学音乐学院声乐系教研室主任李鸣镝教授。个头威猛、嗓门嘹响、面如赤枣的彪形大汉便是笔者。年纪稍长、身材适中、思路敏捷的就是浙江省音协主席、著名作曲家晓其先生了。他们从敦煌参观归来，再从兰州登机归去。所有参加西北民族大学音乐学院举办的"全国首届艺术歌曲研讨会"的作曲大腕、理论名家、歌唱枭雄，都选择了敦煌寻梦，大漠归途。

诗仙李白曰：同车同船都是缘。于是，这空寥的大巴和颠动不已，1400多公里的归程，便成就了这三名乘客的志同道合。那原本十分寂寞难耐的千里旅程，竟让这三人行，彼此为"缘分"和相互"充电"而变得相濡以沫起来。三人行的耳边刚刚响起西汉猛将卫青和霍去病的金戈铁马，祁连山红四方面军妇女团与马步芳骑匪的血战旧址又已路过。"劝君更尽一杯酒，西出阳关无故人"的绝唱还在大诗人王维的唇齿之间，民族英雄、禁烟诤臣林则徐的慷慨悲歌又起。马踏飞燕的青铜塑像就在眼前，守土将军雷公的古墓又添悬念。盖碗茶，手把肉，黄河鱼，信天游，兰花花，秦腔吼。那险峻陡峭迭出的河西走廊刚过，苍凉辽阔的戈壁荒滩便跃入眼帘，那千沟万壑的黄土苍塬已在身后，离离原上草的景观又让三位音乐艺术家感受震撼，浮想联翩。我想说：中国的艺术歌曲市场艰难，在流行歌曲的重围中，要想突破和生存，只有像戈壁滩上的骆驼草和芨芨草，将根茎拼力地扎向大地的深层。媚俗易，精品从来难得。李鸣镝教授喃喃低语："容易的事成了，

有意思吗?"晓其先生深思无语,突然,他昂扬起来,放弃了沉默,低吟浅唱中朗朗道来:

> 在秋江的船上
> 流浪的诗人
> 漂流一生泪两行
> 守城的将士
> 在高高的城墙上
> 吼几声秦腔
> 就像回到了家乡……

《长安忆》从作曲家的口中,就这么随意吟出,仿佛一面巨鼓擂响在我的胸腹间,那种浓郁的秦腔曲调和着典型西洋韵味的艺术大歌之音乐线条,带着对职业歌者乐句处理的气口规范定位,一下子激起了我——一个职业歌唱家的猎奇探究和敏感。我脱口问道:这是谁的作品?晓其先生从容作答:我写的。我又追问:您为什么不在研讨会上展示?晓其先生笑得是那般的灿烂和释然,"没有机会且兴趣索然……"该轮到我沉默了,怪不得一路上,零距离地感悟晓其先生大有一种"三人行必有吾师"之感!原来此君竟这般地含而不露、大智若愚!倘若一般的作曲家,巧遇一位在欧美歌唱舞台有着十九年沧桑和辉煌的歌唱家，何以如此藏珍？何以如此谦逊？对西北民大音乐学院举办的全国首届艺术歌曲研讨会，在我心里确实留有不少的遗憾，但没有他们做"媒"，我何以与晓其先生结识？何以同车同船皆是"缘"？何以感知一位用原创音符去歌唱，用原创音乐线条去呼吸的"三人行必有吾师"？

晓其先生爱才，表现在对我的演唱确乎印象深刻。大凡艺术界的朋友，萍水相逢，分手时也有情愫，也有"日日思君不见君，共饮长江水"的离情别恋。但时间一长，生计繁忙，谁还会为他人的才华和激情、真挚和友谊刻骨铭心。但我想晓其先生与我一路同车，相见恨晚，这份情谊应该不会由于时光的推移而稀释吧？一路上我看得真切，他连导游和司机都呵护有加、关怀备至，更何况一个在海外漂流了近廿载的歌唱"大儿童"？其实，荣誉也好，成就也罢，身价又如何？终究不能与赏识、信任与推崇相提并论，毕竟世上千里马常有而伯乐不常有呵⋯⋯

2002年7月28日，应晓其先生之邀来杭，一是访友，二是谈谈未来的合作。晓其先生是浙江省音协主席、省政协委员，活动多、会议多自不在话下。次日上午，我在宾馆待得浮躁，便去省文联音协他的办公室造访，他果然去省委大院开会未归。于是我便在他的办公室里，手抚钢琴唱将起来。本想聊以打发时间，不料琴上随意摆放的一张张他的作品手稿吸引了我的视线。一经试唱果然朗朗上口，又是那般音符的活泛和生动的歌唱的新鲜感。又是那个天然形成的、音乐线条原本的呼吸流畅。我想，一个人的成功和成就，一半属于智慧，那么另一半必定属于勤奋和酷爱，当然还有决不辜负。不辜负什么呢？不是身份和官位，而是才情和生命！

共进午餐后，没有午休，我们又回到了晓其的办公室。他还是那么从容和含蓄，一阵暄叙后，我听了他的几个作品《好大雪》《长安忆》《焦裕禄》《巴黎归来》和《海燕》等。连我自己都感到惊诧……他的作品，我几乎个个都喜欢。理性告诉我，是不是我迷失了，是不是将我们在戈壁滩上的疾进、河西走廊间的豪壮、敦煌莫高窟前的畅想，甚至在夜宿张掖、武威的餐桌上，那相见恨晚的豪饮和"三人行必有吾师"的情怀，有意或无意地将我带入了一种很难客观评估的迷踪之境了呢？我不相信我这个遍阅西洋歌剧作品，历经五十余部几百年来传唱不衰的西洋大歌剧，十九年人在洋邦的职业歌唱家，会因为爱屋及乌丧失了对歌曲作品起码的判断力。于是，在音乐声中，在歌者委婉的述说中，我开始了对晓其先生作品系列的理性感受。

《巴黎归来》的前奏刚刚响起，我的鼻子便有些发酸。十九年的海外自我放逐和流浪，还有什么比这样的曲调和游子吟唱更让我心潮起伏、热泪盈眶的呢？歌者王维平是我安徽老乡，他诠释的这首作品也可谓细腻和一往情深。我想象着再加入一些我这些年人在异邦所切身感受到的举目无亲、孤苦无告的苍凉感，以及游子回梦里、回故乡的无奈与渴望，那么这首作品将更加深情和催人泪下。一曲响尽，那首《好大雪》又唱起。曲调和歌声，在我眼前便化作"如席的大雪"漫天飞舞。歌者在"好大的雪"的"大"字上爆发出的声音訇响，让作者晓其用音符将飞飞扬扬的烂漫雪霁，散满整个空间，动感跌宕，荡气回肠……怨不得东北白山黑水故乡的作曲家们，听完这首歌都说：弄不明白，久居天堂苏杭的作曲家晓其，看惯了西子湖上的莲花和夕阳，听惯了灵隐寺的晨钟暮鼓，怎么一出手就把个东北那茫茫雪国的"丰年好大雪"，"白茫茫落得个世界好干净"写得那般的彻底？一个创作者的艺术感觉和穿越时空的想象力、感悟力，并不是一定要画地为牢的。这就又一次验证了那句名言：不识庐山真面目，只缘身在此山中……一阵河南豫剧曲调的奔放和粗犷，加上打击乐梆子的力度和穿透节奏，将我推到了中原文化的腹地。《焦裕禄》这个让所有兰考县百姓和全中国善良正直的人们，无不敬仰地充满了悲情及深深怀念的名字，让我这个自幼便有着希腊悲剧情结的游子，陡然庄严了起来。

西洋乐句的长线条结构，融进河南豫剧那热辣辣的民俗风情和爱憎分明的快感，在梆子那急煎煎的敲打行进中，一位党的县委书记，用人性和情感，以及与病魔苦痛殊死搏斗的钢铁意志，铸就成的人格伟岸和共产党员的良知，在晓其的音乐中被展示宣泄得感天动地、惊世骇俗。《焦裕禄》作为20世纪60年代的中共模范县委书记的典范，在今天这个"并不是我太坏，是这个世界变化太快""人人朝钱看，没钱我就烦"的市场大潮中，已经变成一种图腾似的政治标本和符号了。那么作曲家晓其为什么还会青灯黄卷、不辞辛苦地为焦裕禄写下催人泪下的音乐呢？看来一个人的生命为了广大苍生，那种带着"我不下地狱谁下地狱"的壮丽奉献，岂是那种"老公老公我爱你，就像老鼠爱大米"之辈能够揣摩和顿悟的呢？

在去大漠敦煌的路上，我只知道大巴车前排坐着的是著名作曲家、浙江省音协主席晓其先生，在敦煌那一字排开的洞窟前，我开始与其熟稔。起初我们聊声乐和创作，后来我们谈飞天和王道士，他那娓娓道来的语气和谦谦君子的风度，时而闪耀着哲理和睿智的谏言，仿佛是一个道风仙骨的哲人，绝不仅仅是一个激情满腔、慷慨悲歌的作曲家。我在心里疑问：他的作品我会钟情吗？……从敦煌归来，那漫漫的历程和彼此性情与才情的碰撞，在让我对他产生了敬重的同时，平增了对他的艺术感觉和作品质量的信任，直到他在摇晃的车厢里倏地吟起了豪壮的《长安忆》，我全面地信服了……

在晓其的办公室里，领略了粗犷与奔放、凝重和深情，望着激情犹存，童稚未尽的他，我的欢欣和理性告诉我，我的嗓音和歌唱功力的贮存，终于找到了一个可以全情信赖的作曲家。不知为甚，他又是那般沉着和从容地奏响了他的"吴侬软语"。好一个《问江南》，唱尽了烟雨蒙蒙水涟漪，吟透了吴越文化的情怀和丝竹婉约的意境，歌绝了西子湖畔的"此恨绵绵无绝期"，颂彻了白娘子的顾盼流兮，怨沉海底，升华了十八相送"化蝶"的韵律。那一阵阵旋律优美的歌声和曲调，既蕴含着《玫瑰玫瑰我爱你》的曼妙，又浸透了江南丝竹温润的低吟浅唱、婉约飘逸……那种千回百绕的缠绵加上信手拈来的随意，使我觉得不知是《问江南》造化了苏杭的天堂，还是江南的情问，突显了天堂的精致与飘逸？我从戈壁归，带着沧桑来。江南一抹绿，山河尽我诗！一个创作者在音乐作品风格上的陡变和跌宕，乐思和表现上的迥然、落差和对比，方显出一个作曲家的才情和积淀、张力与求索。《问江南》直直地将我问住了，音乐家的英雄本色何在？悠远粗犷，空灵豪壮，这才不愧为一个宁静致远、于无声处听惊雷的真才子,我的歌声会有如此可塑性吗?举重若轻,举轻若重!境界和意境是什么?除了底蕴和扎实,更多的便是对生命的感悟与珍惜,对美好事物拥有的不尽感念。拷问一个作曲家的功力和成就,绕不开他的经历和思想,赏析一个艺术家的才情与智慧,闪不去他的积淀和爱憎。晓其先生在和我的多次交谈中,使我获悉,唐山大地震中他父母双逝。由于出身不好,他的成长历程又命运多舛,于是早熟的他,不管生命中遇到何等的成功与波折,都能坦然处之。长时间低调的为人处世,才使他的爆发凝聚具备了强大的张力。面对晓其,面对他的定力,我有太多的自愧弗如。面对他的有为而不为,面对他谋事在人、成事在天的从容和自律,宽宏与善解人意,我唯有将其视为兄长和吾师,才能顺应天意。尽管如此,我还是对他有一种剪不断、理还乱的渴望与希冀,我希望他的歌剧能早日问世!既是为自己,也是为了艺术王冠上的钻石……

致敬鉴湖女侠

——歌剧《秋瑾》总导演的自白

生命如白驹过隙,人生似白云苍狗!一不小心,我就到了花甲之年!然,歌剧却侵占了我太多的生命。无论20年在海外的漂泊,还是海归后如"阿甘"一般单打独斗,每当我觉得歌剧难以在中国被广泛接受,决意要彻底放弃的时候,歌剧这个风情万种的女神,却轻而易举地再度勾去我的魂魄!她的妩媚与辉煌如艺术王冠上的钻石闪耀,她集一切艺术之大成的无穷魅力,让我情不自禁地再次跪下身躯,仰望她女神般的华贵和孤傲!

2020年5月,我被中国作协安排去杭州休养,首次亲近古城绍兴。车过"轩亭口"时,秋瑾的塑像陡然闯进我的视线，让我一阵心悸。一百多年前，秋瑾在轩亭口被枭首示众，眼前的塑像冰清玉洁，谁能想象她慨然赴死时的凄然与悲壮。她一代女诗人的才情，连同"鉴湖女侠"的剑胆琴心，让我震撼不已，难以自抑！秋瑾的塑像很快从眼前逝去，但我总像是听到她和我说了些什么？我实在想不通，如此一位"引刀成一快"的辛亥革命的女烈士，堪称绍兴的"名片"、浙江人的骄傲，拍她的电影有了，演她的越剧、绍剧甚至话剧都有了，为何竟然没有一部歌剧为她纵情高唱？不过瘾呵，太不过瘾了！于是，我忽然明白秋瑾都跟我说了什么？是她，再次触动了我与生俱来的"英雄情结"！时下"绍兴师爷"已渐行渐远，但秋瑾仍矗立在轩亭口！眼下的绍兴城，万丈高楼平地起，但烈士似仍有遗憾！绍兴这座吴越时就繁花似锦、水路通衢的名都，多少人伴着绍兴"女儿红"，品杭帮菜肴，赏越韵吴音，恍若隔世。他们可曾想到，秋瑾离绍兴这座城市，是那么的遥远与邻近，她的心中又饱含着怎样的孤独与期盼！

感谢著名女高音歌唱家、浙江音乐学院硕士生导师胡雁女士，在去年夏天发来消息，称浙江省正在征集和扶持"舞台精品"，据说要斥巨资打造经典作品。于是，蛰伏在我心中创作歌剧《秋瑾》的梦想苏醒了，我只用了个把礼拜，便一气呵成！作家真是奇怪，每每书写女神和偶像，必有神助。我才情迸发，无数神来之笔和对歌剧结构的天赐设计，如钱塘潮涌，无法遏止！作品中如"醉里吴音相媚好，万马齐喑大地沉！待到山花烂漫时，女儿红遍绍兴城！"这样的词句，如雨后春笋，比比皆是！在我自恋才情喷涌的同时，更要向中国一流作曲家晓其老师和杜克大师兄致以崇高的敬意，正是他们创作的优美旋律和巧妙配器，完美呈现了江南越韵！

歌剧《秋瑾》创作完成后，必须找舞台扶戏，但我们却四处碰壁。最后胡雁老师将作品推荐给了秋瑾故乡的"绍兴文理学院"，我们的创意与学院公共艺术教研室主任张海教授一拍即合，又在艺术学院院长李强一锤定音之下，先树戏立项。至此，歌剧《秋瑾》终于魂回故里！但我必须承认，自己心中曾有过忐忑。如此庞然华贵的歌剧"大家闺秀"《秋瑾》，绍兴文理学院的艺术学院这样的地方院校，能扛得下来吗？但不久后，绍兴文理学院艺术学院的师生"戏痴"们，以极大的艺术激情及对烈士精神的崇拜，将我的怀疑击得粉碎，令我对他们肃然起敬！

今天，当一路举步维艰、砥砺前行的歌剧大家闺秀、中国女性的骄傲——《秋瑾》将要在绍兴首演，面向观众之际，我不得不低下一个国际歌剧老戏骨的头颅，将目光投向远方,再次向我们艺术学院《秋瑾》剧组的全体演职人员,向所有酷爱歌剧的"初生牛犊",深深地躹下一躬!你可以忽视歌剧,但你不能忽视秋瑾!吴越大禹文化集散地的绍兴市民,我想没有一个人会放弃对烈士那"不忘初心、牢记使命"的记忆!

请来绍兴城看一场从未有过的歌剧《秋瑾》吧!你会发现歌剧的旋律和表现力能使人的心灵得到洗礼并得到升华,你会觉得高雅艺术与你并不遥远!歌剧《秋瑾》终将成为绍兴文理学院一枚无形的校徽,也必将是未来绍兴大学一张特殊的名片!

作为总导演,我常常在想歌剧《秋瑾》究竟是什么?她无疑是首次用西方舞台艺术手法表现中国女英雄的创新尝试,但她更是一位鉴湖女侠的慷慨悲歌!一段清末绍兴古城的风云际会!一枪辛亥革命前夜的振聋发聩!一群"引刀成一快"的革命志士!一曲"人生自古谁无死"的荡气回肠!一声声"梦里吴音相媚好"的思念乡愁!一款款"待到山花烂漫时,女儿红遍绍兴城"的家国情怀!

人就活一回
——忆金湘

（一）

如果说死亡的困惑是一切哲学的源头。那么，民族歌剧的里程碑，唯一叩开西方大门的《原野》作曲家金湘之殁，将开启中国歌剧界对其"歌剧思维"的深入探究、"中华乐派"的审美界定、艺术人格的形成、硕果累累的创作心路历程、自人生低谷走向艺术峰巅的全新解读，甚至对他生平所有原创歌剧的回顾与展演、研讨与解析等诸方面的厚重之门。更是对他的一种"蜡炬成灰泪始干"的生命语境、"吾将上下而求索"的拼搏精神，产生一种既形而上又后而知的哲学启迪。因笔者不仅是金湘的代表作《原野》的原创仇虎，美国首都世界首演的领衔主演，更是其"歌剧思维"的推手，《原野》继往开来的二度创作导演。中国歌剧观的论文知己，以及在民族歌剧探索路上的灵魂共舞者。在此，笔者无意于对金湘先生的艺术成就，多有独鸾寡鹤似的妙语惊人，更不用以几十年兰艾同焚的神交去为他粉妆玉砌。因为，每一个深刻的思想家，较为害怕的是被人理解，而不是被误解，更因为赞扬有时比责备有更多强加于人的成分！

如果说塞尚的名画并不旨在苹果，而是谋于苹果上方的重量，那么，金湘在《原野》中的着力，自然绝不仅仅是表现人性的扭曲与反扭曲，而真正想告诉人们的却是：要想真正体验生命与死亡，你必须站在死亡与生命之上。故，笔者只想通过金湘的几件鲜为人知的事迹，眼中几个不同时代的金湘，说些有关他藏踪匿迹的事件，告慰他的至亲好友，慰藉他的在天之灵，抚恤他的未亡嫡亲，透明一个有血有肉的性情中人，还原一个终生焚膏继晷的金湘！一如金湘的夫人李稻川所说：直到金湘驾鹤西去，人们似这才真正认清了他的贡献与价值、人品与操守。一切诋毁诽谤、误解与歪曲，甚至是妖魔化竟不攻自破！金湘时代的到来竟始于他的身后，我坚信！

故，金湘没有白活。

他的哀荣一如其《原野》中金子和大星的双重绝唱《人就活一回》，即："我是野地里生，野地里长，有一天我会在野地里躺下……"既有一种"一道残阳铺水中，半江瑟瑟半江红"的生命旷达，又有一种"黄鹤一去不复返，白云千载空悠悠"的对生命苦短的仰天嗟叹！

（二）

世上只有一种英雄主义，就是在认清了生活的本质之后，依旧热爱生活。1959年，金湘以常州国立音乐幼专的"神童"，被保送到中央音乐学院附小后，又免试升入作曲系。大二时被打成右派，时年不满二十一岁。据说金湘在去找组织谈话前，竟在屋里面壁一天，便怀揣写满意见的笔记本"谋"定而动。而"右派"是什么？在笔者对所有书写右派心灵史的文学作品阅读的记忆中，安徽作家肖马的小说《纸铐》最为令人觳觫：一位在牛棚里看管专家学者的专政队员，因要外出公干，又怕看押的这几个牛鬼蛇神乘机逃跑，就用废报纸逐一为他们戴上剪成的"纸铐"，使他们画地为牢……但在金湘被长达20年的新疆流放中，岂是这种闻所未闻的"纸铐"就能使他束手就擒。

正是那种对"人就活一回"的生命紧迫感,被剥夺了写作权力的朝夕煎熬,才是真正锁住他精神家园的一个个梦中褪去、醒来刺骨的无形纸铐。说来奇怪,在笔者与金湘长达近30年的交往、合作,甚至是彼此的欣赏中,我们的灵魂共舞和神交从未绝缘。更奇怪的是,有关他在被发配大漠南疆20余载的种种炼狱和膏火自煎,竟都是出自其夫人,《原野》原创导演李稻川的悠悠之口。

(三)

世间最痛苦的事,是目标太伟大,而没有勇气去完成。金湘却以全部的生命证明了他对此哲言的"二律悖反"。

28年前,一个秋高气爽的日子,阳光明媚的令人悬疑重重。上午,已经音乐作业了一个多月的《原野》剧组,忽地看到一个目光犀利、颧骨高耸、神色冷峻的中年男人,从排演场那扇半掩的门中挤进身来,心不在焉地疾步走近钢琴旁的一张椅子上坐下后,沉默不语。导演李稻川旋即介绍,此人就是《原野》的作曲金湘。少顷,演员们都用眼睛上下剜着他细看。这时,我看到这位后来名满中国歌剧界的作曲家脚上的袜子,竟长短不一、颜色各异。

当然，后来从那扇半掩的门里，又多次走进过曹禺、乔羽、王蒙、英若诚、乔治·怀特、波莱·赫伯特、万方和李刚……那时，笔者的心里一诧，眼前这个桀骜不驯、一脸悲情的人，虽不修边幅，却有一种说不出来的力量。他，就是那个在新疆阿克苏的大漠沙原，被大地震扭曲强暴的蹂躏之后，面对着满目沙浪与龟裂的深沟大壑，而突发对生命的贵贱与渺小、蝼蚁与伟岸皆可毁于一旦的拷问的金湘吗？凝视着这个在一次新疆阿克苏文工团演出时，舍身救火被全身灼伤，竟在病床上仍被"左撇子"诘问："老实交代你纵火与救火的真实目的"的金湘，目睹眼前这个被发配西域旷日持久的当代音乐苏武，仍暗中笔耕不辍，怀抱"节鞭"似的心血之作《塔西瓦依》和两个哈密瓜，硬是坐了几个星期的火车硬座之后，双手呈在时任中央乐团的大指挥家眼前不久，一个让他肝胆欲裂的声音悠然而至："就凭两个哈密瓜，也想让我演奏他的作品？"……

现在，历经多重磨难和羞辱，已从新疆调回北京市歌舞团任作曲和指挥，并已有歌剧《屋外有热流》公演的金湘，此刻就在我眼前。其个性肯定一颗"铜豌豆"，外表绝对一个"铁核桃"，脾气无疑一个"煤气蛋"！然，一个多月的《原野》音乐作业下来，金湘的绕指柔情、万端悲楚、浩荡的激情、金色的旋律，柔似西溪湿地，烈如黄河瀑布。那一连串金子般的咏叹调《啊，我的虎子哥》《天又黑了》，大星的《哦，女人》，焦母的咏叹调《黑色摇篮曲》，金子与大星的二重绝唱《人就活一回》，连同仇虎、金子那首《原野》中经典中的经典二重唱《你是我，我是你》，势如井喷，状如锦绣，叫人百听不厌、欲罢不能！如此的抒情壮美的乐思、旷达的音乐张力、标新立异的才情、似有神助的旋律书写，寻遍人类歌剧史也只有威尔第、普契尼、马斯卡尼，抑或德彪西和比才当之无愧！然，就在纽约的一次全美歌剧协会主办的歌剧研讨会上，笔者对金湘只对格什温情有独钟的发言匪夷所思！可见金湘灵魂深层的美学品位及作曲品相，至今让人扑朔迷离。

（四）

《原野》音乐作业完毕，我走近金湘提问："您将最美的旋律和歌唱性，都给了金子和大星，甚至是焦母和常五，而我这个悲剧英雄咋办？"那时尚未成名的金湘面色铁青，劈头就是一句："你的谱子唱熟了吗？唱对唱熟后再说不迟！"笔者那时年轻气盛，当即反唇相讥："您写的仇虎就是你自己。但您并不爱他,不然,你不会把他的音乐写得佶屈聱牙!"金湘顿时大怒,脱口而出:"你可以不唱吗,换人就是!"我即刻热血冲顶:"不唱就不唱!能唱演仇虎的人,除了我,还没出生!"说完,摔谱而去。

这样的事,后来在排演场上也有类似。那天,李稻川导演说戏把我说急,我又怒摔谱子,一声大吼:"老子不干了!"说完,冲出那扇半掩的门。过后,一种难言的忐忑袭来,我从话剧演员开始,最高音乐学府歌剧专业五年学习,毕业后又是五年歌剧等待,如今有了机会,仅凭一时冲动便毁于一旦,这不是匹夫之勇又是何为?于是,我腆着个脸,躬着个腰,又重回导演桌前,但并不道歉,只是嚅嚅嗫嗫地说道:"我……我爱原野!"于是,李导勃然大笑,全体演员轰然喷口。

多少年过去,每当耄耋之年的李导演重提此事,依旧忍俊不禁哈哈大笑,而我却卑以自牧、羞愧难当,既为当年的青涩孟浪汗颜,又为再也没有机会重唱全剧《原野》深深抱憾。而今金湘的驾鹤西去,也许终将我的这种剥肤锥髓的遗恨永远地化在了对他的哀恸之中!然,金湘就是金湘,率性无忌,语锋犀利。去年年初,当他将洋洋洒洒40多万字的理论文集《探究无限》寄给我后,我即回复短信:"尝鼎一脔,超逸绝尘!"他答:"看完再说,马屁太疾!"顿时,我的千般火炮、万刃冷器哑然失声,沉戈断戟。

(五)

人之所以伟大,因为他是一座桥梁!

其实,1987年《原野》天桥剧场的中国首演,并未像后来人们所说那样"一炮走红"。更无法与1992年冬,在美国首都世界首演时的那种连演11场,且场场座无虚席,一票难求的气象相提并论。《原野》一路走来,在笔者的切身体验中,无疑荜路蓝缕。先是《原野》北京首演后学术界的争议纷纭,后是一拨秧歌剧的老太们高呼民族歌剧院,从此可以摘牌换匾了。她们继而去文化部告状,有人竟痛心疾首,说到动情处如丧考妣。更有甚者,导演李稻川由两个团级领导左右"挟持",竟在此戏停排的现场,将该戏的第三幕所有的对白和宣叙调,逐一改成"话剧加唱"。若不是后来曹禺本人在排演场上气出丹田、时任文化部长王蒙的字正腔圆、副部长英若诚的妙语连珠、时任院长乔羽的披荆斩棘,后来的《原野》势必胎死腹中,岂能从一而终、守身如玉?可见那个时代,弄原创歌剧,不过民族歌剧"土洋之争"这道"鬼门关",必死无疑!比照今天的原创歌剧,那时的精品虽历尽坎坷,却接地气、重音乐、多旋律,拒绝荒诞和扭曲!故,因《原野》声誉鹊起后的金湘,似并未被始料未及又胸有成竹的收获绊倒与迷失。因为他劫后余生的整个生命要义,就是要"赶上末班车"多写东西。他反复吟唱的陕西华阴民歌《三天路程两天到》的所有含义,就是要与生命抢时间,多出作品而决不辜负自己!

在笔者后来与金湘、李稻川夫妇近30年的交往中,在每次来去他们的居所"金茂公寓"的记忆中,金湘与我交谈很少,且面色灰暗一脸严峻,偶尔从他那间写作的小屋出进,也只是冲我点点下颔算是招呼。这时,稻川老师便小声说道:别招他,他在写东西……但每到饭点,厨房里便会传来一阵玻璃瓶子的碰撞之余,金湘就会突然消失。我即问李导:"都饭点了,他还到哪里去?"李导答:"金湘知道你爱喝啤酒,就用旧瓶换买啤酒去了。"我心里暗忖:金湘讲究,既深谙待客之道,又抠得要紧!李导敏感,似一下读懂我的潜台词,悠悠说道:"金湘节俭惯了,是抠。但他对自己的学生大方,常常拿钱接济贫困学生,却从不跟我商量!"……我听完之后半信半疑。直到如今,金湘驾鹤西去,我在微信中不时读到其学生悼念他的文字，不仅证明了这一点，更让我感动的却是他们对恩师仙逝无比的沉痛与感恩。

（六）

好的艺术家模仿皮毛，伟大的艺术家窃取灵魂！

当年，金湘在新疆阿克苏广袤的大漠深处，幽暗的人生隧道里困惑、苦思、踯躅之间，压根儿也不会想到他的人生竟在天命之年，他的歌剧《原野》竟在美国首都让一个"星条旗永不落"民族，在中美文化交流的历史峰巅上，彻头彻尾地经历一次对中国歌剧的俯仰无愧。

自笔者当年赴美留学，行囊中半箱生活用品、半箱《原野》总分谱的分量中，到后来所亲身经历的一切有关《原野》的体验中，不能不说是一次刻骨铭心的记忆。如果说中美冷战数十载，凭借周恩来"乒乓外交"的"小球转动大球"，那么中国歌剧《原野》在美国华盛顿首演后，美国各大主流媒体的众口一词："普契尼来自东方的回声"，就不能不说是中美建交史上的两座"体育与文化"的高峰。然，世人只知我在《原野》北京某场演出后，竟被一对拉斯卡拉歌剧院的导演夫妇拦道激赞《原野》为中国的《乡村骑士》。世界著名的尤金·奥尼尔戏剧中心主任乔治·怀特，仅在《原野》连排之后就血脉贲张，数月后竟力邀全剧原班人马首次赴美作"舞台阅读"演出等，却浑然不知《原野》竟在肯尼迪艺术中心世界首演前夕，因乐队罢工险遇"滑铁卢"之灾？那时的美国国家歌剧院的主持者们，面对罢工束手无策。前面已有经典歌剧《唐璜》以双钢琴伴奏演出了，《原野》若是再如法炮制，11场演出的窘迫将如何以为继？而歌剧失却了交响乐团的伴奏，无异于"皇帝的新衣"。无奈之下，歌剧院的法人马丁·法因斯坦指定金湘携《原野》的总分谱，亲赴匈亚利国家交响乐团录制成伴奏碟，准备以"卡拉OK"伴奏，公演这部后来轰动世界的中国歌剧。当时金湘是何心境？我无法猜度，但我这个从北京、大连、郑州连同美国尤金·奥尼尔戏剧中心一路演下来的"仇虎"，可谓度日如年。

多少年后，我已海归，虽已不再被人唤去演歌剧，但在文学和歌剧评论上仍笔耕不辍。忽一日，竟由李稻川导演力荐去了"文化部第二届中国武汉歌剧节"评论组。面对天津歌剧院的《八女投江》抗联大戏是否应该用卡拉OK伴奏的喋喋不休，一夜之间写出评论《争论无意义》，既旁征博引了欧美各大歌剧院，又鞭辟入里地写透了"体制之殇"的时弊。然，这样的文字，除了金湘、韩万斋等人读完后大呼过瘾,谁还真把这样的书写当成探骊得珠、群蚁附膻?

(七)

乐队罢工,在《原野》首演前的一个星期前平息。金湘与李稻川,在自愿接待他们住宿的美国"粉丝"阿黛尔和笛克夫妇家里相拥蹦跳,开香槟庆贺。而那个总是暗示李稻川包上海大馄饨的家庭主妇,竟然一时喜极而泣。那时的金湘,在肯尼迪艺术中心的两个大门前,大红地毯的起端,一人多高的"演出季"的海报板上,以一个东方人的面孔,与歌剧泰斗海顿、莫扎特、威尔第、普契尼、瓦格纳和穆索尔斯基等人的肖像并列其中……

那时的金湘是何等的风光。在我眼里,可谓中国作曲家世界的第一人。然,就在美国首都的"金湘热",随着《原野》的票房愈加升温之前,谁又能想到这位"普契尼来自东方的回声"的始作俑者,竟仍驾驶着一辆白色的二手车,疾驶在贯通全美的495号的公路上,徘徊在波托马克大河两岸的马里兰州和弗吉尼亚州的林间小道上,错落有致的别墅群中,投递着当天最早的《华盛顿邮报》,去多挣儿女日后去纽约生存,进入朱丽叶音乐学院拜学大师们的课资？

如果说中国歌剧《原野》，在全美产生的东方歌剧文化震撼和"金湘热"，对于美国人了解中国改革开放后的文化生态起到了一个不可替代的作用，不如说《原野》在美国的广大华人同胞中，与中国台湾及中国香港地区的关系中，华裔中持不同政见者之中，竟带来了一种血浓于水的共识，寻根热与怀旧的集体记忆。这种民族认同感的文化冲击力，即便是在今天都是难以用文字表述的。那时，包括金湘夫妇，连同歌剧编剧万方与我都始料未及，一部真正意义上走向世界的中国歌剧，除了其艺术本身的魅力之外，竟还会有这么大的民族的凝聚力？那时在我视野里的金湘，岂止是"春风得意马蹄疾"，更是"十年寒窗无人问，一举成名天下知"，大有一种"文必秦汉，诗必唐宋，民族歌剧势必《原野》"的气象万千。于是，先有久住因"水门事件"遂使此建筑更负盛名的原"飞虎队"陈纳德将军的遗孀、美国共和党亚裔领袖陈香梅连看三次《原野》之后，在其寓所高调宴请金湘夫妇及全体剧组演员，后有刚刚结束陪同邓小平访美之行，时任中国驻美大使朱启桢在看前接见全体演员，翌日，在大使官邸以国宴规格款待《原野》全体人员。然，最让人感动的竟是云南王龙云将军的孙子，几次三番地在其华盛顿城中心的餐馆

"北宫"内，尽其所有地让大家大快朵颐。再后来，台湾国民党驻美机构"北美事物协调处"，香港等驻美的官方机构也不甘寂寞，或大摆宴席，或私下联系赴港台演出者不乏其人！直至某一个日场，几位身着FBI警服、手牵警犬的联邦探员，在演员的化妆间和后台一番巡视之后，我们这才得知那场演出，时任美国总统的老布什要来观剧。后来，老布什来没来看戏我不得而知，但当年《原野》在美国的大红大紫，可谓登峰造极！但在后来的日子里，我屡屡再见已作为华盛顿签约作曲家的金湘，他那铁核桃似的脸上仍并无几丝笑意，竟每每从他的只语片言中，我仍能听出他的焦虑：自己的技术还嫌不够，美国歌剧作曲家的"灵魂"不在华盛顿，他要去纽约深造学习。而纽约是什么地方？天堂和地狱，打个喷嚏都要钱的膏腴之地，李安眼中：名人与乞丐同流，鱼龙与虾蟹混杂的神奇的土地！

（八）

要想成为艺术贵族，必须逃离上流社会。1992年，如果因《原野》在美国大出风头的金湘，怀揣着美国大名鼎鼎的移民律师、他的发烧友舒尔茨为其一路免费，只用了三个月便拿下美国的绿卡，审时度势，以一个民族文化传播者的英雄姿态荣归故里，不过才50岁出头。即便再水土不服，权贵小人又怎奈他几何？教教弟子，谈谈《原野》的中外春秋，再冷不防闹它个"出镜率"不俗，岂不财源滚滚，活得快哉？况且金湘又极少向人控诉其右派的往事。多少次，当他接受美国新闻媒体采访时竟被问道："你在中国是有否创作自由？"他的回答一如赤子："当然有自由！我想写什么就写什么，就是时间不够！"金湘就是金湘，前世早已被"缪斯"点化，且有点类似凡·高：我把心灵与魂魄融入了绘画，结果我丧失了理智！然，金湘远比凡·高幸运，凡·高生前半张画也没卖掉，身后竟一画价值连城。金湘生前的十几部歌剧音乐剧无一落空，最后的稿酬高得令人咋舌。金湘在生命的任何时段都从未丧失过理智，除了他对物质享受和身外之物漫不经心，只对自己的作品傲睨自若、精益求精。试问，活在当下的中国作曲家，还剩几个像他一样纯粹？然，后来从朋友处传来有关金湘在纽约的消息，竟让我感慨万千。不知不觉之间，已在朱丽叶音乐学院作曲系深造的金湘，已用英文写作谱曲了两部音乐剧，即《曼哈顿二重唱》和《坚强战士》，前者因故无疾而终，后者竟在纽约的一家剧院公演。再后来，他应当地华侨之邀写的交响合唱《金陵祭》，竟然登台"卡内基"大厅，据说演出场面热烈劲爆。那时，我因学业演出繁重，已对纽约时代的金湘无暇关注了。忽一日，竟在《世界日报》读到一则消息："《原野》之作曲家金湘偕夫人李稻川于《原野》台北首演当晚，自美国及香港一路转机抵桃园机场后闯关，指挥家陈澄雄即赴海关为其夫妇办理入台落地签证。"……

读完此消息，我忍俊不禁。这不是金湘又是何人？而素以淡定温婉著称的李稻川，竟与其一同并肩闯关，直叫我跌破眼镜。

（九）

要想成为不朽，其代价就是生命。

海归后的我，因去了一家国字号的文艺团体，为报团长的知遇之恩，我逢演必到，忙得连母亲去世竟也不在她身边，更无暇关注金湘的子丑寅卯了。但常与李稻川导演通话时问起金湘。李导告之，已在中国音乐学院作为终身教授的金湘，虽近古稀之年，身体健康每况愈下，但仍笔耕不辍。我们在电话中的交谈，有时也议金湘的人格操守。比如金湘在新疆阿克苏的"右派"时代，曾因当地组织经常要晋京调演，不得不将其与另一位"明星右派"王蒙弄在一个屋里,一个作曲一个文字强强联手,并在专政队的"纸铐"之下戴罪立功。我想金湘的第一部歌剧《戈壁大寨人》,正是那时的产物。但世事难料,20年之后右派平反昭雪,金湘以其多产享誉京城,而文坛"老枪"王蒙,忽一日竟当上了文化部部长。试想,那时的金湘要想向这昔日的难友谋个"顶子",岂不易如反掌。但他却生性痴顽,只是带着个作曲同道李某去见部长。后来李某如愿当上中国音乐学院院长,部长再问金湘有何要求时,金湘却摇头不语。王蒙也够意思,若干年后金湘的又一出原创歌剧《热瓦普恋歌》在国家大剧院首演时,他款步上台,以一口流利的"维语"力挺金湘。当乐池里传来此歌剧序曲的天籁之声时,我顿觉金湘的乐队歌剧意识,作曲的歌剧技巧、歌剧配器的老到圆熟、歌剧思维的气场已无孔不入,炉火纯青。但廉颇老矣,尚能饭否?此话不幸被我言中。在我后来多次去探望李导的交谈中,她下意识地重复着金湘的身体虽日渐虚弱,意志却愈加强烈的语言:"现在我可以游刃有余地去写歌剧了,但已力不从心。"那时我很清楚,他在住院,却已开始了歌剧《日出》总谱的写作。

（十）

金湘古怪。他后来的作品上演，如《红帮裁缝》《日出》等，竟从不请我到场观剧。但他夫人导演的作品，如天津版的《原野》《白毛女》和《八女投江》，他曾一天两三次电话催我看戏。他深知李导对我有知遇之恩，我决不会白去。于是，我写李导《白毛女》的评论《美学高度，救戏招魂》（见《中国戏剧》2012年第10期），写《八女投江》的文章《抗联女神》（见2014年中国武汉第二届歌剧节《论坛》），写我对李稻川导演《原野》的体验《论歌剧思维下的导演行为》（入选金湘的论文集《探究无限》，发表于《艺术评论》2015年第2期）等，就是没有写过论金湘创作成就的独立文章。因金湘不好写，写不好被"铜豌豆"硌一下，被"铁核桃"砸一下实在不受用。但，作为他人生峰巅之作《原野》的首任仇虎，别人都写了，我岂能袖手旁观，只是灵感未至，时间未到罢了。直到金湘走了，我才幡然猛醒，这是一种怎样的遗憾，世上再无金湘，空有我的文字又有何用？尽管如此，我仍将这些无愧他的文字，化作纸鸢，散作串串纸钱，遗补我终生的抱憾，以飨我对大师无尽的思念：

不是逢人苦誉君，

亦狂亦侠亦温文。

照人胆似秦时月，

送我情如岭山云。

（十一）

那日我去看李稻川，巧遇从医院回家小住的金湘。已骨瘦嶙峋的金湘，躺在床上看电视里的足球比赛，我走上前去仔细瞧他，离他很近。他对我粲然一笑，使我顿然觉得眼前的这颗"铜豌豆"，瞬间化作一道道温情的柔光，融化了我心灵深处的薄冰。那张"铁核桃"似的面颊上，道道沟壑似深刻而弥坚的纹路中，升腾起许多摄人心魄而慈祥的言犹未尽。那时，我已知道他生命中最后的《日出》，即将从他守候了近30年的《原野》上冉冉东升。再后来，我在朋友发我的微信视频中看到，他在国家大剧院《日出》首演后的舞台上，颤颤巍巍地由人牢牢扶紧，白发飘逸如仙，风骨峻峭如昨，披肝沥胆地说出一句："直到现在，我才真正感到我是一个作曲家了！"气若游丝却掷地有声；淡泊平静，却豪迈激情！

（十二）

如果说生命的潜能，是一切哲学的发轫，那么金湘之薨，不仅是中国的歌剧之殇，更是一个中国作曲家的良心和他作品的轮回转世。在邪恶与善良、无耻和高尚、干净与肮脏、人性的扭曲和反扭曲的终极较量中，倘若失却了纯粹与公正，那么人类的繁衍和进化必将异化和质变。一个民族，若是放弃了对自身文明传统和文化高峰的仰慕，以及对艺术大师的公认，那么这个民族终将沦为劣等。而金湘对中国歌剧的贡献，不仅仅是他的原创作品等，"中华乐派"的美学界定，"歌剧思维"的理论创建，等等，更重要的是，他以他生命的整个历程，证明了一个作为艺术家的永恒价值，回答了一个人类对生命观的终极命题，那就是：天道酬勤！

让所有熟悉金湘和不认识他的人，都来送一送这位伟大的中国作曲家吧，你喜欢或不喜欢他这个人，听懂或听不懂他的音乐都没关系，毕竟这个明知身患绝症后会死，也要往死里写的人，给后人留下了一笔无价的精神遗产，那就是"人就活一回"的精神不死！让我们为"金湘精神"再唱一曲吧，唱什么？当然是他最爱的陕西华阴民歌——《三天的路程两天到》：

大青山高来乌拉山低

马鞭子一甩回口里

不大大的小青马

多喂上两升料

三天的路程两天到

水流千里归大海

走西口的人儿归回来

哭李强

死亡,从来都是一切哲学的源头!而不知死,焉知生?李强是谁?绍兴市音乐舞蹈家协会主席、绍兴文理学院艺术学院院长,毕业于西安音乐学院声乐系的男高音!

假如原创江南越韵歌剧《秋瑾》不遇绍兴文理学院艺术学院院长李强,倘若李强先生不是《秋瑾》落户绍兴文理学院的推手、第一锹破土动工的奠基人,也就不会有歌剧《秋瑾》今天的轰动效应,不会有2020年11月22日晚7点登台绍兴大剧院的发轫,更不可能有12月8日晚《秋瑾》在杭州余杭保利大剧院首演的诞生,以及作为一部在秋瑾的故乡绍兴，于145年之后再度重温秋瑾精神的壮丽史诗和即将挺进明年中国政协将办的"隆重纪念辛亥革命110周年"的大庆！

都说："人生自古谁无死，留取丹心照汗青！"但丹心者英年早逝，还未来得及品尝收获的滋味，"汗青"的硕果，就这样匆匆地离去了，怎不叫我泪流满面，锥心刺骨。因不知感恩的人，活着等于死去！助人施恩者，虽死犹生，永远活在人们的心中！因为，千里马常有，而伯乐不常有！因为，没有李强，就没有歌剧《秋瑾》！

初识李强，是在今年立夏，秋瑾故居旁的一家餐馆。在我的执行导演张海、《秋瑾》的领衔主演、总策划胡雁的陪伴下，我见识了李强。那时的他脸色苍白、身形瘦削、一条假肢、额上虚汗涔涔！据说他去年刚刚逃脱了因糖尿病综合征的折磨，经历40多天的昏迷，截去一条腿后，暂且逃脱了死神的索命！据说此人先前与我一样，体大块沉、有裂帛之声、快人快语且率直无心！而此刻的李强却寡言少语，气若游丝，神情忧郁。这个李强与先前那男高音强者、性情中人竟判若两人。他在听完我与胡雁、张海汇报完三人省城之行，向省委宣传部领导表述《秋瑾》"基金扶持"一事，在我提出：能否先树戏，等拨款之后再了断其他事情？他当即拍板，并嘱张海一定将我安置好后，于是，我像个复转军人，心里充满了慰藉与温情！后来，我们的《秋瑾》经一个多月的砥砺前行，竟百无禁忌，创作环境如臂使掌，酣畅自由，如沐春风！而此事的始作俑者李强，却好似忘却了有《秋瑾》的存在，一任导演心灵自由的艺术创作，决不做半点掣肘之为！那时，我暗自惊叹，李强真乃高人，竟无师自通艺术创作之规律，精品诞生之艰辛，竟无为而治，专等《秋瑾》长成枝叶繁茂的大树之后，这才微笑着走向前台！但我仍在疑惑，为何我们"月明楼"的首演，他竟缺席？为何校级的《秋瑾》恳谈会上，却不见他的身影？是韬略，还是姿态？是病重，还是力不从心？当我携《秋瑾》剧赴杭州保利大剧院，为《秋瑾》演出讲座热身的半道上，骤然获悉李强因心梗，猝然撒手人寰的一瞬间，我恨自己的臆断，我沉痛自己的蹉跎，深深抱憾自己的误判！

　　李强啊李强，你这个为《秋瑾》挖下第一锹的奠基者，让2500年不知歌剧为何物的绍兴，明白了什么是歌剧！让《秋瑾》在145年后，又在她的故乡复活了的人，却永远离开了我们！至此，我以泪洗面，救赎无门，我不相信也决不甘心，因为你再也看不到女神秋瑾，终将走上了只属于她的圣坛！早知如此，我不管再忙，也不会放过任何一个机会与你亲近、与你交心、与你恳谈！而这种千里马痛失伯乐的刻骨铭心，终将成为我人生中无法忘却的沉重！

歌剧《秋瑾》中有这样的词句："待到山花烂漫时，女儿红遍绍兴城！"你的英年早逝，会让明年的"女儿红"更加浓醇。你对文理学院的贡献，终会使明年的山花愈加灿烂。你对将来终将成为"绍兴大学"金色名片的《秋瑾》那第一锹土的奠基，终将使绍兴城的文化复兴，在《秋瑾》的歌声中熠熠生辉！因为我们全剧组对你的安魂曲，将在对你的感念和追思中，作为使命与初心，砥砺前行！因为天道酬勤，人道感恩！每年清明，我们也许会再哭你的同时，想起秋瑾！

而今，当我再度想起李强托张海转告我的话"希望孙导，将绍兴所有英雄写尽"时，我再度泪流满面！因为，这是一个要强的男人行前对另一个有英雄情结男人的全部寄托和信任！

后 记

人生如白驹过隙,生命像白云苍狗!回头一望,作为一位歌唱家中的作家,作家中的歌唱家,我唱过70余部经典歌剧,举办过百场音乐会,获过若干国际声乐大奖;出版过的小说、散文、剧本、评论等作品也有数百万字之多,小说、散文竟也拿过不少奖项。但是,我始终砥砺前行,不敢有丝毫懈怠。

几十年来,我总感觉前方有一种声音在召唤我向它走去。冥冥之中,我总是觉得还缺那么一部不留遗憾的作品,仿佛就差那么"临门一脚"!没有人逼着我笔耕不辍,我更无须证明自己的百折不挠!因为我知道,天才,当是比我更有禀赋的人，他们还在努力奋斗。因为我知道，唯有勤奋才是救赎一位艺术家心灵的妙药。因为我知道，只有一路前行，才是成就心灵史的诺亚方舟！正所谓：天道酬勤、勤能补拙！

当我的心灵史历尽沧桑，几近崩溃的时候，是文学拯救了我的怀疑、脆弱和逃避。当我在"路漫漫其修远兮，吾将上下而求索"的文化苦旅中遭遇挫折、睥睨与羞辱时，我的抗争便是"咬定青山不放松"的钢铁意志和英雄主义精神。尽管这种意志和偏执，在常人眼里显得幼稚可笑，而我的"英雄情结"在有些人的意识中，甚至是个伪命题，但我却觉得无比受用。因为一个人，缺失了信念和追求，便是一躯不折不扣的行尸走肉！如果一个人的生命，从一开始，就能获得一种启示和觉悟，他不啻就是一个能从骨子里感到幸福的人了！于是，"歌唱是我的妻子，文学是我的情人"，便天经地义地成了我毕生的追求。是的，我很富有，在我的精神世界中，我富可敌国。

衷心感谢中国出版集团研究出版社的同道，在中国共产党百年华诞的日子里，慧眼识珠，出版了我的散文集《童话与水》。这种激励与喝彩，将使我愈加淡定和富有，亦能使我的"歌唱妻子，文学情人"楚楚动人，墨香春秋。

子在川上曰：逝者如斯夫。因为我笃信，人生如水，水如人生。水能载舟，亦能覆舟！因为我坚信：要想成为艺术贵族，必须逃离上流社会！谁能最终响彻云霄，必先沉默寂寥！

孙 禹

2021年7月